Du kannst tausend unterschiedliche Wege gehen
und jeder führt dich an einen anderen Ort,
aber am Ende wird dein Herz dich immer
dahin leiten, wo es glücklich ist.

1

Der Wecker landete im leeren Regal der gegenüberliegenden Wand. Ich zog die Bettdecke über den Kopf und rollte mich wie ein Eichhörnchen in seinem Kobel zusammen. Um fünf Uhr aufzustehen war das kleinere Problem. Das größere war, diesen Tag zu überleben.

Wie jeden Montag fuhr die Müllabfuhr in den Hof. Sogar unter der Decke hörte ich das Rumpeln der Tonnen über den Pflastersteinen. In der Nachbarwohnung betätigte Jake die Toilettenspülung und stellte die Dusche an. Ich zählte die Sekunden runter, bis er zu singen begann.

Mit einem Knoten im Magen, der mich seit zwei Wochen in den Tag begleitete, drehte ich mich auf den Rücken, zog die Bettdecke vom Kopf und starrte an die Zimmerdecke. Obwohl das Warmwasser gefühlt nur an Ostern und Weihnachten funktionierte und ich im Winter eingepackt wie ein Eskimo auf dem Sofa hockte, würde mir die winzige Wohnung im Stadtteil Hasbrouck Heights fehlen. Wenn man in New York arbeitete, brauchte man einen Rückzugsort abseits der pausenlos pulsierenden Metropole.

Carmen aus der Dachwohnung klapperte auf ihren High Heels durchs Treppenhaus. Der Rauch ihrer Zigarette drang durch die Türritzen in meine Wohnung.

Der Tag begann wie jeden Morgen, für Jake und Carmen, nicht für mich.

Gestern Abend hatte ich online eingecheckt, heute Nachmittag würde ich im Flieger nach Hamburg sitzen.

Ich streckte meine Beine aus dem Bett und richtete mich auf. Es blieben mir nur ein paar Stunden, um den beiden wichtigsten Menschen in meinem Leben mitzuteilen, dass meine Zukunft anders aussah, als sie es planten.

Barfuß tappte ich ans Fenster zum Hof. Durch die Stahlträger der Feuertreppe sah ich das Heck des Müllwagens durchs Tor fahren. Meine Freundin Lilly hatte behauptet, die Treppe sei so klapprig wie ein Dinosaurierskelett und ich solle mich bei einem Brand lieber mit Bettlaken und Tüchern abseilen. Nun, zumindest das würde mir erspart bleiben.

Auf dem Weg ins Bad vermied ich den Blick zu den leeren Wänden, an denen letzte Woche noch die Auszeichnung für hervorragende journalistische Recherche gehangen hatte. Eine außergewöhnliche Anerkennung für eine siebenundzwanzigjährige Redakteurin.

Mehrere Fotos mit Statistiken über aussterbende Tierarten lagen ebenso im Koffer wie Jaydens Skizzen vom Prototyp der Filtermaschine, die wir für das Abfischen des Plastikmülls der angrenzenden Gewässer New Yorks entwickelt hatten.

Ich klatschte mir kaltes Wasser ins Gesicht, trug eine Tagescreme auf und räumte die restlichen Kosmetiksachen in den Kulturbeutel.

Jaydens Zahnbürste blieb übrig.

Er war der erste Mann, dem ich erlaubt hatte, seine

Zahnbürste in meinem Bad zu deponieren. Aber auch mit Jayden hatte ich es nicht länger als ein halbes Jahr ausgehalten.

Nur wusste er noch nichts davon.

Zurück im Schlafzimmer verstaute ich im kleineren der beiden Hartschalenkoffer den Kulturbeutel und Jaydens Zahnbürste. Sie in den Müll zu werfen, brachte ich nicht übers Herz.

Ich streifte eine rote Chinohose über und zog meine Lieblingsbluse mit den Schmetterlingen an. Nachdem ich in die hellblauen Chucks geschlüpft war, rollte ich die Koffer aus der Tür, griff nach den Schulterriemen meines Rucksacks und sah mich ein letztes Mal in der möblierten Wohnung um. Ein Jahr lang hatte ich für das deutsche Magazin *Natur- und Umweltschutz* in New York gearbeitet und mein Leben war so bunt gewesen wie der Inhalt eines Farbmalkastens. Meinen Job hätte ich darauf verwettet, dass ich diese Stadt um keinen Preis der Welt verlassen würde.

Hätte ich gekonnt, hätte ich geweint, aber ich weinte nicht.

Niemals.

Aber ich verfluchte zum x-ten Mal den Moment, ab dem für mich auf Lillys Hochzeit alles aus dem Ruder lief.

♥

Zwei Wochen zuvor

»Svea, du siehst bezaubernd aus.«

Am Strand der Shinnecock Bay auf Long Island

versank ich lachend in den Armen von Lillys Vater Marius wie in der Umarmung eines zahmen Grizzlybären. Mein Vater hätte mich zum glücklichsten Menschen der Welt gemacht, hätte er mich jemals so umarmt.

»Du erdrückst sie noch.« Lillys Tante Inge lugte unter einem Sonnenhut hervor und klopfte ihrem Bruder auf den Arm. Nachdem er mich losgelassen hatte, drückte sie mich nicht weniger heftig an die Brust, wobei sie eher in meinen Armen versank als ich in ihren. »Es tut so gut, Lilly und dich wenigstens für ein paar Tage wiederzusehen.« Sie ließ mich los und strich mir eine schulterlange Strähne hinters Ohr. »Du hast deine Haare wachsen lassen. Der Schnitt passt perfekt zu deinem brünetten Typ.« Lächelnd nahm sie meine Hände in ihre und drückte sie. »Ich werde nie vergessen, wie du dich nach dem Tod ihrer Mutter um Lilly gekümmert hast. Du warst schon als Siebenjährige ein außergewöhnliches Mädchen.«

Genau genommen hatte Lilly mir ebenso viel Halt gegeben wie ich ihr. Mit dem festen Willen, sie aus ihrer Traurigkeit zu locken, konnte ich meine eigene verdrängen. Ihr Zuhause war meine Burg, die Zuneigung ihrer Familie mein Fundament für die Zukunft, das mir das Selbstvertrauen gegeben hatte, Journalismus zu studieren.

»Ihr beide fehlt uns genauso.« Meine nackten Füße gruben sich in den von der Maisonne aufgewärmten Sand und wirbelten ihn auf, als ich mich mit den Sandaletten in der Hand lachend um mich selbst drehte. »Wer hätte gedacht, dass Lilly in so einer traumhaften Umgebung heiratet.«

»Ich habe Maik schon angedroht, dass wir regelmäßig unseren Urlaub bei ihnen verbringen.« Sehnsüchtig schaute Inge aufs Meer. Möwen kreisten nach Futter suchend über den Schaumkronen der Wellen, die bis zu unseren Füßen rollten. »Die Hamptons sind ein wunderbarer Ort. Ich habe nie etwas Vergleichbares gesehen.«

Marius lachte seine Schwester an. »Das sagst du in jedem Urlaub.« Eine Brise zerzauste sein graues Haar, das er mit einer Handbewegung wieder in Form brachte. Laut Lilly war der gutaussehende Professor für *Mathematische Statistik* auch zwanzig Jahre nach dem Tod seiner Frau nicht bereit für eine neue Liebe.

Inge zuckte mit den Achseln. »Aber die Hamptons sind außergewöhnlich schön.«

»Finde ich auch, und der Meinung ist auch Lilly, sonst würde sie nicht jedes Wochenende hier verbringen.« Ich legte meinen Arm um Inges Schulter und drückte sie. »Das Gästehaus, in dem ihr momentan wohnt, steht euch sicherlich jederzeit zur Verfügung.«

Wobei es auf dem Anwesen nicht nur ein Gästehaus gab, sondern gleich drei, von denen auch Jayden und ich für die Zeit der Hochzeitsfeier eines bewohnten. Alle Häuser waren ausgestattet mit Wohnküche, Schlafzimmer, Bad sowie Terrasse mit Meerblick, perfekt für einen erholsamen Urlaub.

»Wir werden euch so oft wie möglich besuchen.« Marius kramte eine Sonnenbrille aus der Hemdtasche und setzte sie auf. »Ich bin so froh, dass Lilly jemanden gefunden hat, der sie aufrichtig liebt und mit dem sie sich eine gemeinsame Zukunft vorstellen kann.«

Was nicht selbstverständlich war, da meine

Freundin aufgrund einer schweren Verletzung aus der Kindheit der Meinung gewesen war, dass kein Mann sie lieben könnte.

Inge zog den Hut in die Stirn, sodass der breite Rand ihre Augen vor der Sonne schützte. Sie grinste mich an. »Lilly hat erzählt, dass es in deinem Leben auch einen Mann gibt.«

Vor sich hin brummelnd schüttelte Marius den Kopf. »Musst du das Mädchen so ausfragen?«

Entrüstet sah sie ihn an. »Wenn Svea uns nichts erzählen möchte, werde ich das natürlich akzeptieren.«

Marius verdrehte die Augen.

Ich räusperte mich, um nicht loszukichern.

Wir wussten beide, dass man gegen Inge keine Chance hatte. Wenn sie etwas wissen wollte, bohrte sie, bis man sich wie ein Schweizer Käse fühlte.

Sie setzte den strengen Blick einer ehemaligen Lehrerin mit langjähriger Berufserfahrung auf. »Also, raus mit der Sprache. Wie heißt er? Was macht er? Ist es etwas Ernstes?«

»Jayden ist Meeresbiologe.«

»Das hört sich sympathisch an.« Sie musterte mich. »Aber die wichtigste Antwort fehlt.«

Mit dem rechten großen Zeh malte ich einen Kreis in den Sand. »Es ist alles noch sehr frisch.«

Wie definierte man in diesem Fall *etwas Ernstes*? Sollte es Heirat und Kinder bedeuten, hatte ich nicht vor, mich dieser Frage zu stellen. So wie es jetzt war, fand ich es optimal und so konnte es für die nächsten tausend Jahre bleiben.

»Svea!« Ein dunkler Lockenkopf hüpfte über den Sand zu uns und rettete mich vor Inges Verhör. »Du sollst sofort zu Lilly kommen.« Maiks sechsjährige Nichte blieb vor mir stehen und winkte mich zu sich herunter.

Ich ging in die Hocke und zupfte ihre Haarschleife zurecht, die beim Laufen verrutscht war. In dem weißen Kleidchen mit den aufgestickten Herzen sah sie aus wie eine kleine Schwester von Schneewittchen.

Katie hielt eine Hand an mein Ohr und flüsterte: »Ich habe Lilly gesehen. Sie ist viel schöner als eine Prinzessin.«

»Ich weiß«, flüsterte ich zurück. »Warte mal ab, bis sie ihr Brautkleid trägt. Darin sieht sie aus wie eine Königin. Lilly und ich haben es gemeinsam entworfen.«

Ich erinnerte mich daran, wie wir drei Tage in Midtown Manhattan erfolglos nach einem Kleid suchten. Lilly brauchte etwas Besonderes, das es so nicht zu kaufen gab. Deswegen designten wir an zwei Abenden in Gesellschaft von Rotwein und Vollmilchschokolade das ideale Brautkleid. Da Maik Inhaber eines bekannten Kindermodenlabels war, fragten wir eine seiner Top-Schneiderinnen, ob sie sich zutrauen würde, ein Brautkleid anzufertigen. Sie hatte sofort zugesagt.

Katie schob ihre Hand in meine. »Komm schnell mit! Lilly braucht dich.«

Ich richtete mich auf und wandte mich an Inge und Marius. »Wir sehen uns später. Jayden wird auch da sein. Ich werde ihn euch vorstellen.«

»Das freut mich.« Inge strahlte mit ihren Lachfältchen um die Wette.

»Svea, was ich dich fragen wollte.« Marius nahm die Sonnenbrille ab und klappte die Bügel zusammen.

»Neulich sind mir deine Eltern im Auto entgegengekommen.« Seine Augen blickten geradewegs in meine Seele. »Hat jemand aus deiner Familie die Chance genutzt, dich in New York zu besuchen?«

»Nein.« Ich zuckte mit den Achseln. »Warum sollten sie?«

Bevor einer von ihnen antworten konnte, zerrte Katie an meinem Arm. Erleichtert ließ ich mich mitziehen. Ich hatte keine Lust über meine Familie zu reden. Für sie war ich unsichtbar.

♥

Vom Strand aus betraten wir Maiks Anwesen durch ein Holztor, das ich mit einer Chipkarte öffnete, die er mir zur Verfügung gestellt hatte.

»Warte mal.« Katie setzte sich auf den weitläufigen Rasen, der dem Green eines Golfplatzes in nichts nachstand. Sie zog ihre Schuhe aus, schüttete den Sand ins Gras und puhlte auch das letzte Sandkorn von den Zehen. »Ich mag es nicht, wenn der Sand an meiner Haut reibt.«

»Das kann ich verstehen.« Ich zeigte auf meine dreckigen Füße. »Die müssen auch noch unter die Dusche.«

»Aber erst musst du Lilly helfen.« Katie schlüpfte wieder in ihre Ballerinas und stand auf.

»Weißt du, was sie für ein Problem hat?«

Katie zuckte mit den Achseln. »Irgendwas mit einem Kleid. Mama hat gesagt, dass sie ihn am liebsten erschossen hätte. Aber ich weiß nicht, wen sie gemeint hat.« Sie kräuselte die Nase. »Ich glaube, es leben alle noch.«

Besorgt runzelte ich die Stirn. Hoffentlich fanden wir eine Lösung. Nach allem, was meine Freundin in ihrem Leben durchgemacht hatte, verdiente sie eine wunderschöne Hochzeit. Ich nahm mir vor, alles dafür zu tun, dass es für Lilly ein unvergesslicher Tag werden würde.

Hinter lilablühenden Fliederbüschen tauchte das zweistöckige Haupthaus auf. Drei verglaste Giebel verhießen von jedem Zimmer aus einen fantastischen Meerblick. Rechts neben dem Haus reihten sich die Gästehäuser aneinander, und im Pool links davon könnten Leistungsschwimmer für Olympia trainieren.

Auf dem Rasen vor der Terrasse war alles für die Hochzeit vorbereitet. Katie ließ meine Hand los, raffte ihr Kleidchen bis zu den Knien hoch und schritt kichernd mit erhobenem Haupt durch einen cremefarbenen Rosenbogen. Ich ging außen an den für die Gäste bereitgestellten Stuhlreihen entlang und winkte Steven zu, der vor einer Stunde mit seiner Familie per Helikopter eingeflogen worden war. Der Trauzeuge und Geschäftspartner von Maik stand neben dem Pfarrer auf einem Podest vor einer weißen Bank, auf der später das Brautpaar Platz nehmen würde. Da Steven gestern aus geschäftlichen Gründen nicht an der Generalprobe teilnehmen konnte, musste er sich heute den Ablauf der Zeremonie erklären lassen. Lächelnd sprang er zu uns auf den Rasen und begrüßte uns mit einem Wangenküsschen. Er beugte sich zu Katie und stupste sie mit dem Finger an die Nase. »Darf ich dich nachher zu einem Tanz auffordern?«

Die Kleine nickte stolz. »Maik hat mit mir geübt. Ich kann sogar eine Drehung.«

»Das musst du mir unbedingt zeigen.« Er richtete sich wieder auf und grinste mich an. »Wir beide haben auch eine Verabredung. Direkt nach dem Brauttanz dürfen die Trauzeugen aufs Parkett.«

Ich grinste zurück. »Es wird mir ein Vergnügen sein.«

Sich räuspernd tippte der Pfarrer auf die Armbanduhr.

Steven gab ihm ein Zeichen, dass er gleich soweit sei und nickte uns zu. »Wir sehen uns später.«

Katie nahm erneut meine Hand und schritt zielstrebig zum Hauseingang. »Ich mag Steven.« Sie blieb stehen und wischte sich mit der freien Hand ein paar übrig gebliebene Sandkörner von den Schienbeinen.

»Geht mir genauso«, erwiderte ich. Steven war mir nicht nur deswegen sympathisch, weil er sich zusammen mit Maik intensiv mit meinem Umweltprojekt gegen Plastikmüll auseinandergesetzt und einen höheren Betrag gespendet hatte, sondern auch weil er aktives Mitglied in mehreren Hilfsorganisationen war, wobei ihm die Straßenkinder New Yorks besonders am Herzen lagen.

Grüßend kamen uns zwei Brautjungfern in Etuikleidern und High Heels entgegen. Allein bei dem Anblick der engsitzenden Kleider fühlte ich mich wie eine Wurst in der Pelle. Zum Glück hatte Lilly nicht darauf bestanden, dass ich als Trauzeugin ein Kleid trug. Kleider waren genauso wenig mein Ding wie Hochzeiten. Auch Lilly war der Meinung, dass ich nur in Hosen ich selbst sei und hatte darauf bestanden, mir einen ärmellosen Jumpsuit aus mintgrünem Chiffon zu kaufen, der farblich zu meinen Haaren passte. Ich liebte ihn vom ersten Augenblick an.

»Ist Lilly in ihrem Zimmer?«, fragte ich Katie.

Sie nickte. »Da dürfen nur Frauen und Mädchen rein, Maik auf gar keinen Fall.«

Als ich vor einer Stunde zum Strandspaziergang aufgebrochen war, hatten sich eine Kosmetikerin und eine Hairstylistin mit Lilly beschäftigt. Die Zeremonie würde erst in zwei Stunden beginnen. Es blieb mir also genügend Zeit, um mich zu duschen und die Haare zu richten. Mein Jumpsuit hing bei Lilly im Zimmer. Ich würde ihn mitnehmen, wenn sich ihr Problem geklärt hatte.

Über die Terrasse betraten wir das offene Wohnzimmer. Im Inneren der Villa huschten weißgekleidete Servicekräfte durch die Räume und trafen letzte Vorkehrungen für ein festliches Ambiente. Sie schüttelten Kissen auf, setzten Blumenkörbe in Szene und platzierten bereits eingetroffene Geschenke auf einem Tisch.

Unwillkürlich huschte ein Lächeln über mein Gesicht. Ich freute mich auf die Hochzeitsfeier, genoss das Wiedersehen mit Marius und Inge, aber vor allem war ich happy über den Mann an meiner Seite. Ich fühlte mich in jeder Hinsicht zu Jayden hingezogen. Ich mochte es, wie er redete, seine Art mit mir zu diskutieren und ich war verrückt nach seiner Zärtlichkeit, wenn wir uns liebten. Außerdem setzte er sich ebenso für den Natur- und Umweltschutz ein wie ich. Gemeinsam könnten wir manches in der Metropole bewirken. Wir hatten bereits eine Liste mit weiteren Projekten aufgestellt und nach Dringlichkeit sortiert. Außerdem stand die Gründung einer Stiftung für bedrohte Vogelarten im Bundesstaat New York an. Einige Sponsoren unseres aktuellen Plastikmüllprojekts hatten uns auch dafür finanzielle Unterstützung zugesagt. Es konnte nicht besser laufen.

Katie zog mich die Treppe zur Galerie hoch, von der mehrere Zimmer abgingen. Sie klopfte an Lillys Tür, und ohne eine Antwort abzuwarten, rauschte sie in den Raum. »Ich habe Svea gefunden.«

Maiks Schwester nahm ihre Tochter auf den Arm. »Das hast du prima gemacht.« Susans schmales Gesicht und die kurzen Haare erinnerten an die schwere Erkrankung des letzten Jahres, aber ihre Augen leuchteten wie ein Feuerwerk, als sie Katie ansah. Sie wandte sich an mich. »Leider haben wir das Drama zu spät bemerkt, um etwas retten zu können.«

Ich sah mich um. »Was ist denn passiert? Wo ist Lilly?«

»Sie sucht im Ankleidezimmer nach einer Alternative.«

Das hörte sich nicht gut an. Wer hatte schon ein zweites Brautkleid als Reserve?

Ein Mops tapste aus dem Bad, gefolgt von der Hairstylistin, die aussah, als wäre sie nicht nur auf sich selbst sauer, sondern auch auf den Rest der Weltbevölkerung.

Katie hüpfte aus Susans Armen auf den Boden und stürzte sich auf den Hund. »Ist der niedlich.«

Bevor ich ins Ankleidezimmer stürmen konnte, um Lilly zu trösten, kam sie im Bademantel aus der Tür, ein dunkelblaues Rüschenkleid auf dem Arm. »Das könnte Svea passen.«

Abrupt stoppte ich.

Lilly auch.

Sekundenlang rührte sich niemand. Nicht mal der

Mops machte einen Muckser. Erst als draußen ein Wagen hupte, löste sich die Anspannung. Susan nahm Lilly das Kleid aus der Hand und hielt es vor meinen Oberkörper. »Perfekt!«

Entgeistert starrte ich auf den Spitzenkragen, der mir bis zum Kinn reichte. »Ist das dein altes Abiballkleid?« Ungläubig wandte ich mich an meine Freundin, die ein Gesicht zog, als fiele ihre Hochzeit aus. »Warum soll ich das anziehen?«

Susan räusperte sich, öffnete den Reißverschluss des Kleides und reichte es mir. »Schlüpf mal rein. Das sieht bestimmt super aus.«

Ich ignorierte ihre Aufforderung und sah mich suchend um. »Wo ist mein Jumpsuit?«

Erneut vergingen Sekunden unangenehmen Schweigens, bis plötzlich die Hairstylistin schluchzte: »Caesar hat ihn zerfetzt.« Sie holte ein löchriges, grünes Stoffteil hinter ihrem Rücken hervor.

Mir brach der kalte Schweiß aus. »Wer zum Teufel ist Caesar?«

»Mein Mops.«

Ich starrte auf den Hund, der neben Katie auf den Hinterbeinen saß, den Kopf schräg legte und mich ansah, als wüsste er genau, was er verbrochen hatte.

Meine Augen verengten sich zu schmalen Schlitzen.

Caesar winselte und legte seinen Kopf auf die Vorderpfoten. Meine ansonsten ausgeprägte Tierliebe verließ mich für einen rachsüchtigen Augenblick. Der Mops spürte genau, ich würde ihn auf der Stelle in einen Goldfisch verwandeln und im Klo runterspülen, wenn Harry Potter mir seinen Zauberstab leihen würde.

»Es tut mir so leid.« Lilly nahm mich in den Arm. »Der Jumpsuit lag auf dem Bett. Wir waren alle im Bad, als Caesar ihn runtergezerrt und in Fetzen gerissen hat.«

Panisch löste ich mich von ihr und lief im Zimmer zwischen Fenster und Bett auf und ab. Auf gar keinen Fall wollte ich als Trauzeugin meiner besten Freundin wie eine Abiturientin aussehen, schon gar nicht in einem Kleid, das so wenig zu mir passte wie ein Pelzmantel. Ich blieb vor Lilly stehen. »Gibt es ein Bekleidungsgeschäft in Southampton? Finde ich dort etwas Elegantes?«

Susan trat zu uns. »Das schaffst du zeitlich nicht. Halb New York ist am Samstag auf dem Weg in die Hamptons. Die Straßen sind verstopft.« Mitfühlend reichte sie mir erneut das Kleid. »Probier es wenigstens an.«

Ich wollte schon protestieren, als ich Lillys unglückliche Miene sah. Hatte ich mir nicht vorgenommen, alles mir Mögliche für einen unvergesslichen Tag beizutragen? Hier ging es nicht um mich oder ein doofes Kleid. Wer würde mich schon beachten, wenn die Braut neben mir stand?

Wortlos nahm ich Susan das Kleid aus der Hand und verschwand im Ankleidezimmer.

Auf dem Abiball hatte Lilly darin traumhaft ausgesehen. Das dunkle Blau harmonierte mit ihren langen blonden Haaren und dem natürlich braunen Teint. Meine Haut dagegen war norddeutsch hell, nur zahlreiche Sommersprossen gaben meinem Gesicht ein bisschen Farbe.

Ich zog Shorts und T-Shirt aus und zwängte mich in das langärmelige Kleid, das sich wie ein Neoprenanzug an meine Haut schmiegte. Ich würde schwitzen ohne Ende. Zum Glück waren Lilly und ich gleich groß, sodass der petticoatartige Rüschenrock kurz über den Knien endete. Der Spitzenkragen kratzte am Hals, als ich mühsam den Reißverschluss hochzog. Barfüßig verließ ich den Raum und betrachtete mich unter den prüfenden Blicken der Anwesenden vor einem türhohen Spiegel.

Entsetzt schloss ich die Augen. Ich war ein optisches Foul, definitiv.

Susan klatschte in die Hände. »Das steht dir hervorragend.« Sie zupfte an Rock und Kragen, als könnte sie noch ein Wunder vollbringen. »Passt wie angegossen.«

Lilly nickte und versuchte Begeisterung zu zeigen. »Es sieht sehr festlich aus.«

Die Hairstylistin sagte nichts, was mir wiederum alles sagte.

Ich wandte mich an Katie, um wenigstens eine ehrliche Antwort zu erhalten. »Was sagst du dazu?«

Aus den Augenwinkeln sah ich, wie Susan heimlich den Daumen in Katies Richtung hob. Sie hätte es sich sparen können. Kinder und Besoffene sagten immer die Wahrheit.

Katie neigte den Kopf zur Seite. Ihre Zungenspitze lugte aus dem rechten Mundwinkel, als dächte sie angestrengt über die Antwort nach. »Oben siehst du aus wie *Pippi Langstrumpf* und unten wie ein Tanzmariechen. Aber Caesar findet es toll.«

Ich hätte nicht fragen sollen.

»Äh.« Susan tippte auf die Armbanduhr. »Wir sollten uns umziehen, sonst wird die Zeit knapp.«

Als wäre alles in bester Ordnung wandte ich mich

an meine Freundin. »Ich springe schnell unter die Dusche, dann helfe ich dir beim Anziehen des Brautkleides.«

Lilly legte eine Hand auf meinen Arm. »Ist das Kleid für dich okay?«

»Na klar.« Ich schaffte ein Lächeln. »Es passt und sieht festlich aus. Das ist die Hauptsache.« Während ich meine Sachen aus dem Ankleidezimmer holte, klebte Caesar an meinen Fersen, als wollte er sich bei mir entschuldigen. Ich würdigte ihn keines Blickes. Er konnte bei mir nicht mehr punkten.

♥

Jayden stand im Smoking vor dem Garderobenspiegel und legte eine Fliege um den Hemdkragen, als ich unser Gästehaus betrat. Ohne den Blick vom Spiegel zu wenden, knurrte er: »Kannst du mir bitte helfen? Das Ding will sich einfach nicht binden lassen.«

Ich schloss die Tür und lehnte mich dagegen. Mein Herzschlag beschleunigte sich, während ich ihn beobachtete. Noch immer staunte ich darüber, dass ich endlich einen Mann gefunden hatte, der mir etwas bedeutete. Jayden besaß den athletischen Körperbau eines Schwimmers und die Ausstrahlung eines amerikanischen blonden Sonnyboys. Die meisten würden eher einen Profi-Surfer in ihm vermuten als einen Doktor der Meeresbiologie.

»Nur, wenn du mich vorher in den Arm nimmst und mich leidenschaftlich küsst - egal, wie ich aussehe.« Ich trat hinter ihm und schmiegte mich an seinen Rücken.

Die beiden Enden der Fliege mit den Händen

festhaltend, drehte er sich zu mir. Amüsiert verzog er den Mund, als sein Blick über meine Aufmachung glitt. »Susan hat mich schon vorgewarnt, als sie dich gesucht hat.«

»Na toll, das sollte eine Überraschung für dich sein. Du bist heute Partner eines Tintenfasses mit Haarbüschel.«

Jayden lachte und zog mich in die Arme, schützend wie eine Burg, umgeben von meterhohen Steinmauern und einem Wassergraben, in denen die Erinnerungen an meine Familie ertranken. »Es ist mir völlig egal, ob du in einem Bettlaken, einer Mülltüte oder einem Tintenfass steckst. Für mich bist du die cleverste und schönste Frau Amerikas.« Sanft berührten seine Lippen meinen Mund. »Für immer.«

Ich genoss seine Nähe, die Zärtlichkeit, die Liebe, die ich spürte, wenn unsere Blicke sich trafen, unsere Haut sich berührte. Und ich ignorierte die Alarmglocke, die leise in meinem Hinterkopf klingelte. Von einer gemeinsamen Zukunft war bisher nicht die Rede, aber ich wünschte mir von Herzen, endlich anzukommen und die tiefe Sehnsucht nach Zugehörigkeit zu stillen, die mich seit meiner Kindheit begleitete. *Für immer* war daher für mich kein Grund in Panik zu geraten, solange Jayden nicht von mir erwartete, vor den Traualtar zu treten und eine Familie zu gründen.

Ich erwiderte den Kuss und löste mich aus der Umarmung. »Lass mich schnell die Fliege binden, damit ich unter die Dusche kann. Lilly wartet auf mich.«

♥

Eine halbe Stunde später saß ich in Pumps und Rüschenkleid in Lillys Bad auf dem Rand einer Wanne, in der eine vierköpfige Familie Platz hätte. Die Friseurin, die sich als enge Freundin von Susan entpuppte, nahm ebenfalls an der Hochzeitsfeier teil und entschuldigte sich tausendmal bei mir. Sie steckte mir einen Reif mit rosa Malvenblüten ins Haar. »Der Ton harmoniert wunderbar mit Ihrer Haarfarbe.«

Ich musste ihr recht geben. Wenigstens sah ich oben herum einigermaßen passabel aus. Wobei ich mir nicht sicher war, ob ich vom Kinn abwärts so furchtbar aussah, wie ich mich fühlte, oder ob ich mich furchtbarer fühlte, als ich aussah. Kurzerhand beschloss ich, mich super zu fühlen. Lillys Hochzeit würde ich mir durch nichts verderben lassen.

Caesar, der mir auf Schritt und Tritt folgte, knurrte unwillig, als ich ihn von meinen Schuhen scheuchte, um das Bad zu verlassen.

Im Bademantel stand Lilly vor dem Fenster und beobachtete das Treiben im Garten.

Ich ging zu ihr, legte einen Arm um ihre Schulter und drückte ihr vorsichtig ein Küsschen auf die Wange. Ihr Make-up war fertig, das Haar kunstvoll hochgesteckt und der schmale Hals von einem Diamantcollier umrahmt. Jedes Brautmagazin hätte sie als Model engagiert.

Sie legte ihren Kopf an meinen. »Ich war nie glücklicher.«

»Es steht dir zu, glücklich zu sein. Ich wünsche euch beiden, dass ihr ewig eure Liebe und euer Glück im Herzen bewahrt.«

Sie hob den Kopf und sah mich an. »Ist es nicht wunderbar, dass ich Maik gefunden habe und du

Jayden? Und dass wir uns alle so gut verstehen?«

»Ich mag Maik, und Jayden schätzt ihn sehr.«

»Wir können die Wochenenden gemeinsam in den Hamptons verbringen, im Pool baden und mit der Yacht in die Shinnecock Bay fahren.« Sie stupste mir in die Seite und lachte. »In zehn Jahren sitzen wir mit unseren Kindern am Strand am Lagerfeuer und grillen Marshmallows. Ich glaube, das würde Jayden auch gefallen.«

Diesmal konnte ich die Alarmglocke nicht überhören, aber ich wollte Lilly nicht am Tag ihrer Hochzeit die Stimmung verderben und hielt daher den Mund. Behutsam löste ich mich von ihr. »Ich hole das Brautkleid aus dem Ankleidezimmer.«

Susans Freundin kam mit zwei Friseurtaschen aus dem Bad. »Sobald Sie Ihr Kleid angezogen haben«, sagte sie zu Lilly, »stecke ich Ihnen den Schleier ins Haar.«

»Das kann ich übernehmen.« Ich wusste, meine Freundin wollte nicht, dass ihr jemand beim Ankleiden zusah. Nicht mal Susan durfte anwesend sein.

»Aber ich kann auch …«

»Nicht nötig, ich bekomme das hin.«

Ich scheuchte Caesar hinter ihr her, der mir einen betrübten Blick zuwarf, bevor ich die Tür vor seiner Nase schloss.

Lilly legte ihren Bademantel aufs Bett. Der Anblick ihrer Brandnarben, die sich von der linken Schulter über die Brust bis zum Bauchnabel zogen, konnte mich nicht schocken. Ich kannte ihn seit meinem siebten Lebensjahr.

»Vorhin habe ich Inge und Marius am Strand

getroffen.« Ich zog das Kleid aus der Plastikhülle. »Die beiden sind begeistert von den Hamptons.«

Lilly nickte. »Paps würde am liebsten eine Professorenstelle an der New Yorker Universität annehmen.«

»Hätte er Chancen?«

»Bestimmt. Seine Forschungsarbeiten sind international anerkannt. Außerdem spricht er Englisch, als wäre es seine Muttersprache.«

Ich hielt Lilly das Kleid hin, sodass sie hineinschlüpfen konnte. »Wie fändest du es, wenn die beiden hierherzögen?«

»Einfach nur toll.« Sie streifte den breiten Träger über die linke Schulter und verdeckte damit das Narbengewebe. Die rechte Schulter blieb frei. Der Stoff schmiegte sich eng an Taille und Hüfte und fiel abwärts breiter nach unten. »Stell dir vor, wir wären alle zusammen. Inge und Paps, Jayden und du, Maik und ich. Das wäre ein Traum.« Sie drehte sich um und ich schloss den im Stoff versteckten Reißverschluss.

»Du siehst bezaubernd aus. Maik wird ständig über irgendetwas stolpern, weil er seine Augen nicht von dir lassen kann.«

Lilly kicherte. »Das erste muss nicht sein, das zweite hoffe ich sehr.«

Vorsichtig nahm ich den Schleier vom Tisch, breitete ihn über ihren Rücken aus und steckte ihn so in die Hochfrisur, wie ich es gestern bei der Anprobe gesehen hatte. Er passte perfekt. Jetzt fehlte nur noch der Brautstrauß. Ich holte den aus cremefarbenen Rosen bestehenden Strauß aus der Blumenvase, wickelte ihn in ein dafür vorgesehenes rosa Stofftuch und reichte ihn Lilly.

Sie grinste mich an. »Nach der Trauung werde ich ihn werfen. Vielleicht fängst du ihn.«

Ganz bestimmt nicht.

♥

Mit einem Glas Champagner in der Hand und Jayden an meiner Seite trat ich zu Inge und Marius an einen Stehtisch neben dem Pool. Zweihundert Gäste verteilten sich im Garten auf Loungemöbel, Sitzgruppen und an Stehtischen, wobei die Gruppe um den New Yorker Bürgermeister die Terrassenmöbel in der Nähe der Bar in Anspruch nahm. Nicht nur dort herrschte ausgelassene Stimmung und stießen die Gäste mit Cocktails auf das Brautpaar an, auch auf der Tanzfläche feierten und tanzten die Leute im Rhythmus der Livemusik.

Die Hochzeitszeremonie war reibungslos verlaufen, nur Caesar hatte für Gelächter gesorgt, weil er permanent versuchte, auf meinen Schoß zu springen. Zuerst hüpfte er mit vier Beinen gleichzeitig hoch. Als er aber merkte, dass ihn das nicht ans Ziel brachte, sprang er mit den Vorderpfoten an die Sitzfläche und hopste mit den Hinterbeinen in die Höhe. Nach dem Jawort von Lilly ging ihm endlich die Puste aus. Schnaufend hatte er sich unter meinen Stuhl verkrochen und für den Rest der Trauung die Pumps abgeleckt.

Inge musterte mich von oben bis unten. »Die ganze Zeit habe ich überlegt, ob du Lillys altes Abiballkleid trägst.«

»So ist es.« Ich machte eine entsprechende Handbewegung. »Aber frag nicht weiter. Darf ich euch stattdessen Jayden vorstellen?«

»Freut mich, Sie kennenzulernen.« Jayden schüttelte beiden die Hand. »Svea und Lilly haben viel von Ihnen erzählt.«

Inge seufzte. »Wir vermissen die beiden. Lilly wird wohl nicht nach Deutschland zurückkommen.«

»Was wir bei dieser traumhaften Umgebung gut verstehen können«, sagte Marius. »Ich hoffe, eine Gastprofessur an der New Yorker Universität zu bekommen. Wir wären gern in Lillys und Maiks Nähe, wenn sich der erste Nachwuchs ankündigt.«

Jayden lachte. »Meine Eltern warten auch schon sehnsüchtig auf Enkelkinder.«

Mein Kopf schaltete von Alarmglöckchen auf Signalhorn.

Jayden legte seinen Arm um mich. »Ich hoffe, Svea bleibt uns ebenfalls erhalten, aber vor allem mir.«

Inge und Marius tauschten einen einvernehmlichen Blick, als läuteten bereits unsere Hochzeitsglocken.

Mein Herz läutete zaghaft mit, aber mein Kopf gab mir unmissverständlich zu verstehen, dass das Gespräch in die falsche Richtung lief.

Zärtlich strich Jayden mir eine Haarsträhne aus dem Gesicht. »Durch ihre schonungslosen Artikel über Umweltskandale hat Svea eine Menge Unterstützer in New York gefunden, sogar ein Mops ist unter ihren Fans.«

Inge und Marius lachten.

Jayden bedachte mich mit einem Blick, der mir unter die Haut ging. »Aber ich bin ihr größter Fan.«

Begeistert hob Marius das Champagnerglas. »Darauf stoßen wir an.«

Während unsere Gläser aneinanderklirrten, räusperte Jayden sich und wandte sich mir zu. »In drei Wochen feiert meine Mutter ihren sechzigsten Geburtstag. Sie würde sich freuen, wenn du den Tag mit uns verbringst, um die Familie kennenzulernen.«

In meinem Kopf zog ein regelrechter Demonstrationszug los.

»Das ist ja großartig.« Verschwörerisch zwinkerte Inge mir zu und legte kurz eine Hand auf Jaydens Unterarm. »Woher stammen Sie? Sind Sie New Yorker?«

»Nein. Meine Eltern betreiben eine Rinderranch in Montana mit Maisanbau und einigen Weinbergen.«

»Kaum zu glauben.« Inge nippte an ihrem Glas. »Vor mir steht ein echter Cowboy.«

Jayden lachte. »In den Semesterferien habe ich tatsächlich als Cowboy gearbeitet, aber es war nie mein Traumberuf.« Er spielte mit einer meiner Haarsträhnen. »Als Zehnjähriger durfte ich einen Sommer bei meinem Onkel auf Key West in Florida verbringen. Seitdem hat mich das Meer nicht mehr losgelassen.«

»Gehört Montana zu den Mountain States?« Marius zog sein Sakko aus und faltete es über seinem Arm.

Jayden nickte. »Die Rockys ziehen sich durch den Bundesstaat, ebenso wie der Missouri River und Prärien, in denen Wildpferde leben. Montana ist landschaftlich ausgesprochen vielfältig.« Er legte seine Hand auf meine, die sich krampfhaft am Champagner festhielt. »Ich würde dir gern meine Heimat zeigen und dich meiner Familie vorstellen.«

Das Lasso, das er vor ein paar Minuten um meinen Hals geworfen hatte, zog sich zusehends enger.

»Entschuldigt mich bitte.« Nur mit Mühe schaffte ich den nächsten Satz. »Bevor ich als Trauzeugin die Rede halte, muss ich mich ein bisschen frisch machen.«

Ich flüchtete über den Rasen ins Gästehaus, streifte meine Pumps ab und warf mich aufs Sofa. Feucht vom Schweiß klebte das Kleid an mir. Am liebsten hätte ich es zusammen mit den Andeutungen von Jayden abgestreift. Warum raste ich ausgerechnet an Lillys Hochzeit in der Höchstgeschwindigkeit eines Ferraris auf eine Situation zu, der ich mich nie stellen wollte, geschweige denn gewachsen fühlte? Wieso konnte nicht alles so bleiben, wie es war? Familie und Kinder waren etwas für Lilly und Maik, nicht für mich.

Bevor ich meine Gedanken sortieren konnte, hörte ich von draußen eine Ansage. Ich rappelte mich auf und öffnete das Fenster, um nicht den Aufruf für die Fotosession mit den Trauzeugen und Familienangehörigen zu verpassen. Der Leadsänger der Liveband stand auf einer eigens für die Band aufgebauten Bühne vor dem Mikrofon. »Alle unverheirateten Ladies werden gebeten, sich vor dem Rosenbogen zu versammeln. Die Braut möchte den Brautstrauß werfen.«

Erleichtert atmete ich auf, da ich mich auf sicherem Terrain wähnte. Ich würde bestimmt nicht an diesem beknackten Brauch teilnehmen.

Barfuß ging ich im Wohnzimmer auf und ab. Bewegung beruhigte mich. Zu gern wäre ich jetzt eine Stunde am Strand entlang gejoggt oder mit dem Mountainbike durch die Wälder der Hamptons geradelt. Sport brauchte ich täglich, je ausdauernder desto besser.

Der Leadsänger meldete sich erneut: »Die Trauzeugin Svea wird beim Brautstraußwurf vermisst und von der Braut gebeten, zum Rosenbogen zu kommen.«

Ich blieb stehen und donnerte mit der Faust gegen die nächste Wand. Hatte sich heute alles gegen mich verschworen? Unschöne Wörter vor mich hinmurmelnd, nahm ich die Laufstrecke wieder auf. Den Teufel würde ich tun, das Haus zu verlassen, bevor Lilly den Brautstrauß geworfen hatte. Fünf Sekunden später erinnerte ich mich an das Versprechen, mein Möglichstes für eine gelungene Hochzeitsfeier beizutragen. Seufzend stieg ich in die Schuhe und öffnete die Tür. Sämtliche Blicke wandten sich mir zu, musterten mich interessiert, während ich zu der Gruppe junger Frauen schritt, die sich am Bogen versammelt hatte. So viel zum Thema, mich würde sowieso niemand wahrnehmen.

Lilly winkte mir mit dem Brautstrauß zu.

Ich meißelte mir ein Lächeln ins Gesicht und stellte mich in die hinterste Reihe. Sobald ich die Flugbahn des Straußes abschätzen konnte, würde ich ausweichen.

Ein paar Meter von meinem Standort entfernt warf Jayden mir eine Kusshand zu, Marius lächelte vergnügt über den Rand eines aufgefüllten Champagnerglases und Inge drückte die Daumen in meine Richtung. Ich würde sie leider enttäuschen müssen.

Den Blick auf den Brautstrauß in Lillys Hand gerichtet, stellte ich mich in eine günstige Position. Ein entsetzter Laut entwich mir, als plötzlich sieben Kilo Mops auf meine Füße plumpsten.

»Caesar! Verschwinde von den Schuhen!« Ich

wollte einen Schritt nach hinten gehen, um meine Bewegungsfreiheit wiederzuerlangen, blieb aber durch das Gewicht des Hundes stecken.

»Svea!«, rief Lilly von vorn. »Wo bist du? Ich sehe dich nicht.«

Ich ruderte mit den Armen, um nicht das Gleichgewicht zu verlieren. Für alle Umstehenden musste es so aussehen, als wollte ich unbedingt den Brautstrauß fangen. In dem Moment, in dem Lilly uns wieder den Rücken zukehrte und die Blumen warf, stand Caesar auf.

Nach hinten stolpernd, half mir auch das Armrudern nicht mehr. Die Schuhabsätze bohrten sich in den Rasen. Meine Beine knickten ein. Ich kippte der Länge nach um.

Gelächter, gemischt mit Applaus brandete durch den Garten.

Ich pustete eine Malvenblüte aus dem Gesicht, streifte den nach vorn gerutschten Haarreif zurück und hob den Kopf. Caesar sabberte hechelnd auf meine Schienbeine und der Brautstrauß prangte auf meinem Bauch wie auf einem Sargdeckel.

2

Svea?« Mein Nachbar Jake holte mich in die Gegenwart zurück. Die dunkelblaue Krawatte seiner Uniform, die das Security-Team des *Museum of Natural History* tragen musste, saß wie immer zu weit rechts. Als Leiter der Wachmannschaft hatte er die Dreharbeiten zu dem Kinofilm *Nachts im Museum* hautnah miterlebt und mir eines Abends bei einem Gläschen Rotwein gestanden, dass er sich in Ben Stiller verliebt hatte.

Jake zog seine Wohnungstür hinter sich zu. »Kann ich dir etwas abnehmen?«

»Hilfst du mir, das Gepäck in den Hof zu tragen? Das Taxi ist unterwegs.«

»Kein Problem.« Er packte den größeren Koffer am Griff und wog ihn in der Hand. »Ganz schön schwer.« Er grinste mich an. »Ist da deine Schildkrötensammlung drin?«

Ich grinste zurück. »Alle achtundzwanzig Tiere.« Als ich während der Studienzeit mein erstes Geld mit Gelegenheitsjobs verdiente, hatte ich angefangen Schildkröten zu sammeln. Egal ob aus Keramik, Stoff oder Stein, ich liebte sie alle.

»Du wirst mir fehlen.« Jake begab sich zur Treppe. »Wirklich schade, dass der Verlag dich zurück nach Deutschland beordert, obwohl dein Umweltprojekt gerade in die entscheidende Phase geht.«

Über den Umzug hatte ich meinem Nachbarn nicht die Wahrheit gesagt, den Job vorzutäuschen war einfacher gewesen.

Ich nickte. »Ist leider nicht zu ändern.«

Im Eingangsbereich warf ich den Wohnungsschlüssel in den Briefkasten, so wie ich es nach der gestrigen Abnahme mit dem Vermieter vereinbart hatte.

Das Taxi wartete bereits, der Kofferraum stand offen.

Jake half dem Fahrer das Gepäck zu verstauen und umarmte mich anschließend, wobei die Krawatte noch weiter nach rechts rutschte. »Wir bleiben über WhatsApp in Kontakt, okay?«

»Auf jeden Fall.« Ich nahm auf dem Rücksitz Platz. Ein letzter Blick entlang der Feuertreppe bis zum Fenster meiner ehemaligen Wohnung versetzte mir einen heftigen Stich. New York, sein pulsierendes Leben und meine besten Freunde würden mir mehr fehlen, als ich mir selbst eingestand.

Eine halbe Stunde später fuhr das Taxi am MetLife Footballstadion der *New York Giants* vorbei und bevor es in den Lincoln Tunnel einfuhr, tauchte jenseits des Hudson Rivers die Skyline Manhattans aus dem morgendlichen Nebel auf. Für mich war sie so einzigartig wie das Porträt der Mona Lisa. Ich würde den täglichen Anblick schmerzhaft vermissen.

Am Port Authority Bus Terminal stieg ich aus, stellte die Koffer in einem Schließfach unter und ließ mir bei *Starbucks* einen Milchkaffee in meinen Mehrwegbecher füllen. Nebenan in der Bäckerei holte ich mir einen *New York Cheesecake*, der ebenso wie der

Pumpkin Patch Martini zu meinen kulinarischen Highlights New Yorks gehörte. Eine Stunde hatte ich für mich eingeplant, um mich von der Metropole zu verabschieden.

Bereits beim Verlassen des Busterminals stieg mir der unverwechselbare Geruch der City in die Nase. Abgestandenes Bier, vergammelter Müll und Urinpfützen in den Hauseingängen rochen nach zerplatzten Träumen. Der Gestank vermischte sich mit dem Erfolgsduft der High Society, die sich jeden Wunsch erfüllen konnte.

Ich sog die Atmosphäre und das Flair in mich auf und speicherte sie für meine Erinnerungen.

In der morgendlichen Rushhour trieb ich mit der Menschenmenge durch die Straßen der Häuserblocks bis zum Times Square. Vor der Aussichtstreppe, auf der Maik Lilly den Heiratsantrag gemacht hatte, blieb ich stehen. Den roten Treppenstufen sah man an, dass sie unter den zigtausenden Schuhsohlen litten, die täglich auf- und abstiegen. Ich nahm auf der obersten Stufe Platz, wickelte den Kuchen aus dem Papier und biss die Spitze des Dreiecks ab. Der leichte Biskuitboden mit der Füllung aus Frischkäse und Sahne zerschmolz in meinem Mund wie ein Stück Eis. Nach dem letzten Bissen drehte ich den Kaffeebecher zwischen den Händen und starrte auf die über den Hausfassaden flimmernden Werbespots, ohne sie wahrzunehmen.

Zwei Reihen unter mir hob ein älterer Obdachloser den Kopf von einer prall gefüllten Plastiktüte und prostete mir mit einer in Papier gewickelten Schnapsflasche zu. Ich fragte mich, welche Träume er als junger Mensch gehabt hatte und warum er heute trank, um sie zu vergessen.

Mit dem Becher prostete ich zurück und verbat mir, über meinen eigenen Traum nachzudenken. Er war für mich so unerreichbar wie der am weitesten entfernte Planet unseres Sonnensystems und irgendwann würde die Resignation ihn aus meinem Kopf löschen.

Während ich den restlichen Kaffee aus dem Becher nippte, schlängelten sich gelbe Taxis hupend über den Platz und übertönten die Pferdehufe der berittenen Polizeistaffel. Ich liebte diese Gegensätze New Yorks, den Schmelztiegel der Nationen, die sich in den unterschiedlichsten Kulturen widerspiegelten. Ein Gefühl von Unschlüssigkeit und Zweifel schoss plötzlich in mein Herz, verschaffte sich Raum und forderte mich auf, meine Entscheidung zu überdenken. Ohne mir Zeit zum Nachdenken zu geben, fegte mein Kopf alle Bedenken und Sehnsüchte durch die Häuserschluchten Manhattans zum Hudson River und weit über den Atlantik.

Es gab kein Zurück.

♥

Mit der Subway fuhr ich nach Downtown. Als ich vor dem dreieckigen, mit schwarzem Glas verkleideten Gebäude von *Malton* stand, klopfte mein Herz, als hätte ich fünfmal den Central Park umrundet. Lieber würde ich jetzt den Teufel in der Hölle besuchen, als meiner Freundin gegenüberzutreten.

Ich betrat das Foyer des Unternehmens, das Maik und Steven zu gleichen Teilen gehörte. Unter der Woche wohnten Lilly und Maik in der Penthouse-wohnung im siebzigsten Stock des Wolkenkratzers, und an jedem Wochenende fuhren sie mit Susan und Katie zur Villa in die Hamptons, damit Maiks Schwester sich an der Seeluft erholen konnte.

Eine Empfangsdame setzte Lillys Assistentin über meinen Besuch in Kenntnis. Mit dem Fahrstuhl fuhr ich in die fünfzigste Etage. Seitdem meine Freundin von *WebNet-Europe* nach *Malton* gewechselt war und dort als studierte Wirtschaftsinformatikerin den Aufbau einer Webdesign-Abteilung übernommen hatte, war ich mehrfach in ihrem Büro gewesen. Trotzdem flashte es mich jedes Mal, wie freundlich die Gänge und Büros eingerichtet waren und wie zuvorkommend die Mitarbeiter miteinander umgingen. Weder in Deutschland noch in New York hatte ich in einem Unternehmen einen vergleichbaren positiven Teamspirit erlebt. Sollte ich in Hamburg bleiben müssen, hoffte ich auf ein ebenso konspiratives Team, das unter meiner Leitung erfolgreich arbeiten würde. Lieber wäre mir allerdings eine Stelle als Auslandskorrespondentin. Ich war mir sicher, dass mein Chef mir etwas Ähnliches wie New York anbieten würde. Schließlich hatte ich hervorragende Arbeit geleistet, die der Verlag honorieren musste. Zu Hongkong, Buenos Aires oder Kapstadt würde ich nicht Nein sagen. Je weiter von Jayden entfernt, umso besser.

Lillys Assistentin Alexa begrüßte mich im Vorzimmer und meldete mich telefonisch an. Bevor sie mir jedoch die Tür öffnen konnte, riss meine Freundin sie von innen auf, nahm mich an die Hand und zog mich ins Büro. Die Tür fiel ins Schloss und Lilly mir um den Hals.

Ich schluckte. Wie sollte ich ihr klarmachen, dass dies für längere Zeit unsere letzte Begegnung war?

»Es ist so schön, dich zu sehen.« Lilly hakte sich bei mir unter und führte mich zu dem cremefarbenen Ledersofa, das von der Größe her nicht ansatzweise in meine ehemalige Wohnung gepasst hätte.

Ich sank ins Polster und der Knoten in meinem Magen presste mich in die Kissen. Würde ich ihn jemals wieder loswerden? Der Rucksack glitt zwischen meinen Füßen auf den Boden.

Lilly ging zum Schreibtisch und drückte auf einen Knopf der Telefonanlage. »Alexa, geben Sie bitte Mr. Norris Bescheid, dass wir die Besprechung auf vierzehn Uhr verschieben.«

Mit beiden Händen fuchtelte ich in ihre Richtung. »Das ist nicht notwendig. Ich muss sowieso gleich wieder weg.«

Lachend fuchtelte sie zurück. »Und bringen Sie uns bitte zwei Latte macchiato und einen Teller mit Pralinen aus *Susan's Bread Box*.«

Sie drehte sich zu mir. »Wir haben uns vierzehn Tage nicht gesehen. Du glaubst nicht im Ernst, dass ich dich gleich wieder gehen lasse.«

In dem eisgrauen Businesskostüm und mit der Bräune von zweiwöchigen Flitterwochen auf den Bahamas, sah sie umwerfend aus. Meine Freundin hatte ihr Glück gefunden und ich freute mich, als wäre es mein eigenes.

Sie ließ sich neben mir aufs Sofa fallen. »Was macht dein Projekt? Wie geht es Jayden? Wann fliegt ihr nächstes Wochenende zum Geburtstag seiner Mutter? Du musst mir alles erzählen.«

»Erst bist du dran«, wich ich aus. »Wie sind die

Bahamas? Was habt ihr unternommen?«

»Wir müssen unbedingt mal gemeinsam dorthin. Die Inseln sind ein Traum. Ich habe beim Tauchen Riffhaie und Meeresschildkröten gesehen. Einen Tag haben wir in Nassau verbracht und sind von dort aus mit dem Taxiboot nach Paradise Island gefahren.« Sie nahm ihr Smartphone vom Tisch, scrollte durch die Fotogalerie und zeigte mir eine Hotelanlage, in der man sich verlaufen konnte. »Das Atlantis gilt als das spektakulärste Hotel der Welt. Michael Jackson war dort Stammgast. Kannst du dir vorstellen, dass seine ehemalige Suite auf drei Jahre ausgebucht ist?«

Alexa trat mit einem Tablett ein und stellte die Kaffeegläser und die Pralinen auf einen zur Couch passenden Glastisch. »Kann ich sonst noch etwas für Sie tun?« Ihr Lächeln glich dem aller New Yorker Assistentinnen: freundlich, zuvorkommend, unverbindlich.

»Danke, Alexa. Bitte stellen Sie keine Telefongespräche durch, solange meine Freundin bei mir ist.«

Sie nickte und verließ so unauffällig das Büro, wie sie gekommen war.

»Beim Abendessen auf der Terrasse unseres Bungalows konnten wir jeden Tag den Sonnenuntergang genießen.« Lilly legte das Smartphone zur Seite. »Es war wie im Paradies. Maik haben die vierzehn Tage richtig gutgetan.« Sie nahm sich eine Praline aus heller Schokolade und einer Pistazie als Krönchen.

Maiks Schwester betrieb eine Konditorei in Midtown Manhattan und ihre selbstkreierten Pralinen waren legendär.

»Nach Susans Krankheit und der Betreuung von Katie war er wirklich am Anschlag.«

»Das ist verständlich.« Ich nippte am Latte macchiato. »Und wie geht es dir als Mrs. Maltrever?«

Lilly lachte. »An den Namen muss ich mich erst gewöhnen, aber ansonsten bin ich absolut happy. Was den Aufbau der Abteilung betrifft, lassen Maik und Steven mir freie Hand.« Sie steckte sich eine weitere Praline in den Mund. »Und für nächstes Wochenende planen wir einen Besuch bei meinen Großeltern in Los Angeles. Da die beiden wegen Opas Lungenentzündung nicht zur Trauung kommen konnten, wollen wir ihnen eine Freude bereiten und die Hochzeitsfotos persönlich vorbeibringen.« An einer Serviette mit dem Logo des Unternehmens wischte sie sich die Finger ab. »Was hältst du davon, wenn wir heute Abend mit Maik und Jayden in der *Rooftop Bar* einen *Pumpkin Patch Martini* trinken? Maik interessiert sich brennend für die Premiere eures Projekts. Das wäre doch eine super Gelegenheit, ihn darüber zu informieren. Danach zeigen wir euch Fotos von den Bahamas.«

Beinahe hätte ich laut aufgestöhnt. Ich knetete die Finger ineinander und dachte krampfhaft über einen Einstieg nach.

Lilly nahm den Latte macchiato vom Tisch und trank einen Schluck. »Habt ihr gegen einundzwanzig Uhr Zeit?«

Unwillkürlich legte ich eine Hand auf meinen Magen.

Besorgt beugte Lilly sich vor. »Ist dir nicht gut?«

Ich starrte auf die Pralinen mit Kokosraspeln, Walnusskrönchen und Krokantsplitter, die vor meinen Augen zu einer braunen Schokoladenmasse verschwammen. Mein Blick traf Lillys, als ich mich ihr zuwandte. »Ich muss dir etwas sagen.«

Ein Leuchten huschte über ihr Gesicht. »Ich habe es gewusst. Jayden hat dir nach unserer Hochzeit einen Antrag gemacht.«

Dazu hatte ich ihm keine Chance gegeben.

Lachend stellte sie das Glas zurück. »Es war aber auch zu komisch, wie du den Brautstrauß gefangen hast.« Sie kicherte. »Dein Einsatz war ausgesprochen körperbetont. Ein besseres Signal hättest du Jayden nicht geben können.«

Nachdem die Blumen auf meinem Bauch gelandet waren, war unsere Hochzeit beschlossene Sache. Inge, Marius, Susan, Maik und Lilly hatten von einem Omen gesprochen und auf uns angestoßen. Dass sie nicht gleich einen Termin vereinbarten, war alles. Maik bot Jayden sogar die Villa für die Hochzeitsfeier an. Allerdings lehnte der mit der Begründung ab, lieber auf der Ranch seiner Eltern feiern zu wollen.

Mich hatte niemand gefragt.

»Ich freue mich so für euch.« Lilly sprang auf und streckte die Arme nach mir aus. »Svea, das ist wunderbar. Komm, lass dich drücken.«

Den Blick auf die aufgeschäumte Milch des Latte macchiato gerichtet, blieb ich sitzen.

Lillys Arme sanken nach unten. »Was ist los? Habe ich etwas Falsches gesagt?«

Meine Augen suchten ihre. »Ich gehe zurück nach Hamburg.«

»Was?« Sekundenlang starrte sie mich an, bevor sie mit offenem Mund zurück aufs Sofa sank. »Verstehe ich nicht.«

»Nils Schulte, mein Chef, hat mich zurückbeordert.« Bei der Lüge wurde mir endgültig schlecht.

»Aber du machst in dieser Stadt einen erstklassigen Job. Du bist eine fabelhafte Journalistin, eine Spezialistin im Aufspüren von Umweltskandalen, dein Plastikmüll-Projekt sponsern nicht nur namhafte Unternehmen, sogar der Bürgermeister interessiert sich dafür.« Sie schüttelte den Kopf. »Wieso wirst du aus New York abgezogen?«

»Keine Ahnung.« Ich zuckte mit den Achseln. »Nils hat was von einer neuen Aufgabe erzählt.«

»Kann das nicht ein Kollege übernehmen? Du hast dir hier etwas aufgebaut, wichtige Kontakte geknüpft, Projekte in Gang gesetzt und du willst einen Amerikaner heiraten.«

»Will ich das?«

Außer dem Summen der Klimaanlage war kein Geräusch zu hören.

Lilly sank an die Sofalehne. Mit gesenktem Kopf strich sie ihren Rock glatt, als könnte sie dadurch ihre Gedanken ordnen. »Ich dachte, du liebst Jayden.«

Meine Finger taten vom Kneten weh. Ich löste sie und verschränkte die Arme. »Dass ich den Brautstrauß gefangen habe, war ein Versehen. Caesar hat mich zum Stolpern gebracht, dadurch konnte ich nicht ausweichen. Nie und nimmer war es meine Absicht, den Strauß zu fangen.« Meine Stimme klang gereizter als beabsichtigt. »Tut mir leid, dass meine von euch beschlossene Hochzeit ins Wasser fällt.«

Auf gar keinen Fall durfte ich meiner Freundin die Wahrheit gestehen. Sie würde mich so lange bearbeiten, bis ich mich hinter Jayden aufs Pferd schwingen und mit ihm zur Ranch seiner Eltern reiten würde.

»Warum hast du nicht widersprochen, als wir

Champagner auf euch getrunken haben?«

Irritiert sah ich sie an. »Hätte ich euch alle vor den Kopf stoßen sollen? Jayden vor versammelter Mannschaft erklären, dass ich nicht vorhabe, seinen Eltern Enkelkinder zu bescheren? Und das auf deiner Hochzeitsfeier? Das ist nicht dein Ernst.«

Zögernd nickte Lilly. »Prickelnd wäre das nicht gewesen.« Sie musterte mich eingehend, dann beugte sie sich zu mir, so nah, dass ich ihre langen Wimpern zählen konnte. »Du hast mich belogen. Dein Chef hat dich nicht nach Hamburg zurückbeordert. Du hast deine Versetzung beantragt. Du flüchtest.«

Ich wandte mich ab und starrte durch den Glastisch auf das Karomuster des Teppichs.

Lilly rückte zu mir, nahm mich in den Arm und wiegte mich wie ein kleines Kind. »Svea, du liebst Jayden. Warum willst du ihn verlassen?«

»Du weißt, wie ich aufgewachsen bin! Familie, Kinder, das ist nicht mein Ding. Das bin nicht ich.«

»Wer bist du dann?«

Ich zuckte mit den Achseln. »Sich für immer zu binden, bedeutet für mich Stillstand, Unproduktivität, Langeweile«, schob ich vor.

»Du willst immer noch die Welt retten?«

»Warum nicht?«

»Will Jayden das nicht auch?«

»Kann schon sein, aber er will auch Kinder, eine Familie.«

»Was spricht dagegen?«

Ich befreite mich aus ihrer Umarmung und sprang auf. »Weil ich es mir nicht vorstellen kann. Verstehst du? In meinem Kopf kann ich es mir nicht vorstellen.«

»Und in deinem Herzen?«

Wortlos drehte ich mich um und schaute durch das Panoramafenster auf den Hudson River bis rüber nach New Jersey. Irgendwo zwischen den Häuserblöcken zog jetzt jemand in meine Wohnung.

Lilly trat neben mich. »Kannst du dich daran erinnern, dass du letztes Jahr zu mir gesagt hast, ich würde keine Gefühle zulassen, mich von Männern abschotten, die mir gefährlich werden könnten und würde dadurch vielleicht eine große Chance im Leben, in der Liebe verpassen?«

»Ich weiß, was ich gesagt habe.«

»Schon mal darüber nachgedacht, dass das auch auf dich zutreffen könnte? Wir sind beide in unserer Kindheit verletzt worden. Du durch das Verhalten deiner Familie, ich durch den Tod meiner Mutter.«

»Das sind völlig unterschiedliche Gründe.«

»Stimmt, aber das Ergebnis ist dasselbe.« Sie stellte sich vor mich, legte die Hände um meine Taille und sah mich an. »Unternimm bitte keine voreiligen Schritte. Dein Projekt startet in wenigen Tagen. Du kannst nicht einfach alles hinschmeißen. Nur weil du Jayden nicht heiraten willst, musst du New York nicht verlassen. Lass uns heute Abend im Battery Park spazieren gehen, ein Eis essen und über alles reden. Wir werden eine Lösung finden.«

»Mein Flieger geht heute Nachmittag.«

Ich hätte ihr ebenso gut einen Dolch in den Rücken rammen können.

Ihre Hände glitten nach unten.

Ich drehte mich um und holte den Rucksack.

Lilly stellte sich mir in den Weg. »Wohin gehst du?«

»Zu Jayden.«
»Du wirst ihm das Herz brechen.«
Nicht nur ihm.

3

Mit der Subway fuhr ich zum Franklin D. Roosevelt Drive. Von dort ging ich weiter bis zum Pier 44. Bei jedem Schritt fühlten sich meine Füße an, als steckten sie in Betonklötzen.

Salzgeruch wehte vom East River über die Anlegestellen entlang der Container und Lagerhallen. An manchen Abenden hatten Jayden und ich auf den Landungsbrücken gesessen, Chicken-Curry mit Reis gegessen und stundenlang darüber diskutiert, wie die Filtermaschine konstruiert werden müsste, mit der wir die über 150 Millionen Plastikteile aus den Gewässern rund um New York fischen wollten. Jayden war für den biologisch-technischen Teil zuständig und dafür verantwortlich, dass beim Abfischen keine Meerestiere in Gefahr gerieten.

Ich nickte ein paar Männern in Arbeitsoveralls zu, die Holzfässer über eine Rampe in einen Lastwagen rollten. Sie grüßten mich, indem sie an ihre Kappen mit dem Logo der *New York Giant* tippten. Man kannte sich vom Sehen, begegnete sich mehrmals in der Woche, ab und zu hielt man Smalltalk, nur heute war mir nicht danach.

Vor der Lagerhalle, die uns ein Sponsor zur Verfügung gestellt hatte, blieb ich stehen. Meine Hand zitterte, als ich sie auf die Türklinke legte. Ich holte tief Luft.

Bisher hatte ich nie Schwierigkeiten gehabt, den Männern in meinem Leben den Laufpass zu geben. Wobei Lilly behauptete, dass ich mir mit Absicht Partner aussuche, die sich widerspruchslos aus der Wohnungstür unter die Fußmatte kehren ließen. Ihrer Meinung nach war Jayden der erste, der den maskulinen Duft eines Alphatieres versprühte und die Fußmatte bei gegebenem Anlass aus dem Fenster werfen würde.

Bevor ich mich vorhin von meiner Freundin verabschiedet hatte, verriet sie mir, dass Jayden bereits bei ihrem ersten Treffen erzählt hatte, dass er mich heiraten würde. Zu dem Zeitpunkt waren wir nicht mal ein Paar. Wie konnte er sich damals schon so sicher sein?

Wie immer, wenn ich die Tür öffnete, schlug mir der Geruch von Maschinenöl und geschweißten Blechteilen entgegen. In der Mitte der Halle stand die Filtermaschine auf einem Luftkissen montiert, das wie eine Hovercraft-Fähre funktionierte. Ben, unser pensionierter Maschinenbauingenieur, lag auf dem trichterartigen Vorbau, befestigte Netzösen an Karabinerhaken und rief Jayden zu, dass er Nachschub brauche.

Ich legte den Rucksack auf den Tisch, an dem wir unzählige Male die Zeichnungen des Prototyps verbessert hatten. Das Holz war übersät mit durchgedrückten Bleistiftstrichen und farbigen Punkten von Filzstiften.

Jayden, der an der New Yorker Universität dozierte und für die heiße Phase des Projekts zwei Wochen freigestellt worden war, reichte Ben eine

Schachtel, bevor er mich entdeckte und mir zuwinkte. »Das ist schön, dass du da bist«, rief er auf Deutsch. Er hatte Lilly und mich gebeten, sich mit ihm in unserer Sprache zu unterhalten und mittlerweile beherrschte er sie fast fließend. Strahlend sprang er vom Luftkissen und kam mit schnellen Schritten auf mich zu.

Bei seinem Anblick kapitulierte mein Herz erneut. Es hatte so viel zu sagen. *Ich liebe dich* wollte es hinausschreien, *Lass mich nicht gehen* an die Hallenwände sprayen und *Küss mich einfach so lange, bis ich dir glaube, dass alles gut wird* auf den Holztisch kritzeln. Aber mein Kopf verweigerte jegliche Unterstützung und fegte schroff alle Gefühle aus meinem Herz und meinen Gedanken.

Jayden hob mich hoch, drehte mich einmal im Kreis, setzte mich wieder ab und küsste mich. Mit einer Hand, die nach Metall und Gummi roch, strich er mir über die Wange. »Geht es dir wieder besser?« Seine tiefe Stimme, seine beschützende Art hatten mich vom ersten Moment an für ihn eingenommen. Noch nie hatte sich ein Mann um mein Wohlergehen gekümmert. Zu selbstbewusst, zu unabhängig war ich aufgetreten. Nur Jayden hatte das kleine Mädchen in mir entdeckt, das lieber angriff als verteidigte, um nicht selbst zuerst verletzt zu werden. Das sich wünschte, jemand würde ihm Sicherheit bieten, ihm das Gefühl geben, nicht allein auf dieser Welt zu sein. Jayden hatte mir etliche Male diese Glücksmomente geschenkt, aber meine Vergangenheit kannte auch er nicht.

»Ich habe mir Sorgen gemacht.« Seine blauen, sanften Augen huschten über mein Gesicht, als müssten sie sich selbst davon überzeugen, dass ich die vorgetäuschte Grippe überstanden hatte.

»Warum durfte ich dich nicht besuchen? Ich hätte dir Hühnersuppe gekocht, Wadenwickel gemacht und dir Geschichten vorgelesen.« Er lachte, nicht nur mit dem Mund, auch mit den Augen, was ihn so sympathisch machte, dass man ihn einfach mögen musste.

»Du hättest dich bloß angesteckt.«

»Wenn meine Geschwister und ich krank waren, hat unsere Mutter uns dazu verdonnert, täglich einen Liter Ingwertee zu trinken. Es hat furchtbar geschmeckt.«

Wieder mal wurde mir klar, dass Jayden wusste, wie sich Familie anfühlte. Aus jedem Satz, jedem Lächeln, jeder Anekdote sprühte Begeisterung.

Bei mir war da nur eine Leere, die ich nie begriffen hatte.

Mit dem Daumen fuhr er zart über meine Lippen. »Übrigens habe ich unsere Flüge für das Wochenende in Montana gebucht.«

Ich konnte mich nicht daran erinnern, dass ich die Einladung zur Geburtstagsparty seiner Mutter zugesagt hatte.

»Mein Bruder Chris holt uns in Billings vom Flughafen ab. Alle freuen sich wahnsinnig, dich kennenzulernen. Die komplette Verwandtschaft wird mit uns feiern, sogar mein Onkel aus Florida kommt mit seiner Familie.«

Was für ein Albtraum.

Jayden legte eine Hand in meinen Nacken. Angenehm kühlte sie meine Haut, die durch den erhöhten Pulsschlag schwitzte. Mein Mund dagegen war so trocken, als hätte ich vierundzwanzig Stunden lang nichts getrunken. Ich musste mich räuspern, um schlucken zu können.

Zärtlich drückte Jayden mir einen Kuss auf die Stirn. Seine Augen suchten meine. »Hast du heute Abend Zeit? Für ein besonderes Date in unserem Lieblingsrestaurant?«

Sein Blick verriet ihn. Das Blut wich aus meinem Gesicht.

Im *Sottocasa* in Brooklyn hatten wir unsere erste Verabredung. Es war der totale Reinfall. Selten hatte ich mich mit jemandem so gestritten wie mit Jayden. Er wollte an einem Tisch am Fenster sitzen, ich an einem in der hintersten Ecke. Während er sich über meine bunte Kleidung lustig machte, kritisierte ich sein graues T-Shirt. Richtig hitzig wurde es, als er mir vorwarf, ich würde ihn ständig bevormunden, sei es bei Materialbestellungen, notwendigen Dokumentationen oder der Sponsorensuche. Der Abend endete damit, dass wir getrennt bezahlten, wortlos das Restaurant verließen und in der Subway in unterschiedliche Wagen stiegen. Nach einer Woche Funkstille hatte Jayden eine zweite Chance verlangt, die dazu führte, dass meine Zahnbürste den Platz im Becher mit seiner teilen musste.

Mein Blick wanderte von seinen Augen über den Dreitagebart bis zum oberen Hemdknopf, der lose am Faden hing. Ich wischte meine feuchten Hände an der Hose ab. »Jayden, wir müssen reden.«

Der Einstieg war genauso jämmerlich wie der bei Lilly, aber gab es für so etwas überhaupt einen sinnvollen Satz?

»Klar, machen wir«, antwortete Jayden. »Wir holen

uns *Hähnchen süß sauer* vom Chinesen, setzen uns auf den Landungssteg und lassen uns von den Möwen ärgern.« Er legte einen Arm um meine Schulter und schob mich vorwärts. »Aber erst bekomme ich eine Antwort und dann muss ich dir die neue Netzkonstruktion zeigen.«

Unwillig schüttelte ich seinen Arm ab. »JETZT müssen wir reden.«

Überrascht sah er mich an. »Was ist los? Hat es Planänderungen bei der Hafenbehörde gegeben? Können wir am Wochenende nicht starten?«

Mit einem Oberschenkel hockte ich mich auf den Tischrand, um wenigstens irgendwo Halt zu finden. »Doch, natürlich. Die Presse ist am Samstag für vierzehn Uhr bestellt. Bis dahin müsst ihr die Filtermaschine ins Wasser lassen. Die Hafenbehörde hat euch für das Kamerateam und die Journalisten ein Motorboot zugesichert, das die Maschine begleitet.«

»Das ist großartig.« Er zog einen Stuhl unter dem Tisch hervor, setzte sich darauf und streckte seine langen Beine aus. »Wo ist jetzt das Problem? Worüber willst du mit mir reden?« Er neigte seinen Kopf leicht zur Seite. Das tat er immer, wenn er aufmerksam zuhörte. Obwohl wir erst seit einem halben Jahr ein Paar waren, war mir seine Körpersprache so vertraut wie seine schmalen, gepflegten Hände, die mir in den letzten Monaten so viel Zärtlichkeit geschenkt hatten. Männer hatten meinen Körper erobert, aber nur Jayden hatte es bis zu meinem Herzen geschafft und meine Seele berührt.

Den Blick auf die Tischplatte gesenkt, fuhr ich mit dem Daumennagel die Bleistiftstriche entlang. »Ich gehe zurück nach Hamburg.« Mein Gesicht war heiß, in den Schläfen pochte der Puls.

Zehn Sekunden vergingen. Keiner sagte ein Wort, dann fuhr Jayden hoch. »Wie meinst du das?«

»Ich habe um meine Versetzung gebeten.« Lilly hatte mir versprechen müssen, den wahren Grund meiner Abreise für sich zu behalten.

»Du verlässt New York?« Er sprang auf, stellte sich hinter den Stuhl und stützte sich mit den Händen auf die Lehne. Seine Fingerknöchel traten weiß hervor. »Aber warum?«

Unsere Blicke trafen sich. Ich konnte den fassungslosen Ausdruck in seinen Augen nicht ertragen und widmete mich wieder den Bleistiftstrichen. »Mit dem Start des Umweltprojekts ist meine Aufgabe in New York beendet. Ich möchte mich wieder in Deutschland engagieren.«

Jayden richtete sich zu seiner vollen Größe auf. »Dann erkläre mir bitte, warum wir vor drei Wochen über neue Projekte diskutiert und eine Liste erstellt haben.« Er verschränkte die Arme. »Ich kann mich verdammt gut daran erinnern, dass du begeistert auf meinen Vorschlag reagiert hast, dem im Central Park zunehmenden Vogelsterben auf den Grund zu gehen.«

Ich sah zu Jayden auf. Über seinen Augenbrauen glänzten Schweißperlen. »Ich muss mich vor dir nicht rechtfertigen und schon gar nicht meine Zukunftspläne mit dir besprechen.«

Jedes Wort tat weh.

»Deine Zukunftspläne?« Seine Stimme überschlug sich. »Was ist mit unseren Plänen? Du hast mir nie das Gefühl gegeben, nicht an uns zu glauben.«

Ich glaubte an uns, nur nicht an mich.

Ben schlich an mir vorbei zur Tür. »Äh, ich hol einen Kaffee bei *Starbucks*.«

Ohne Ben zu beachten, donnerte Jayden mit der Faust auf die Stuhllehne. »Auf Lillys Hochzeit hast du alle in dem Glauben gelassen, wir beide hätten eine gemeinsame Zukunft. Warum?«

»Weil ich Lillys Feier nicht ruinieren wollte.« Ich stand auf und stellte mich hinter den Tisch, um Abstand zwischen uns zu schaffen. »Nachdem ich den Brautstrauß unabsichtlich gefangen hatte, war für alle unsere Hochzeit beschlossene Sache. Hätte ich euch vor den Kopf stoßen sollen? Wie hättest du reagiert? Wärest du sofort zurück nach New York gefahren?«

Jayden starrte einige Augenblicke ins Leere, dann vergrub er seine Hände in den Hosentaschen und ging ein paar Schritte auf und ab, als müsste er sich beruhigen. Sein Blick traf mich mitten ins Herz, als er vor mir stehen blieb. Hilflosigkeit, Trauer und Zärtlichkeit mischten sich darin. »Habe ich dich mit meinen Gefühlen überrannt? Geht es dir alles zu schnell?«

Nicht zu schnell, zu weit.

Er nahm meine Hände und legte sie an seine Brust. Das Muttermal neben dem rechten Mundwinkel, das ich unzählige Male mit den Lippen berührt hatte, bewegte sich mit, als er mich entschuldigend anlächelte. »Verzeih mir.« Eine Strähne seines Haares streifte meine Wange, als er seine Stirn an meine legte.

Das Bedürfnis meinen Gefühlen nachzugeben, wuchs ins Unermessliche.

»Für mich war vom ersten Augenblick an klar, dass

du die Mutter meiner Kinder sein wirst. Mit dir möchte ich eine Familie gründen.« Fragend neigte er den Kopf zur Seite. »Brauchst du Zeit? Ich kann das verstehen. Wir müssen nichts überstürzen.«

Hätte er nicht Familie und Kinder ins Spiel gebracht, wäre ich eingeknickt, aber so verkrampfte sich alles in mir und der Knoten in meinem Magen entwickelte sich zu einem Doppelknoten. Ich zog meine Hände unter Jaydens hervor und schob ihn von mir. Es fühlte sich an, als würde etwas in mir sterben.

So, wie meine Kindheit verlaufen war, hatte ich kein Recht, ihn an mich zu binden. Wie konnte ich eine Familie gründen, wenn ich nicht wusste, wie Familie sich anfühlte? Natürlich hatte ich bei Lilly erlebt, was familiärer Rückhalt und Geborgenheit bedeuten konnte. Aber ich hatte nie tief im Inneren dieses Gefühl von Unterstützung, Zusammenhalt und bedingungsloser Liebe erfahren. Ich war das hässliche Entlein in einer Schwanenfamilie, ausgegrenzt und abgelehnt. Familie bedeutete für mich nichts anderes als Frust und Enttäuschung. Jeder Versuch eine eigene zu gründen, würde in einem Desaster enden. Niemals könnte ich das Jayden antun.

»Mein Flugzeug nach Hamburg geht heute Nachmittag. Ich wollte mich nur von dir verabschieden.«

Jaydens Lächeln fiel in sich zusammen. Er trat einen Schritt zurück, sichtlich um Fassung bemüht. »Dass du dich momentan nicht binden willst, kann ich nachvollziehen. Wir sind nicht mal probeweise zusammengezogen. Aber ich bin davon ausgegangen, dass du mich liebst.« Seine Augen hatten ihr Strahlen verloren. »Habe ich mich so in dir getäuscht?«

Ich log nur in Notfällen und in diesem Fall war eine Lüge leichter, endgültiger. Für uns beide.

»Es tut mir leid.« Damit er nicht merkte, dass ich am ganzen Körper zitterte, spannte ich alle Muskeln an und biss die Zähne zusammen.

Zwischen seinen Augenbrauen erschien eine steile Zornesfalte. Aufgebracht warf er die Arme in die Luft. »Was war ich dann für dich? Ein netter Zeitvertreib?« Er knallte mit der flachen Hand auf den Tisch. »Gut genug fürs Bett, aber nicht fürs Leben?«

Für einen Moment schloss ich die Augen. Als ich sie wieder öffnete, hatte Jayden sich vor mir aufgebaut. Ich fixierte den baumelnden Hemdknopf, um mich von seinen Worten abzulenken, die wie Hagelkörner auf mich niederprasselten.

»Oder hast du mich nur für dein Projekt benutzt? Dich heimlich über den dummen, verliebten Meeresbiologen lustig gemacht, der begeistert seine Freizeit für dich opfert? Und den du jetzt abschiebst, weil er dir nicht mehr von Nutzen ist?«

Ich biss mir auf die Unterlippe. »Du weißt, dass das nicht wahr ist.«

»Oh nein! Woher soll ich das wissen?« Er knirschte mit den Zähnen. »Mir war auch nicht bewusst, dass du ein halbes Jahr brauchst, um zu erkennen, dass ich dir nichts bedeute.«

Jedes Wort traf in mein Herz wie ein Dartpfeil ins Schwarze.

»Wie hast du überhaupt deine Versetzung und den Umzug organisiert, wenn du zwei Wochen mit Grippe im Bett gelegen hast?«

Nur ein Blick in seine Augen reichte, damit er begriff. Als er sich vor die Stirn schlug, glitt der Hemdknopf endgültig aus dem Faden, fiel auf den Boden und rollte unter den Tisch. »Ich bin ein größeres Rindvieh als die Rinder auf der Ranch meiner Eltern. Während ich mir Sorgen um dich gemacht, dir Malvensträuße, Cheesecake und Bücher geschickt habe, hast du klammheimlich deinen Umzug vorbereitet.« Anerkennend nickte er. »Respekt! So kaltblütig muss man erst mal sein.«

Meine Fingernägel krallten sich in die Tischplatte. Ich war nicht stolz auf meine Vorgehensweise, aber ich hatte mir nicht anders zu helfen gewusst, als Jayden mit einer Lüge von mir fernzuhalten.

Mit gesenktem Kopf ging er auf und ab. Mehrmals fuhr er sich mit den Händen durchs Haar. »Ich fass es nicht! Du hast mich benutzt und belogen.«

Mein Herz pochte heftig gegen die Rippen, als wollte es mich auffordern, endlich die Wahrheit zu sagen. Mein Kopf ignorierte die Bitte und belehrte mich, dass Worte niemals zurückgenommen werden konnten.

Ich öffnete den Rucksack und legte einen Aktenordner auf den Tisch. »Darin findest du alle Informationen über Sponsoren, Bankdaten sowie die Ergebnisse der Probeläufe. Eine Email mit weiteren Unterlagen über Korrespondenzen und Presseberichten habe ich dir vorhin aus der Subway geschickt.«

Jayden kehrte mir den Rücken zu, die Arme vor der Brust verschränkt. Die Welt um uns herum versank in Schweigen und sprach Bände über die Distanz, die zwischen uns entstanden war.

Mit meinen Augen fuhr ich die Linien seiner

Muskeln entlang. Ein paar Locken kringelten sich im Nacken und stießen an den Hemdkragen. Jayden würde sich weder umdrehen noch sich verabschieden. In seiner Verletztheit malte er sich ein Bild aus dunklen Farben von mir, die ich ihm wissentlich untergeschoben hatte.

Ich schlich zum Ausgang und verließ den Mann, von dem ich wusste, dass er die Liebe meines Lebens war.

4

Die Boeing 747 setzte hart auf der Landebahn des Hamburger Airports auf. Meine Nachbarin stieß einen erleichterten Seufzer aus, und auch ich war froh, dass die norddeutschen Sturmböen uns nicht von der Bahn gefegt hatten. Regen klatschte an die Scheibe und verstärkte meine niedergeschlagene Stimmung. So sehr ich Norddeutschland mit seinen vorgelagerten ostfriesischen Inseln, dem Wattenmeer und Marschland liebte, das Schmuddelwetter gehörte nicht zu seinen Highlights.

Ich stand auf, holte mein Handgepäck aus dem Fach über mir und begab mich zum Ausgang. Vor einer Woche hatte ich meinen Eltern Bescheid gegeben, dass ich wieder nach Hamburg ziehen würde und Dienstagmorgen gegen acht Uhr am Flughafen ankäme. Ich hatte nicht wirklich erwartet, dass mich jemand abholte, aber die Ausrede meiner Mutter, einen Geburtstagskuchen für die Zwillinge meiner ältesten Schwester backen zu müssen, war mehr als dünn.

An der Gepäckausgabe hievte ich die Koffer auf einen Wagen, fuhr mit dem Aufzug in die untere Ebene zum S-Bahnhof und rollte das Gepäck in die bereits wartende S1.

Müde sank ich auf den nächsten Fensterplatz. Gern hätte ich nach draußen geschaut, um Heimatgefühle aufkommen zu lassen, aber die S-Bahn verlief zum größten Teil unterirdisch. Mein Blick wanderte von der grauen Steinmauer über die Halbglatze des Vordermannes zu einem dunklen Lockenkopf zwei Reihen weiter, der mich an Maik erinnerte. Seine WhatsApp-Nachricht kurz vor dem Abflug war der Grund, warum ich während des Flugs meine Entscheidung mehr als einmal hinterfragt hatte. Provokativ hatte er die Frage aufgeworfen, warum ich wegen eines Mannes meine besten Freunde, einen fantastischen Job und die attraktivste Metropole der Welt aufgebe. Er war echt stinksauer, zum einen, weil ich mich nicht von ihm verabschiedet hatte und zum anderen, weil ich das Plastikmüll-Projekt, von dem er einer der Hauptsponsoren war, im Stich ließ. Was so nicht stimmte. Ich hatte alles Bürokratische erledigt. Für den technischen Teil waren Jayden, Ben und Ethan, unser Umwelttechniker, zuständig. Meine Aufgabe war mit der Veröffentlichung des letzten Artikels für die vierzehntägig erscheinende Serie beendet, mit der ich das Projekt journalistisch begleitet hatte. Über den Stapellauf am Wochenende und den Erfolg des ersten Einsatzes würde mir ein Kollege Informationen liefern, sodass ich die Reportage mit der nächsten Ausgabe im Juni beenden konnte.

»Entschuldigung, ist der Platz frei?«

Ich schreckte hoch und sah in das Gesicht eines jungen Mädchens, das einen Geigenkasten wie ein Schutzschild vor sich hertrug. Durch das gegenüberliegende Fenster las ich, dass die S-Bahn in Hamburg-Rübenkamp hielt. Zwei Haltestellen weiter und ich musste in die U3 umsteigen.

»Natürlich.« Ich hob meinen Rucksack vom Sitz

und stellte ihn auf den Schoß. Nachdem die Bahn wieder Fahrt aufgenommen hatte, lehnte ich meinen Kopf an die Fensterscheibe und beschäftigte mich erneut mit der Frage, warum ich mich nicht einfach von Jayden getrennt hatte und in New York geblieben war. Was war der Grund dafür, dass ich gleich den Kontinent wechseln musste? War es die Angst vor meinen Gefühlen für Jayden? Die Sorge, dass ich mich von ihm zu etwas hinreißen lassen könnte, an das ich nicht glaubte, das mich in Panik versetzte, wenn ich nur daran dachte?

Meine Gedanken rasten mit der Geschwindigkeit der Bahn durch den Tunnel, als könnte mir bei dem Tempo eine Eingebung durch den Kopf schießen.

Und sie kam.

Ungeschminkt und erbarmungslos kroch die Wahrheit so tief aus einem Winkel meines Herzens, dass ich nach Luft schnappte. Sie breitete sich in mir aus wie ein Lagerfeuer, das man an mehreren Stellen gleichzeitig anzündete. Meine Hände krallten sich in den Sitz, mein Kopf fuhr hoch.

In New York hatte ich das Loch in meinem Herzen mit der Liebe zur Stadt, der Natur, meinem Job, Lilly und Jayden notdürftig flicken können. Aber in meinem Geburtsort angekommen, forderte es wieder rigoros Platz.

Ich war ein typisches Sandwichkind, das mittlere von fünf Geschwistern. Für mich hatte die Redewendung *Das fünfte Rad am Wagen* eine traurige Bedeutung. Wobei ich nicht mal ein Reserverad war, sondern ein platter Reifen, der auf einer Matratze unter dem Hochbett meiner ältesten Schwester schlief. Ich wusste, wie Harry Potter sich im Schrank unter der Treppe gefühlt hatte.

Meine beiden Schwestern Nele und Mia bildeten eine Einheit, ebenso meine jüngeren Brüder Till und Lars.

Ich war die Antilope in diesem Löwenrudel, ständig auf der Flucht vor verbalen und körperlichen Attacken. Ich lernte Haken zu schlagen, mich an Orten zu verstecken, die meine Geschwister nicht kannten, und ich vertraute meiner Intuition, die mir half, ihren Gemeinheiten einen Schritt voraus zu sein. Meine Seele hätte nicht so gelitten, wäre mir die Liebe meiner Eltern sicher gewesen. Aber wer liebte eine Antilope, wenn er vier junge Löwen hatte?

Was also war der Grund, dass meine Familie mich ablehnte, meine Eltern nicht in der Lage waren, mich so zu lieben wie sie meine Geschwister liebten? Was war anders an mir? Was stimmte nicht mit mir? Diese Frage hatte mich mein Leben lang begleitet, ohne dass ich je den Mut gefunden hatte, sie meiner Familie zu stellen.

Mein sehnlichster Wunsch, von ihnen anerkannt und geliebt zu werden, würde sich nie erfüllen. Man konnte nicht ohne Weiteres einen Schalter umdrehen, alles ungeschehen machen und jemanden plötzlich lieben. Aber ich wollte endlich wissen, warum ich kein Löwenjunges war.

Das war der Grund meiner Rückkehr. Die tiefe Sehnsucht nach der Wahrheit. Durch die Liebe zu Jayden und seinem Wunsch nach Familie und Kindern hatte sich mein Verlangen nach einer Antwort noch verstärkt. Ich hatte ihn verlassen, weil ich nicht an mich glaubte. Wie konnte ich Liebe an meine Kinder weitergeben, wenn ich selbst nie die

Liebe meiner Mutter erfahren hatte? Die Angst, meine Kinder könnten so leiden, wie ich gelitten hatte, war so übermächtig, dass ich vor einer Zukunft mit Jayden zurückschreckte.

Meine Familie war mir eine Antwort schuldig.

Ich würde sie mit der Frage konfrontieren.

Jeden einzelnen.

Immer wieder.

So lange, bis sie eine Antwort für mich hatten, die ich glauben konnte.

♥

Vor einem Altbau in der Marktstraße im Karolinenviertel stoppte das Taxi, das ich mir aufgrund des Wetters ab der U-Bahn-Station gegönnt hatte. Ein Schwall Regenwasser spritzte aus dem Rinnstein auf den Bürgersteig.

Ich stieg aus und augenblicklich drang Feuchtigkeit in meine Chucks und kroch bis zu den Zehen. Die Stoffschuhe eigneten sich definitiv nicht für das Hamburger Wetter.

Im Eiltempo hievte der Taxifahrer das Gepäck aus dem Kofferraum und ließ mich damit auf der Straße stehen. Gebeugte Gestalten hasteten an mir vorbei und ich musste aufpassen, um nicht mit ihren Regenschirmen zu kollidieren. Mit jeder Hand einen Koffer zur Haustür rollend, sah ich an der Fassade hoch. An verschiedenen Stellen bröckelte der Putz ab und im Bereich der unteren Fenster war er mit Graffiti beschmiert. Auf die Schnelle hatte ich keine Wohnung gefunden, daher hatte mir, für die Zeit ihres vierwöchigen Praktikums in München, Nils

Tochter Stella ihr Zimmer angeboten. Küche und Bad würde ich mir mit drei Studenten teilen müssen.

Auf den zweireihigen Klingelschildern, von denen einige gar nicht und andere mit mehreren Namen beschriftet waren, suchte ich nach *Schulte*. Ich musste nur einmal klingeln, bevor der Türöffner summte. Stella hatte mir versichert, dass einer der Studenten sich bereit erklärt hatte, auf mich zu warten, bevor er zur Uni gehen würde.

Obwohl meine Muskeln durchs Joggen und Radfahren trainiert waren, musste ich die Koffer einzeln über ausgetretene Holzstufen in den dritten Stock tragen. Gefühlt an jeder Treppenbiegung begegnete mir ein Student mit einem E-Scooter oder einem Rennrad über der Schulter.

Mit brennenden Oberschenkeln und schmerzenden Bizeps stand ich vor der Wohnungstür meiner zukünftigen Mitbewohner und tropfte die Fußmatte nass. Bevor ich klingeln konnte, flog die Tür auf und die Spitze eines Longboards schoss haarscharf an meinem rechten Fußknöchel vorbei.

»Du bist spät dran«, meckerte ein kaum der Pubertät entwachsener Student, kickte mit einem Fuß das Board hoch und fing es mit der Hand auf. »Dein Zimmer ist das letzte auf der linken Seite, der Schlüssel steckt. Stella hat diese Woche Putzdienst, den du übernehmen musst.« Er drängte sich an mir vorbei. »Auf dem Küchentisch liegt ein Zettel mit den notwendigen Hausarbeiten.«

Ehe ich etwas erwidern konnte, polterte er die Treppe runter.

Schönen Dank auch für die nette Begrüßung.

Ich rollte die Koffer in den Flur und hinterließ

eine feuchte Spur auf den Fliesen. Den Dreck musste ich wegwischen, aber die Putzorgie konnten die drei sich abschminken.

Den klassischen Stil einer Altbauwohnung mit langem Gang und davon abzweigenden Räumen fand ich deprimierend. Nirgendwo fiel Tageslicht durch und ich musste die Lampe anschalten, um nicht über Schuhe und ein Surfbrett zu stolpern, das nachlässig an der Wand lehnte.

Bevor ich Stellas Zimmer betrat, warf ich einen Blick in die Küche. Berge von dreckigem Geschirr stapelten sich nicht nur auf der Arbeitsplatte und im Spülbecken, sondern versperrten auch auf der Fensterbank die Sicht nach draußen. Anscheinend hatten die drei gehofft, ich würde anstandslos ihre Anordnungen befolgen. Den Gang ins Bad ersparte ich mir vorerst. Ich brauchte unbedingt eine Runde Schlaf. Im Flugzeug hatten mich meine Grübeleien wachgehalten und jetzt stellte sich rigoros der Jetlag ein.

Stellas Zimmer war zum Glück aufgeräumt und sauber. Ein typisches Mädchenzimmer mit Kerzen auf der Fensterbank, Fotos von Freundinnen an einer Pinnwand und einem abgewetzten Teddybären im Regal.

Ich zog die Jacke aus und ließ sie auf einen plüschigen Bettvorleger gleiten. Gähnend setzte ich mich auf die Matratze, streifte die nassen Chucks und Socken ab, schlüpfte aus Hose und Bluse und legte mich unter die Decke. Mein letzter Gedanke galt Jayden und dem Knoten im Magen, der sich weigerte zu verschwinden.

5

Eine Mischung aus Kaffeeduft und Essensresten, gewürzt mit Knoblauch und Rosmarin, stieg mir in die Nase, als ich am nächsten Morgen um acht Uhr die Küchentür aufstieß. Am Tisch lümmelten drei Studenten in Boxershorts und T-Shirts, deren Köpfe ohne die Zufuhr von Koffein vermutlich auf der Platte lägen.

Mit verschränkten Armen lehnte ich mich in den Türrahmen. »Ich bin Svea. Und wer seid ihr?«

Der Typ, der gestern auf mich gewartet hatte, zeigte mit dem Finger auf einen blonden Haarschopf, der dringend eine Shampoowäsche benötigte. »Mirko studiert Maschinenbau und Sören Wirtschaftsinformatik.« Während Mirko nur an seinem Kaffee nippte, hob Sören kurz die Hand. Er war der einzige, der nicht aussah wie gerade der Muttermilch entwöhnt, sondern eher wie ein Sohn vom Räuber Hotzenplotz. »Und ich bin Robin und studiere Jura.« Robin vollführte eine Handbewegung, die das dreckige Geschirr von der Fensterbank bis zum Ende der Arbeitsplatte einschloss. »Du hast nicht sauber gemacht.«

»Genau«, nuschelte der fettige Haarschopf und starrte weiterhin in seinen Kaffeebecher. »Das finden wir gar nicht gut.«

»Wenn du hier wohnen willst, musst du dich an unsere Regeln halten.« Der angehende Jurist, den ich mir super als Paragraphenreiter in einer Behörde vorstellen konnte, schob mir die Putzordnung zu. »Das muss bis heute Abend erledigt werden, sonst…«

»Was sonst?« Ich trat an den Tisch, nahm den Zettel in die Hand und überflog die handgeschriebenen Anweisungen, die mit Sicherheit nur für mich aufgesetzt worden waren.

Um Unterstützung heischend sah Robin die anderen an. Sören zuckte nur mit den Achseln und Mirko hob zum ersten Mal den Kopf. »Sonst beschweren wir uns beim Wohnungseigentümer.«

Robin nickte begeistert, aber nur, weil er nicht wusste, dass ich den kannte.

»Und wer ist das?«

»Nils Schulte, ein ziemlich hohes Tier beim Ambauer Verlag. Der mag es gar nicht, wenn seine Mieter sich nicht an die Wohnungsordnung halten.«

Mit der Handfläche knallte ich den Zettel in die Mitte des Tisches. Zwei Kaffeebecher hüpften hoch, Mirko zuckte zusammen. »Ich bin eine Mitarbeiterin von Nils, den ich übrigens gleich treffe. Wenn die Schweinereien in der Küche und im Bad nicht bis heute Abend bereinigt sind, steht Herr Schulte morgen auf der Matte.«

Auf einen Schlag waren die drei hellwach. Ihren Gesichtsausdruck als entsetzt zu bezeichnen, wäre untertrieben gewesen. Robins Blick huschte unruhig über die Geschirrberge, als überschlüge er die dafür notwendige Putzzeit.

Ich bedachte jeden einzelnen mit einem Blick. »Glaubt mir, das wollt ihr nicht wirklich.«

Mit einem Grinsen im Gesicht verließ ich die Wohnung. Eine saubere Küche und ein gereinigtes Bad waren mir für die nächsten Wochen sicher.

♥

Auch wenn Hamburg über zwei Millionen Einwohner aufwies, kam die Stadt mir im Vergleich zur Größe New Yorks wie ein Städtchen im Miniaturwunderland vor. Ich musste mich erst wieder daran gewöhnen, dass man hier die Stockwerke der Hochhäuser zählen konnte.

An der U-Bahn-Station *Messehallen* stieg ich in die U2. Heute würde ich mit öffentlichen Verkehrsmitteln in den Verlag fahren, aber ich nahm mir vor, nach Büroschluss ein gebrauchtes Mountainbike zu kaufen, das ich Stella überlassen würde, sobald Nils mir einen Job im Ausland anbot. Ich hatte mir in der New Yorker Verlagsbranche einen Namen gemacht, sprach fließend Englisch und Spanisch. Südamerika wäre daher eine Option, gerade hinsichtlich der Abholzungen im brasilianischen Amazonasgebiet, die seit der Amtseinführung des neuen Präsidenten um das Doppelte gestiegen waren. Zu gern würde ich über das Artensterben im Regenwald und den Widerstand der indigenen Völker berichten, deren Ländereien massiv von der Waldvernichtung betroffen waren.

Außerdem hoffte ich bei einer anspruchsvollen Aufgabe, Jayden leichter vergessen zu können. Momentan spukte er in jedem meiner Gedanken, weil mein Herz ständig Signale an den Kopf sendete, was sich durch das gestrige Telefonat mit Lilly verstärkt hatte. Jayden hatte sie und Maik in der Penthouse-Wohnung aufgesucht und gefragt, ob sie sich mein Verhalten erklären könnten, und ob er wirklich nur ein Zeitvertreib für mich gewesen sei. Während Lilly sich an ihr Versprechen hielt, scherte Maik sich einen Teufel darum. Mit der Aussage, er habe mir nichts zugesichert, behauptete er Jayden gegenüber, ich hätte Angst vor einer festen Beziehung und sei deswegen nach Deutschland geflüchtet.

Maiks Einmischung in meine persönlichen Angelegenheiten fand ich nicht wirklich witzig. Zumal ich davon ausgehen musste, dass Jayden sich wieder Hoffnungen machte, was absolut unsinnig war. Nichts konnte meine Vergangenheit und die daraus resultierenden Ängste ändern.

An der Station *Baumwall* verließ ich die U-Bahn. Mein erster Blick galt der Elbphilharmonie, die aus dem morgendlichen Dunst der Elbe wie ein Geisterschiff ragte. Das Ambauer Verlagshaus lag nur ein paar Gehminuten davon entfernt und war erst vor zwei Jahren in die attraktive Hafencity gegenüber der Speicherstadt gezogen.

In einem Pulk von Berufstätigen, die den Bürogebäuden zustrebten, ging ich zu dem traditionsreichen Verlagshaus, das zeitgemäß und hochwertig renoviert worden war. Ich betrat den mit hellem Granit und Glasfassade gestalteten Eingangsbereich und fuhr mit dem Aufzug ins fünfte Stockwerk. Zum ersten Mal kam ein bisschen Vorfreude auf eine neue spannende Tätigkeit in mir hoch. Um neun Uhr war ich mit Nils in seinem Büro verabredet. Als geschäftsführender Redakteur war er verantwortlich für den effizienten Einsatz von Kapital, Technik und Personal.

Ich schätzte seinen fairen Umgang mit den Mitarbeitern. Intuitiv wusste er, wer für welche Aufgabe am besten geeignet war. Für ihn war es keine Frage gewesen, vor einem Jahr die freie Stelle in New York mit mir zu besetzen. Nicht nur ich hatte ihm meine Karriere zu verdanken, auch andere Journalisten des Ambauer Verlags waren in den letzten Jahren für ihre Reportagen ausgezeichnet worden.

Im Gang der fünften Etage empfing mich die typische Betriebsamkeit eines Medienunternehmens, das nicht nur im wöchentlichen und monatlichen Rhythmus Zeitschriften veröffentlichte, sondern auch eine Tageszeitung publizierte. Ich lief an dem Großraumbüro für Klatschblätter und Frauenzeitschriften vorbei und registrierte, dass alle Schreibtische besetzt waren. Einige Gesichter kannte ich von früher, andere hatte ich noch nie gesehen. Meine alte Abteilung befand sich im dritten Stock, aber bevor ich meine ehemaligen Kollegen begrüßen würde, wollte ich von Nils wissen, wie mein künftiges Tätigkeitsfeld aussah.

Die Tür zu seinem Büro stand offen. Ich klopfte kurz an den Rahmen, ehe ich eintrat.

Nils war nicht jemand, der die Ordnung erfunden hatte, aber das sich Aktenordner, Zeitschriften und Dokumente nicht nur auf seinem Schreibtisch stapelten, sondern auch rechts und links daneben auf dem Boden, irritierte mich etwas.

Auf seinem Smartphone herumtippend, hatte er mich noch nicht bemerkt.

»Hi Nils«, sagte ich etwas lauter, »schön, dich zu sehen.«

Sein Kopf fuhr hoch. »Svea?« Überrascht schaute er auf die goldene Armbanduhr, die er zum zwanzigjährigen Dienstjubiläum von der Geschäftsleitung geschenkt bekommen hatte. »Ist es schon neun Uhr?« Er legte das Handy zur Seite und stand auf. Für die Falten auf seiner Stirn und neben den Mundwinkeln machte ich den stressigen Job mit täglichem Zeitdruck verantwortlich, aber dass sich seit unserer letzten Begegnung sein Hemd über dem Bauch spannte, schrieb ich seiner Frau Nicole zu, die als Chefköchin in einem der angesagtesten Restaurants der Hamburger Altstadt arbeitete.

Mit ausgestreckten Armen kam er auf mich zu. Bildete ich es mir nur ein oder huschte ein angespannter Ausdruck über sein Gesicht?

»Du siehst gut aus.« Er drückte mir rechts und links ein Küsschen auf die Wange, trat einen Schritt zurück und musterte mich von den roten Sneakers, über die gelbe Baumwollhose bis zum grünen T-Shirt. »Bunt wie immer.«

Ich lachte. »Du weißt, meine knalligen Farben symbolisieren die bunte Vielfalt …«

»… der Natur. New York hat dich offensichtlich nicht verändert.« Mit einer Handbewegung bot er mir einen Platz an einem Tisch mit vier Stühlen an, der im Verlag heimlich *Die Beichtecke* genannt wurde. Lief etwas schief, erwartete Nils hier Gründe, Reue und Lösungen. »Magst du einen Kaffee?«

»Gern.« Ich setzte mich mit dem Rücken zur Tür.

Nils goss aus einer auf dem Tisch stehenden Kanne eine Tasse ein und schob sie mir zu. »Schwarz?«

Ich nickte. »Auch daran hat sich nichts geändert.«

»Bist du mit Stellas Zimmer zufrieden?« Er hob bedauernd die Schultern. »Was anderes konnte ich dir leider so kurzfristig nicht anbieten. Die Wohnungsnot in Hamburg wird jährlich katastrophaler. Der Ansturm neuer Studenten ist seit Benennung der Hochschule zur Exzellenzuniversität immens, und die Stadt kommt mit dem sozialen Wohnungsbau nicht nach.«

»Kein Problem. Ich bin froh, dass ich nicht in eine Pension musste.« Den Zwischenfall mit den drei Studenten behielt ich für mich. Petzen war nicht mein Ding.

»Wie geht es Nicole?« Nils' Frau war ich das erste Mal während meines Volontariats begegnet, als ich eine Reportage über die Hamburger Tafel verfasste, für die sie damals ehrenamtlich arbeitete.

Er nahm mir gegenüber Platz, schlug die Beine übereinander und klopfte seufzend auf seinen Bauch. »Wir sehen uns zwar kaum, aber wenn wir zur selben Zeit zu Hause sind, kocht sie für eine halbe Kompanie.« Über den Rand seiner Brille sah er mich an. »Dein Wunsch nach Versetzung kam überraschend. Vor allem, weil dein Umweltprojekt erst am Wochenende startet und ein Artikel für die Serie fehlt.«

»Ein Kollege wird an der Premierenveranstaltung teilnehmen und mir Informationen sowie Bilder liefern. Der Artikel wird so qualifiziert sein, als wäre ich selbst dabei gewesen.«

»Na gut, ich verlasse mich auf dich.« Umständlich fummelte er die Brille von der Nase und zeigte mit einem Bügel auf mich. »In New York hast du hervorragende Arbeit geleistet. Du musst die Frage natürlich nicht beantworten, aber mich würde schon interessieren, warum du Hals über Kopf nach Hamburg zurückgekommen bist.«

Auch wenn ich mir sicher war, dass Nils das

Beichtgeheimnis wie ein Pfarrer bewahrte, wollte ich ihn nicht zu tief in mein Seelenleben blicken lassen. Er war mein Chef, nicht mein bester Freund. Aber lügen wollte ich auch nicht. Darum sagte ich nichts, sodass er sich genötigt fühlte, weiterzufragen. »Gab es Probleme mit anderen Kollegen?«

»Du weißt, dass ich teamfähig bin.«

»Ist etwas in deiner Familie passiert? Jemand schwer krank geworden?«

»Da wäre ich wohl die letzte, die man nach Hause bitten würde.«

»Ich habe es befürchtet. Die Liebe.« Nils seufzte. »Obwohl ich gedacht habe, dass du dagegen immun bist und dir deine Freiheit wichtiger sei.«

»Deswegen bin ich hier.«

Er zog ein Tuch aus der Hosentasche und putzte ausgiebig die Brille. »Muss ein besonderer Mann sein, wenn du so einen Job für ihn hinschmeißt.«

»Was hast du für mich?«

Nils legte die Brille auf den Tisch, lehnte sich zurück und verschränkte die Hände im Schoß. Scheinbar locker saß er da, aber das Wippen seines Fußes verriet seine Anspannung. Mit einem Blick, der von Mitleid bis Unverständnis über meine Rückkehr alles beinhaltete, sah er mich an. »Nichts.«

Ich fuhr kerzengerade hoch. »Wie meinst du das?«

»So, wie ich es gesagt habe.« Er zuckte mit den Achseln. »Wir sind dicht. Komplett. Nicht mal eine Praktikantenstelle ist frei.«

»Und im Ausland? Buenos Aires, Rio de Janeiro, Singapur, Kapstadt oder Hongkong?«

Er stieß ein Lachen aus, das sich nicht nett anhörte. Mit hochgezogenen Augenbrauen beugte er sich vor. »Was erwartest du? Dass ich einen guten Mitarbeiter aus dem Ausland abziehe, damit du seinen Job übernehmen kannst?«

Panik breitete sich in mir aus. »Du hast selbst gesagt, dass ich hervorragende Arbeit leiste.«

»Ja, das hast du, in New York. Dort hättest du mit Zustimmung der Geschäftsleitung und meiner Person weitere Jahre verbringen können. Kai hat auf dem Tisch getanzt, als ich ihm deinen Job angeboten habe. Der kommt so schnell nicht zurück. Seine Stelle hat Fiona Lambert übernommen, die damit vom freiberuflichen Status zur Festanstellung wechselt. Eine soziale Maßnahme unsererseits, die wir der alleinerziehenden Mutter zweier Kinder schon seit längerem versprochen hatten.«

Während ich mich abmühte, meinen Puls zu entschleunigen, setzte er die Brille wieder auf, ging zum Schreibtisch und holte einen Zettel. »Es ist ja nicht so, dass ich dich gar nicht einsetzen kann.«

Die Knopfleiste seines Hemds klaffte auseinander, als er sich vor mir aufbaute. Ich starrte auf einen Streifen seines gerippten Unterhemds. »Du wirst als Springerin für verschiedene Redaktionen arbeiten.«

Mit offenem Mund sprang ich auf. »Das ist nicht dein Ernst.« Nils war kaum größer als ich. Wir duellierten uns mit Blicken, bis er sich abwandte und mit den Achseln zuckte. »Du hast dich selbst in diese Situation manövriert. Ich würde dich ungern verlieren, aber wenn dir mein Angebot nicht passt, kannst du auch kündigen.«

Nein, das konnte ich nicht. Das Leben in New York war kostspielig gewesen, und ich hatte hin und wieder Materialien für das Umweltprojekt aus eigener Tasche bezahlt. Ich konnte finanziell nicht Monate überbrücken, um einen neuen Job zu finden. Fassungslos über seine ungewöhnliche Ruppigkeit fragte ich mich, was in dem Jahr meiner Abwesenheit mit ihm passiert war. War er dem Stress nicht gewachsen? Gab es Querelen zwischen den Redaktionen oder mit der Geschäftsführung? Mir blieb nichts anderes übrig, als sein Angebot anzunehmen und zu hoffen, dass in nächster Zeit eine passende Stelle frei würde. Schweren Herzens fragte ich: »Für welche Redaktionen soll ich arbeiten?«

»Tageszeitung, Wirtschaftsblätter, Klatschmagazine.«

»Klatsch? Dafür bin ich überqualifiziert.«

Hinter mir lachte jemand.

Alarmiert drehte ich mich um.

Professionell wie ein Model auf dem Laufsteg stolzierte Mona auf High Heels ins Büro, die schwarz gefärbten Haare im Nacken zu einem Knoten zusammengebunden. Seit Jahren versuchte sie über Reportagen und Interviews Kontakte zur Hamburger High Society zu knüpfen, um sich einen Unternehmersohn zu angeln. Dass ihr dafür das Format fehlte, zeigte ihr tief ausgeschnittenes Dekolleté und der Rock, der zehn Zentimeter kürzer war als die Röcke auf der Reeperbahn. Sie nickte Nils zu, bevor sie sich an mich wandte. »Immer noch so arrogant wie früher?«

»Mit Arroganz hat das wenig zu tun.« Nur mit Mühe verhinderte ich, dass meine Stimme vor Wut zitterte. Wir beide waren keine Freunde, Erzfeindinnen traf es eher. Ich wusste besser als jede andere Person in diesem Verlag, wozu Mona fähig war, wenn sie ein Ziel erreichen wollte. »Ich weiß, was ich journalistisch drauf habe und für Klatschgeschichten ist mir meine Zeit zu schade.«

»Nun, du wirst dich umstellen müssen. Seit einem halben Jahr bin ich Chefredakteurin von *Frau im Fokus* und *VIP-Aktuell*.« Mit dem Lächeln eines Rottweilers sah sie erst mich und dann Nils an. »Weiß sie schon Bescheid?«

Mein Kopf wirbelte zu ihm. »Was meint sie damit?«

Nils stellte sich hinter seinen Schreibtisch, als wollte er einen Sicherheitsabstand zwischen uns schaffen. Er klopfte auf einen Stapel Aktenordner. »Wie du siehst, bin ich für die nächsten zehn Jahre ausgelastet. Daher kam es mir gelegen, dass Mona sich bereit erklärt hat, deine täglichen Springerarbeiten zu planen.«

Sie lächelte wölfisch. »Und mir auch. Ich brauche regelmäßig jemanden für Telefonanfragen, Bildrecherche und Kopierarbeiten.«

Zu meinem Doppelknoten im Magen gesellte sich ein zweiter. Und ich fragte mich, was noch passieren müsste, bevor ich dem Impuls nachgab, einen Killer zu engagieren, der entweder Nils oder Mona oder beide vom Dach der Elbphilharmonie schubste.

Nils räusperte sich. »Da du keine leitende Position mehr inne hast, muss ich leider dein Gehalt kürzen.«

6

In einer halben Stunde findet die monatliche Redaktionskonferenz im Besprechungsraum im dritten Stock statt.« Mona steckte eine aus dem Haarknoten gelöste Strähne zurück. »Was deinen Aufgabenbereich betrifft, musst du an den Konferenzen nicht mehr teilnehmen, aber für heute hätte ich dich gern dabei.«

»Wo ist mein Büro?« Ich würdigte Nils keines Blickes. In diesem Raum stank es wie auf dem Hamburger Fischmarkt. Etwas war faul und mein Bauchgefühl sagte mir, dass es mit Mona zu tun hatte. Dass meine Kollegin innerhalb eines Jahres Chefredakteurin gleich zweier Zeitschriften geworden war, war mehr als auffällig. Zugegebenermaßen war sie keine schlechte Journalistin, aber meiner Meinung nach fehlte es ihr an Empathie und dem Blick für das Besondere. Mich interessierte auch brennend, was mit ihren Vorgängerinnen passiert war. Bevor ich den Job in den USA angenommen hatte, saßen Sandra und Ella fest im Sattel.

»Du hast natürlich kein eigenes Büro mehr.« Monas Tonfall hörte man an, wie sehr sie meine Degradierung genoss. »Erst wollte ich dich ins Großraumbüro neben mein Einzelbüro setzen, damit ich dich jederzeit für Botengänge einsetzen kann, aber dann ist mir eingefallen, dass im Kopierraum an der Wand eine Ecke frei ist.«

Ich warf Nils einen Seitenblick zu. Er tat so, als wäre er mit den Dokumenten auf seinem Schreibtisch beschäftigt. Ohne ersichtlichen Plan schob er sie nach rechts und links und ich wusste, dass er jedem unserer Worte lauschte.

»Das hört sich doch super an«, nahm ich ihr den Wind aus den Segeln. Am liebsten hätte ich mich irgendwo verkrochen und eine Runde in mein T-Shirt geschluchzt, aber wo andere Tränendrüsen hatten, lag bei mir eine Wüste. Ich holte meinen Rucksack vom Stuhl und ging zur Tür. »Wir sehen uns in der Konferenz.« Ich wartete keine Antwort ab, sondern flüchtete eher, als dass ich ging. Noch zwei Minuten länger in diesem Büro und ich hätte Monas Haarknoten mit einem von Nils Aktenordnern plattgemacht.

♥

Jedes Stockwerk besaß ein Materialdepot, in dem sich nicht nur Kopierer und Papierschredder befanden, sondern auch Regale mit Toilettenpapier, Handtüchern und Büroutensilien. Ich war mir sicher, eine Bahnhofsvorhalle wurde weniger frequentiert als mein neuer Arbeitsplatz mit Tisch, Telefon und PC. Schon beim Anblick des Holzstuhls, den Mona aus der Kantine geholt haben musste, schmerzte mein Rücken. Ich verbat mir, an mein ergonomisch eingerichtetes Büro mit Panoramafenster zum Central Park zu denken. Wenn ich mir gegenüber ehrlich war, hatte Nils recht. Ich allein war schuld an meiner Misere. Im Glauben, der Verlag müsste mir einen adäquaten Job anbieten, war ich gar nicht auf die Idee gekommen, Nils vorher darauf anzusprechen. Wie sollte er mir eine anspruchsvolle Stelle anbieten, wenn keine frei war? Trotzdem hätte er mir nicht ausgerechnet Mona vor die Nase setzen müssen.

Durch die Hitze, die aus den Lüftern des Kopierers strömte, war es im Raum heiß und stickig. Ein paar Fliegen summten gegen eine nackte Neonröhre, deren kaltes Licht nicht notwendig wäre, wenn ich das Bullauge hinter einem der Regale freilegen könnte. Ich stellte mich auf den Stuhl, zog einige Packungen Toilettenpapier vom Brett und begutachtete die Lage. Wenn ich die beiden Regale rechts in die Ecke schieben würde, wäre das Fenster komplett frei und der Himmel sichtbar.

»Wen haben Sie sich denn zum Feind gemacht, dass Sie in eine Abstellkammer strafversetzt wurden?«

Besser hätte es der hochgewachsene, dunkelhaarige Kollege mit der sportlichen Figur eines Zehnkämpfers nicht ausdrücken können, der plötzlich im Türrahmen stand. Ich schätzte ihn auf Anfang dreißig. Unter seinem Arm trug er eine Dokumentenmappe, die er auf den Kopierer legte.

Da meine Situation nicht schlimmer werden konnte, es sei denn im Keller neben den Mülltonnen wäre noch ein Platz frei, beschloss ich, kein Blatt vor den Mund zu nehmen.

»Sie wollen die Story hören?« Ich stieg vom Stuhl und legte das Toilettenpapier auf den Boden.

»Unbedingt.«

»Zusammen mit Mona Reichert habe ich vor ein paar Jahren während der Semesterferien ein zweiwöchiges Praktikum im Verlag absolviert. Für ein längeres Praktikum in den darauffolgenden Ferien stand nur ein Platz zur Verfügung, um den wir uns beide beworben hatten.« Aus dem mittleren Regalbrett zog ich ein paar eingepackte Küchentücher und legte sie auf das Toilettenpapier am Boden. »Karl Kruse, Vorgänger von Nils und mittlerweile Mitglied der Geschäftsleitung, hat uns daraufhin eine Aufgabe gestellt, die sowohl Recherche, Reportage und Präsentation beinhaltete. Die Verfasserin des besten Artikels sollte den Praktikumsplatz erhalten.«

»Hört sich spannend an.« Mein Kollege lehnte sich mit verschränkten Armen an den Kopierer.

»Wäre es sicherlich auch gewesen, wenn ich meine Reportage hätte vortragen können.«

»Das wiederum hört sich nicht gut an. Was ist passiert?«

»Karl Kruse verlegte die Uhrzeit unserer Vorträge von elf auf neun Uhr, worüber Mona Reichert mich informieren sollte.« Mit dem Fuß schob ich den Kantinenstuhl zur Seite und das Toilettenpapier und die Küchentücher unter den Schreibtisch. Ich brauchte Platz, um die Regale verschieben zu können. »Hat sie aber nicht.«

Ungläubig verzog er das Gesicht. »Absichtlich?«

»Mit Sicherheit, aber ich konnte es nicht beweisen. Alles, was ich zu meiner Verteidigung vorbrachte, klang nach billigen Ausreden.«

»Haben Sie sich das von ihr gefallen lassen?«

Grinsend sah ich ihn an. »Nicht ganz.«

Er grinste zurück. »Jetzt wird es richtig spannend.«

»Da gab es einen jungen Redakteur, der ihr besonders gut gefiel.«

»Oh nein, das haben Sie nicht getan.« Er biss sich vor Lachen auf die Unterlippe.

»Sie war nur kurz auf einen Plausch in der Kaffeeküche, aber die Zeit hat gereicht, um über ihren Email-Account einen heißen Liebesbrief an ihn zu schreiben … und dem Rest der Abteilung eine Kopie zu schicken.«

Lachend schüttelte er den Kopf. »Kein Wunder, dass Sie hier gelandet sind.«

Ich nickte. »Außerdem habe ich es gewagt, meine Versetzung von New York nach Hamburg zu beantragen, was nicht in Nils Personalplanung passt.«

»Oops, da haben Sie es sich nicht nur mit der Oberklatschhexe, sondern auch mit dem Beichtvater verdorben.« Er stutzte und musterte mich. »Sie sind nicht zufällig Svea Petersen?«

»Zufällig doch.«

Mit einem Strahlen im Gesicht, das die düstere Atmosphäre des Raumes aufhellte, kam er auf mich zu. »Freut mich, Sie persönlich kennenzulernen.« Er reichte mir die Hand. »Ich bin David Bosinski. Vor einem halben Jahr habe ich den Job als Ressortleiter für *Politik und Wirtschaft* bei der Zeitschrift *Im Fokus* übernommen.« Sein Händedruck war wie erwartet, selbstbewusst fest. »Ich habe mit Begeisterung Ihre Umweltserie des Plastikmüllprojekts verfolgt.« Er nickte anerkennend. »Ist beeindruckend, was Sie da auf die Beine gestellt haben.« Empörung breitete sich in seinem Gesicht aus. »Und Sie setzt man in so ein Kabuff? Das ist unverschämt.«

»Wie Sie schon feststellten, ich habe eine Feindin. Wobei ich nicht den Hauch einer Ahnung habe, wie Mona es geschafft hat, Chefredakteurin von gleich zwei Zeitschriften zu werden.«

Nachdenklich lehnte David sich an den Kopierer,

die Lider halbgesenkt. Eine Sekunde später grinste er mich an. »Ich glaube, Sie brauchen ein Update. Gehen wir in der Mittagspause im *Elbhof* ein Fischbrötchen essen? Ich bringe Sie auf Kurs, und Sie erzählen mir von New York und Ihrem Projekt.«

Wollte ich das? Definitiv nicht. Keine Frage, David machte einen sympathischen Eindruck, nicht nur weil er ein knallrotes T-Shirt zu Jeans und neongelben Turnschuhen trug, sondern auch, weil er Mona als Hexe charakterisierte. Ein sicheres Zeichen für seine fabelhafte Menschenkenntnis. Aber sein Blick verriet mir Interesse, und zwar nicht nur an dem Umweltprojekt, sondern auch an meiner Person. Und das war etwas, was ich momentan überhaupt nicht in meinem Leben brauchte, das so schon kompliziert genug war. Außerdem funktionierten die Sprachrohre im Verlag ausgesprochen zügig und wahrheitsgetreu. Ich würde über kurz oder lang erfahren, warum sich das Personalkarussell zugunsten von Mona gedreht hatte.

»Sorry«, antwortete ich, »hab schon etwas vor.«

»Schade.« Er nahm die Dokumente vom Kopierer und deutete mit dem Daumen hinter sich. »Ich geh dann mal. Falls Sie es sich anders überlegen, Sie finden mich den Gang runter im vorletzten Zimmer.«

Ich hob eine Augenbraue. »Wollten Sie nicht etwas kopieren?«

Verdutzt guckte er auf die Mappe unter seinem Arm und lachte. »Sie haben mich aus dem Konzept gebracht.«

♥

An der Redaktionskonferenz nahmen alle Chefredakteure und Ressortleiter der Zeitschriften und Magazine teil. Kurz vorher hatte ich ein paar Kollegen und meinen Ex-Chef Lasse Seifert begrüßt, der bedauerte, dass ich nicht mehr zu seinen Mitarbeitern gehörte. Gleichzeitig bestätigte er mir, dass er momentan keinen festen Job für mich zur Verfügung habe.

Ich setzte mich neben eine ältere Kollegin aus dem Ressort *Familie und Freizeit*, die mir freundlicherweise einen Zettel der Tagesordnungspunkte zuschob.

Nils eröffnete die Konferenz mit aktuellen News der Geschäftsleitung über Auflagenstatistik, Verkaufszahlen und Personaländerungen. »Nach einem Jahr Aufenthalt in New York begrüße ich unsere Kollegin Svea Petersen wieder in unserer Mitte und bedanke mich für ihre hervorragende Redaktionsarbeit. Frau Petersen war maßgeblich für die Realisierung eines Umweltprojektes verantwortlich, das sie mit einer Serie journalistisch begleitet hat. Erfreulicherweise hat sich dadurch nicht nur die Verkaufszahl des Magazins *Natur- und Umweltschutz* verdoppelt, sondern es hat uns ebenfalls Aufmerksamkeit in den sozialen Medien sowie Funk und Fernsehen beschert.« Einige mir bekannte Gesichter nickten anerkennend, andere klopften mit den Fingerknöcheln auf die Tischplatte, meine Nachbarin applaudierte.

Nils machte den Mund auf, um fortzufahren, als Mona aufsprang. »Da wir Frau Petersen zurzeit leider keinen freien Job anbieten können, wird sie als Springerin arbeiten, sozusagen als Mädchen für alles.«

Um mich herum nahm ich empörtes Gemurmel und verständnisloses Kopfschütteln wahr. Jetzt war mir klar, warum Mona Wert darauf gelegt hatte, dass ich an der Sitzung teilnahm. Vor versammelter Mannschaft erniedrigt zu werden, war mehr als peinlich und für Mona eine Herzensangelegenheit. Dass sie nicht vor Glück sabberte, wie Caesar auf meine Schienbeine gesabbert hatte, war alles.

»Wer Bedarf für die Zuarbeit von Frau Petersen hat, kann sich per Email bei mir melden.«

Eine Hand meines Ex-Chefs schoss nach oben, ebenso die von David.

»Wir arbeiten an einer heiklen Story über einen Umweltskandal in der Hamburger Hafencity«, erklärte Lasse auf Nils aufforderndes Nicken. »Frau Petersen hat schon vor New York ein Händchen für qualifizierte Recherche bewiesen. Ihre fachliche Kompetenz und Erfahrung wären uns bei dem Fall ausgesprochen hilfreich.«

»Ich melde ebenfalls Bedarf an.« David drehte einen Kugelschreiber zwischen den Fingern. »Heute früh hat sich ein Mitarbeiter für diese Woche freistellen lassen. Unser Ressort braucht dringend Unterstützung.«

Netter Versuch, Jungs, aber ich wusste, dass Mona mich nicht so schnell aus ihren Klauen lassen würde.

»Wie gesagt, per Email bitte.« Sie nahm wieder Platz. »Ich koordiniere und entscheide, wo Frau Petersen eingesetzt wird.« Das Gemurmel schwoll an, was Mona weder störte noch interessierte. Auch Nils machte keinerlei Anstalten, sie zu korrigieren. Hatte die Hexe im Lotto gewonnen und den halben Laden gekauft? Ich fühlte mich ihr ausgeliefert und das war noch positiv ausgedrückt. Dass ich im Strahl kotzen könnte, traf es eher.

♥

Lasse hatte mich nach der Konferenz gefragt, ob er mich zum Mittagessen einladen dürfe, aber ich hatte ihn auf morgen vertröstet. Ich musste eine Weile allein sein, um die Geschehnisse vom Vormittag zu verarbeiten.

Zur Elbpromenade waren es nur wenige Minuten. Schnellen Schrittes ging ich von dort aus Richtung Landungsbrücken. Noch lieber wäre ich gejoggt, um mich abzureagieren, den Frust und die Enttäuschung loszuwerden, aber ich wollte den restlichen Tag im Verlag nicht verschwitzt verbringen.

Das frühlingshafte Wetter, das den gestrigen Regen vergessen ließ, trieb Touristen und Einheimische an das Elbufer. Vor mir hüpften Kindergartenkinder in Zweierreihen und schnatterten wie Wildgänse, die man überall außerhalb der Stadt an der Elbe beobachten konnte.

An einem mobilen Eisstand kaufte ich mir drei Zitronenkugeln im Becher und setzte mich auf eine Holzbank mit Blick zum *Stage Theater* auf der gegenüberliegenden Uferseite. Seit meinem neunten Lebensjahr lief dort das Musical *Der König der Löwen*. In Hinblick auf meine Kindheit als Antilope, mochte ich diese Aufführung nicht wirklich.

Ich kramte das Smartphone aus der Hosentasche und legte es auf meinen Oberschenkel. Jayden hatte sich in den letzten Stunden nicht nur einmal über WhatsApp gemeldet, sondern gleich zwölfmal.

Ein herzliches Dankeschön dafür an Maik. Er hatte mir genau die Situation beschert, die ich vermeiden wollte. Zusätzlich zu der Idee meinen Job hinzuschmeißen und freiberuflich für verschiedene Verlage zu arbeiten, musste ich mir jetzt erneut

Gedanken darüber machen, wie ich Jayden dazu bringen könnte, mich in Ruhe zu lassen.

Ich starrte auf sein Profilbild, das ihn auf Lillys Hochzeit zeigte. Die Fliege saß ein bisschen schief, aber ansonsten sah er traumhaft aus, männlich, selbstbewusst, sympathisch. Beim Heranzoomen seines Muttermals neben dem rechten Mundwinkel schmolz mein Herz dahin wie das Eis, das ich bisher nicht angerührt hatte. Immer wenn ich die Augen zumachte, sah ich Jayden vor mir. Ich vermisste ihn so sehr. Sein Lachen, die verschmitzte Art mich anzusehen, wie er den Kopf schief hielt, wenn er mir zuhörte, seine zärtlichen Küsse, aber vor allem vermisste ich seine Umarmung, die mich umschloss wie ein Schildkrötenpanzer, geschützt vor Löwenangriffen und der unerwiderten Liebe meiner Familie.

In den vergangenen Wochen hatte ich mich mit der Organisation des Umzugs und den letzten Vorbereitungen für das Umweltprojekt abgelenkt und mir jegliche Gedanken an meine Gefühle für Jayden verboten. Jetzt merkte ich plötzlich, dass ich Liebeskummer hatte. Ich stieß einen überraschten Laut aus. Eine Taube, die Brotkrümel neben meinen Sneakers aufpickte, flatterte erschreckt zur Seite.

Wie verkorkst musste man sein, wenn man sich mit siebenundzwanzig Jahren das erste Mal verliebte? Jedes normale Mädchen verliebte sich in der Pubertät, schwärmte für einen Jungen aus der Nachbarschaft oder Schule, weinte sich mit gebrochenem Herz in den Schlaf und lernte mit Gefühlen wie Liebe und Verlust klarzukommen. Ich hatte weder Erfahrung noch Übung darin, mit Liebe umzugehen, geschweige denn mit Liebeskummer, spürte nur einen Schmerz, der mir seltsam vertraut vorkam.

Das Wasser der Elbe klatschte an den Landungssteg, als eine Fähre zum anderen Ufer übersetzte. An einem Fahnenmast flatterte ein Werbeplakat des Musicals mit dem Löwenkopf des Vaters, der sein Junges liebevoll ansah. Und plötzlich wusste ich, woher ich den Schmerz kannte, den ich über viele Jahre unterdrückt, tief in mir vergraben und aus meinem Bewusstsein gelöscht hatte.

Mein Blick verlor sich in den Wellen des Flusses, die unruhig Richtung Nordsee schwappten. Ich sah mich selbst als sechsjähriges Mädchen auf der Matratze unter dem Hochbett von Nele liegen. Wieder mal konnte ich nicht einschlafen. Der Sommer war heiß und trocken, die Luft im Kinderzimmer verbraucht. Die Hitze hielt mich ebenso wach wie der Streit mit Nele und Mia, die beim Abendessen meinen Pfannkuchen an die hungrigen Löwenbrüder verfüttert hatten. Meine Mutter musste zur Nachtschicht und hatte keine Zeit gehabt, mir einen neuen zu backen, sodass ich Haferflocken mit warmer Milch essen musste, wovon mir übel wurde, was aber niemanden interessierte.

Ohne Decke lag ich im abgenutzten Schlafanzug von Mia auf dem Laken, Sam im Arm, das einzige Stofftier, das ich je von meinen Eltern geschenkt bekommen hatte. Die Schildkröte mit den dunklen Knopfaugen und einem Zylinder auf dem Kopf passte in jede Hosentasche und begleitete mich überall hin. Ich hatte sie mit ein paar Limonadentropfen auf den Namen *Sam* getauft. Durch ihn ertrug ich die Einsamkeit leichter. Er sammelte meine Tränen in seinem Panzer und galt mir als Vorbild, meinen eigenen Schutzschild zu errichten.

Ich hörte, wie sich die Wohnungstür öffnete. Die schweren Schritte meines Vaters stoppten an der Garderobe. Als Vertreter für medizinische Produkte war er häufiger auf den Autobahnen zu Hause als bei uns. Aufmerksam lauschte ich den Geräuschen meines Vaters, der im Zimmer der Jungs verschwand.

Kurz darauf öffnete sich unsere Tür und vom Flur fiel ein Lichtstreifen durch den Spalt. Die Lederschuhe meines Vaters gingen zu Mias Bett, das unter dem Fenster stand. Sie hatte sogar einen kleinen Nachttisch mit Lampe, deren Stoff mit Ponys bedruckt war. Mit einer Hand fuhr mein Vater ihr über die Wange, murmelte etwas und drückte ihr einen Kuss auf die Stirn. Das tat er auch tagsüber öfter beim Löwenrudel, nur nicht bei der Antilope. Aber heute würde es bestimmt anders sein. Niemand würde es sehen, alle schliefen, auch ich.

Mein Herz klopfte so laut, dass ich Angst hatte, er würde es bemerken. Ich kniff meine Augen zusammen und hörte, wie er näherkam. Er blieb stehen und murmelte Nele zu, dass er sie lieb habe.

Meine Hände krallten sich in Sams Panzer. Ich konnte es kaum abwarten, bis mein Vater mir auch diesen wundervollen Satz sagen und einen Gutenachtkuss geben würde. Vorsichtig blinzelte ich durch die Wimpern, nur so viel, dass er glauben müsste, ich würde schlafen. Seine Schuhspitzen berührten meine Matratze und ich bewunderte die akkuraten Schlaufen der Schnürsenkel. Gleich würde er sich zu mir beugen und die Antilope in ein Löwenjunges verwandeln. Sekunden vergingen so langsam wie Jahre, doch es legte sich weder eine Hand auf meine Wange, noch hörte ich eine Stimme, die mir etwas zuflüsterte. Nervös riss ich die Augen auf.

Ein Loch brannte sich in mein Herz, klein wie eine Erbse, als die Schuhe sich auf dem glatten Parkett lautlos umdrehten und ich auf die abgewetzten Sohlen starrte, die entlang des Lichtstreifens das Zimmer verließen.

Du Dummerchen, schalt ich mich ein paar Minuten später und wischte mein Gesicht mit Sams Panzer trocken. *Du weißt doch, dass Papa von den langen Autofahrten Rückenschmerzen bekommt.* Bei jedem Bücken stöhnte er auf und hielt sich das Kreuz. Wie konnte ich da von ihm verlangen, dass er sich vor meine Matratze hockte? Es lag an seinem kaputten Rücken, dass ich keinen Kuss und den Zaubersatz bekam, nicht an mir.

Das Signalhorn der Fähre, die am anderen Elbufer angekommen war, holte mich aus der Vergangenheit. Aber der Schmerz in mir war erst der Anfang. Ich zog die Füße auf die Bank, schlang die Arme um die Knie und schloss die Augen.

Eine Woche später war Nele mit der Klasse ins Schullandheim gefahren. Gleich am ersten Abend, nachdem Mia eingeschlafen war, wechselte ich von der Matratze in Neles Bett. Voller Sehnsucht und dem unbändigen Verlangen nach Papas Zuneigung hatte ich mir schon Tage vorher einen Plan zurechtgelegt. Ich wollte es ihm leicht machen. Wenn er sich nicht zu mir bücken müsste, würde ich endlich etwas von seiner Liebe abbekommen.

In dieser und den folgenden Nächten lernte ich, dass Träume und Wünsche nur dazu da waren, mich zu verletzen.

Meine Kinderseele brach unauffällig, still und leise. Mit jedem Kuss für Mia fraß sich der Schmerz ungebremst durch mein Herz und da wo bisher ein erbsengroßes Loch gewesen war, klaffte am Ende der Woche eine offene Wunde, groß wie ein Tennisball.

Es lag nicht an Papas kaputtem Rücken.

Es lag an mir.

Meine Augen öffneten sich mit einem Ruck. Ich starrte auf die Elbe und verspürte den Drang ins Wasser zu springen, um den Schmerz in meinem Inneren zu löschen. Mit jeder Zelle meines Körpers fühlte ich die Trauer und Einsamkeit eines ungeliebten Kindes, das sich in sein Innerstes zurückzog.

Ich nahm mein Smartphone in die Hand.

Nie wieder wollte ich mich nach Liebe sehnen.

Nie wieder mich verletzt fühlen.

Nie wieder so traurig sein.

Ohne Jaydens Nachrichten zu lesen, leerte ich den Chatverlauf auf WhatsApp, blockierte seine Telefonnummer und löschte seine Kontaktdaten.

Ich war nicht fähig, mit Liebe umzugehen.

Ich war ja nicht mal imstande, um Jayden zu weinen.

7

Hat das Eis nicht geschmeckt oder hatten Sie sowieso geplant, es zu trinken?«

Ein Schatten fiel auf die Bank. Ich stellte die Füße auf den Boden und drehte mich um.

Mit einem in Papier eingewickelten Brötchen in der Hand grinste David mich an. »Sorry, das war Zufall. Ich stalke Sie nicht.« Er wies auf den freien Platz neben mir. »Auch wenn Sie mir vorhin einen Korb gegeben haben, darf ich mich trotzdem setzen?«

Ich nickte nur, steckte das Smartphone in die Hosentasche und versuchte meine Gedanken und Gefühle wieder in den Griff zu bekommen. Mein Kopf dröhnte noch von den emotionalen Bildern der Vergangenheit, aber mit jedem tiefen Atemzug verringerte sich der Druck.

»Waren Sie jetzt mit dem Eis oder der Elbe verabredet?« Sein Blick ruhte auf mir.

»Musste mal allein sein.«

Als David den Fisch auspackte, stieg mir der Duft von gegrilltem Rotbarsch in die Nase. Mein leerer Magen knurrte vernehmlich. Er hatte keinen Grund sich zu beschweren. Immerhin war er Besitzer zweier Knoten, die sich häuslich eingerichtet hatten.

»Kann ich verstehen nach dem ereignisreichen Vormittag.« Er knüllte das Einpackpapier zu einer

Kugel und verputzte das Brötchen mit nur vier Bissen. »Sie sehen traurig aus.«

Mit einer Handbewegung winkte ich ab und schaltete auf Autopilot. Das beherrschte ich perfekt. »Machen Sie sich um mich keine Gedanken. Ich habe als Kind gelernt, immer wieder aufzustehen und auch mit blutigen Knien weiterzurennen.«

»Das glaube ich Ihnen aufs Wort.« Er warf die Papierkugel hoch und fing Sie wieder auf. »Ich möchte nicht neugierig erscheinen, aber warum haben Sie diesen fantastischen Job in New York aufgegeben?«

»Womit beschäftigt sich aktuell ihr freigestellter Mitarbeiter, für dessen Job sie mich aus Monas Klauen retten wollten?«

Erst stutzte David, dann huschte ein Lächeln über sein Gesicht. Er drehte sich zu mir, legte einen Arm auf die Lehne und zog die rechte Augenbraue hoch. »Wir machen einen Deal. Ihr Magen knurrt so fürchterlich um Hilfe, dass mir gleich die Tränen kommen. Wenn ich ihm ein Fischbrötchen spendieren darf, informiere ich Sie über Udos bisherige Ermittlungen.«

»Ich glaube, mein Magen wird es mir verdammt übel nehmen, wenn ich das Angebot ablehne. Allerdings stelle ich ebenfalls eine Bedingung.«

Seine linke Augenbraue gesellte sich zur rechten. »Und die wäre?«

»Wir duzen uns.«

»Die Idee gefällt mir.« Er reichte mir die Hand. »David.«

»Svea.«

»Mmh, normalerweise küsst man sich jetzt.«

»Ich bin nicht normal.«

»Das habe ich befürchtet.« Er nahm den Eisbecher, stopfte das Brötchenpapier hinein und warf beides in den Mülleimer neben der Bank. »Gehen wir zu *Ottos Fischbude*? Otto grillt den besten Rotbarsch in Hamburg.«

»Sehe ich genauso, ich kenne ihn von früher.« Beim Aufstehen vibrierte mein Smartphone in der Hosentasche und ich warf rasch einen Blick auf das Display. Lilly hatte mir eine Nachricht geschickt. Ich würde mich später bei ihr melden.

»Udo hat einen anonymen Hinweis über Korruption im Rathaus erhalten.« Nebeneinander schlenderten wir über die Landungsbrücken und blieben vor *Ottos Fischbude* stehen.

David reihte sich hinter einer Mutter ein, die ihr Baby in einem Tragetuch vor die Brust gewickelt hatte. Angeregt unterhielt er sich mit ihr über Tragekomfort, Sicherheit und Stoffqualität. Ich trat ein paar Schritte zur Seite und beobachtete einen Waveboarder, der sich geschickt zwischen den Leuten hindurchschlängelte.

»Bist du mal mit so einem Ding gefahren?« David reichte mir das Fischbrötchen.

Ich bedankte mich und nickte. »In den USA werden sie Hoverboards genannt und elektronisch durch Akkus betrieben. Die sind richtig schnell und nicht ungefährlich.« Remoulade lief aus einer Seite des Brötchens, als ich hineinbiss. Mit der Zunge fing ich die Soße auf. »Danke«, seufzte ich, »für diesen meisterhaften Deal. Ich hatte völlig vergessen, wie lecker Hamburger Fischbrötchen schmecken.«

David grinste. »Möchtest du ein zweites?«

Lächelnd winkte ich ab. »Erzähl mir mehr über

den Korruptionsverdacht.«

Gemächlich schlenderten wir am Elbufer entlang Richtung Verlagsgebäude. Hin und wieder kamen uns Kollegen entgegen und nickten uns zu. Ich wollte nicht wirklich wissen, was sie über uns munkelten. Nirgendwo tratschte man so viel wie in einem Verlag, der Klatschblätter herausgab.

»Wir stehen am Anfang der Recherche. Es geht um ein gewerbliches Baugrundstück in Hamburg-Billbrook. Angeblich hat der Bauherr zwei Personen im Dezernat *Wirtschaft, Bauen und Umwelt* geschmiert, um den Zuschlag für das Grundstück zu erhalten, für das sich auch andere Unternehmen beworben hatten.«

»Unfassbar, dass es Personen gibt, die sich auf so etwas einlassen, ihren Job, ihre Karriere, ihr Image riskieren.«

David zuckte mit den Achseln. »Bestechung wuchert im Verborgenen. Solange weder die Polizei noch die Medien etwas aufdecken und an die Öffentlichkeit bringen, sind die Täter sicher.«

Ich nickte. »Vermutlich wird die Dunkelziffer, durch Schmiergelder Einfluss zu nehmen, enorm hoch sein. Habt ihr Namen, Fakten, Beweise?«

Kopfschüttelnd kratzte David sich im Nacken. »Bisher leider nur den anonymen Hinweis. Udo wollte diese Woche die vergebenen Baugrundstücke in Billbrook recherchieren und die zuständigen Personen kontaktieren.«

»Wann kommt er wieder ins Büro?«

»Seine jüngste Tochter liegt mit Blindarmentzündung im Krankenhaus. Er hat das Recht, sich zehn Arbeitstage freistellen zu lassen.«

Ungläubig verzog ich das Gesicht. »Ist das so? Das

wusste ich nicht. Das ist mutig von ihm. Dafür hat nicht jeder Chef Verständnis.«

»Ich schon.« Für ein paar Sekunden sah er aus, als wäre er am anderen Ende der Welt. »Ein Kind ist das Wertvollste und Wichtigste, was ein Mensch haben kann.«

Die beiden Knoten in meinem Magen drehten sich um dreihundertsechzig Grad. Könnte er das bitte mal meinen Eltern verständlich machen?

»Du hast Kinder?« Verstohlen warf ich einen Blick auf seine Hände. Einen Ehering trug er jedenfalls nicht.

Er räusperte sich und fuhr sich mit einer Hand durchs Haar. »Ich hätte dich gern auf die Korruptionsaffäre angesetzt, aber ich befürchte, dass die Oberklatschhexe dich für andere Aufgaben eingeplant hat.«

Ich tat so, als bemerkte ich nicht, dass meine Frage unbeantwortet blieb und nickte. »Telefonanfragen, Bildrecherche und Kopierarbeiten.«

»Klingt so verlockend wie ein Urlaub im Knast.«

Wir blieben an einer Fußgängerampel stehen.

»Die Vorgängerinnen von Mona haben übrigens gleichzeitig gekündigt, um Jobs in einem Verlag in Köln anzunehmen.« David betätigte die Ampeltaste. »Im Kollegenkreis wurden die beiden wegen ihrer gleichgeschlechtlichen Beziehung angefeindet. Ob dabei die Oberklatschhexe ihre Hände im Spiel hatte, und warum sie Erbin beider Posten geworden ist, weiß keiner so genau.« Er zuckte mit den Achseln. »Offiziell heißt es, dass keine passenden Bewerberinnen gefunden worden sind.«

Wir überquerten die Straße und bogen in den Weg zum Verlag ein.

»Kann man glauben oder nicht«, sagte ich. »Aber herzlichen Dank für das Update.«

»Gerne.« David hielt mir die Tür des Verlagsgebäudes auf. »Ich werde Mona nachher eine Email schicken und deine Unterstützung für unser Ressort anfordern. Wer weiß, vielleicht klappt es und wir beide tragen dazu bei, die Verantwortlichen der Bestechung für ein paar Jahre hinter Gitter zu bringen.«

Hätte ich gewusst, dass dieser Betrugsskandal mich persönlich betraf, wäre ich ohne nachzudenken am selben Abend mit Zelt und Mountainbike nach Kanada ausgewandert.

♥

Kaum war ich fünf Minuten in meinem Pseudo-Büro, tauchte Mona auf und tippte auf die Armbanduhr. »Du hast deine Mittagspause um eine halbe Stunde überzogen.«

Ich zuckte mit den Achseln und räumte weiter das Regal aus, das ich nach rechts zur Seite schieben wollte. »Bisher hatte ich flexible Pausen.«

»Springer haben feste Arbeitszeiten, sonst kann man sie nicht einplanen.« Sie hüpfte einen Schritt zur Seite, damit ihr nicht die Packung Toilettenpapier auf die Füße fiel, die mir gerade aus der Hand gerutscht war. »Was machst du da?«

Diesen Tonfall konnte ich gar nicht leiden. Genauso gut hätte sie mich als durchgeknallt bezeichnen können.

»Wonach sieht es denn aus?«

»Als wolltest du dir Platz verschaffen, aber das kannst du knicken. Wir können das Zeug nirgendwo anders unterbringen.«

Ich wies auf das Bullauge. »Mehr Licht, nicht mehr Platz.« Die Metallfüße schabten quietschend über den Boden, als ich das leergeräumte Regal in die Ecke schob.

Mona verzog das Gesicht. »Ich hasse dieses Geräusch.«

Mit Absicht tat ich so, als würde das Regal instabil stehen, rüttelte es hin und her und erzeugte so weitere grauenhafte Geräusche, was absolut kindisch war, aber unglaublich guttat.

Mit zusammengekniffenen Lippen legte Mona einen Zettel auf den Schreibtisch. »Ab morgen beginnen deine Arbeitszeiten um acht Uhr. Mittagspause von zwölf bis eins, Feierabend frühestens ab siebzehn Uhr, Überstunden nach Aufforderung oder Bedarf.« Sie tippte mit einem dunkelblau lackierten Zeigefinger auf den Zettel. »Für unsere Familienzeitschrift benötigen wir eine Reportage, welche Hunderassen sich für Grundschulkinder eignen.«

Ich schob ein Paket Papierhandtücher auf den unteren Regalboden und drehte mich überrascht um. Das hörte sich gar nicht so schlecht an, allerdings hatte ich die Rechnung ohne Monas Hexenbesen gemacht.

Selbstgefällig grinste sie. »Recherchieren, nicht schreiben.«

Im Nachhinein wusste ich, ich hätte den folgenden Satz nicht sagen sollen, aber dafür wäre es notwendig gewesen, mir den Mund mit Klebestreifen zuzukleben, und das wiederum tat beim Entfernen höllisch weh. »Durch wie viele Betten der Geschäftsleitung bist du eigentlich gehüpft, bevor sie dich von einer Klatschtussi zur Chefredakteurin befördert haben?«

Monas Augen nahmen die Größe einer Toilettenpapierrolle an. Ihr Mund klappte mehrmals auf und zu, bevor sie mir entgegenschleuderte: »Das wirst du bereuen.«

Ja, vermutlich, aber im Moment fühlte es sich einfach nur cool an.

Ihr enger Rock behinderte sie daran, den Raum möglichst schnell zu verlassen. Sie trippelte zur Tür, das Kinn so weit nach oben gestreckt, dass ihr Haarknoten fast den Nacken berührte. Ich rechnete damit, dass sie sich umdrehen und mich mit ihrem Zauberstab zu lebenslanger Springerarbeit verfluchen würde, aber meine Frage hatte ihr tatsächlich die Sprache verschlagen.

Das coole Gefühl klang leider ziemlich schnell ab und hinterließ einen faden Beigeschmack. Ich wusste, meine Unterstellung würde wie ein Bumerang zurückkommen, und wenn ich ihn nicht auffangen könnte, drohte mir ein Knock-out erdbebengleichen Ausmaßes.

♥

Schon beim Öffnen der Wohnungstür vernahm ich den desinfizierenden Duft von Scheuerpulver. Ich stellte das Mountainbike, das ich vor einer halben Stunde über Ebay-Kleinanzeigen für einen Spottpreis ergattert hatte neben das Surfbrett im Flur. Durch den leichten Alurahmen hatte sich das Rad problemlos in den dritten Stock tragen lassen.

Zitronig frisch roch nicht nur das Bad, auch die Küche könnte man bedenkenlos in einem Möbelhaus ausstellen. Sogar den Kühlschrank, den ich mit Joghurt, Paprika und Käse auffüllte, hatten die Jungs gereinigt.

Zufrieden ging ich in Stellas Zimmer, öffnete das Fenster und warf mich rücklings aufs Bett. Von draußen drangen die typischen Geräusche einer Großstadt herein, monotoner Verkehrslärm, der auch in der Nacht nicht wirklich abklang, Stimmengemurmel von Anwohnern und das dumpfe Grummeln der U-Bahn. Ich kramte das Smartphone aus der Hosentasche und rief Lilly an.

Sie klang besorgt, als ich mich meldete. »Hast du deinen ersten Arbeitstag gut überstanden? Wo wirst du eingesetzt?«

»Momentan als Springerin, aber ich hoffe, dass bald ein interessanter Job frei wird.« Ich hatte nicht vor, meiner Freundin die Ohren vollzujammern. Mitleid war etwas, was ich nicht brauchte.

»Bestimmt. Du hast erstklassige Referenzen aus New York.«

Was hier niemanden interessierte.

Ich hörte, wie sie seufzte. »Hat Jayden sich bei dir gemeldet?«

»Zwölfmal.«

»Das habe ich befürchtet.« Sie klang zerknirscht. »Tut mir leid, dass ich Maik nicht davon abhalten konnte, sich in eure Angelegenheiten zu mischen.«

»Ich habe Jayden geblockt und seine Kontaktdaten

gelöscht. Er wird aufgeben, wenn ich ihm nicht antworte.«

»Willst du das wirklich?«

»Unbedingt.«

Wir unterhielten uns noch über Katie, die diesen Sommer in die Schule kam und darüber, dass Susan eine Weiterbildung zur Confiseurin in Europa machen wollte, womit Maik gar nicht einverstanden war, da er meinte, sie müsse sich weiterhin schonen.

In dem Moment, in dem ich mich von Lilly verabschiedete, vermisste ich sie schon wieder. Obwohl ich in Hamburg geboren war und hier studiert hatte, fühlte ich mich wie ein Fremdkörper - ein mir altbekanntes Gefühl, das mich immer dann beschlich, wenn ich mein Elternhaus betrat. Das Jahr in New York hatte mir gutgetan. Die Metropole war wie ein Hafen für mich, in dem ich ankern konnte. Dort gab es so viele unterschiedliche Menschentypen, da fiel ich mit meinem Loch im Herzen gar nicht auf. Niemand fragte mich je nach meiner Vergangenheit oder meiner Familie, und wäre nicht einmal im Monat eine Alibi-WhatsApp-Nachricht meiner Mutter gekommen, hätte ich die Erinnerungen an sie in dem Kästchen meines Herzens gelassen, in dem sie verschlossen waren.

Ich drehte mich auf die Seite, zog die Knie an und starrte durchs Fenster auf das gegenüberliegende Haus. Mehrere Balkone waren mit Frühlingsblumen in festmontierten Kästen geschmückt, anderen sah man nicht an, dass die dazugehörigen Wohnungen vermietet waren.

Plötzlich fühlte ich mich heimatlos und mir selbst merkwürdig fremd, als wäre ein Teil von mir in

New York geblieben. Nicht nur das Atmen fiel mir schwer, auch das Schlucken und ich begriff, dass sich meine innere Zerrissenheit körperlich auswirkte. In New York konnte ich nicht bleiben, weil ich dort in etwas hineingeraten wäre, was für mich unvorstellbar war, und in Hamburg holte mich meine Kindheit ein.

Jede Zelle meines Körpers sagte mir, dass ich nicht hierher gehörte. Ich brauchte einen Neuanfang. Aber vorher würde ich mir eine Antwort holen, am Samstag auf der Geburtstagsparty der Zwillinge, von der meine Mutter mir erzählt hatte, und auf die ich nicht eingeladen war.

8

Bei der Recherche über kinderliebe Hunderassen stellte ich mit Schrecken fest, dass auch der Mops dazugehörte.

»Das ist gelogen.« Ein weiteres Mal las ich den letzten Satz über den Charmeur auf vier Pfoten, der neugierig und mutig, aber niemals aggressiv sei. Mit einem Mausklick löschte ich ihn aus der Liste. Ich hatte noch lebhaft vor Augen, in wie viele Teile Caesar mein Jumpsuit zerrissen hatte.

»Gibt es Probleme?« David stellte eine Tasse Kaffee auf den Schreibtisch. »Schwarz, wie immer.«

Zwischen uns entwickelte sich seit der Mittagspause vom Mittwoch eine zarte Freundschaft, was für mich völlig in Ordnung war, solange David nicht mehr von mir erwartete. Von ihm ging eine gewisse Melancholie aus, die ich nicht einordnen konnte, und ich hatte den Eindruck, dass er auf seine Art und Weise im Inneren genauso einsam war wie ich.

»Danke.« Ich drehte mich zu ihm. »Woher weißt du immer zum richtigen Zeitpunkt, wann ich mich nach einem Kaffee sehne?«

»Unsere Seelen kommunizieren auf höherer Ebene miteinander.« Grinsend stellte er seine Tasse neben meine. »Vor fünf Minuten kam deine Bitte bei mir an.« Mit den Händen stützte er sich auf den Schreibtisch und guckte auf den Bildschirm.

»Recherchierst du die kinderlieben Hunderassen?«

Ich nickte. »Kannst du dir vorstellen, dass der Mops dazugehört?«

»Unbedingt. Der ist durch seine Masse robust, den kann man ordentlich knuddeln.« Er richtete sich wieder auf. »Magst du Hunde?«

»Ich liebe alle Tiere. Irgendwann lege ich mir einen australischen Labradoodle zu.«

»Kenne ich nicht. Ist an dem irgendetwas Besonderes?«

»Angeblich haaren diese Hunde nicht, was meiner Putzabneigung entgegenkommt.«

David lachte. »Definitiv kann man seine Zeit sinnvoller verbringen.« Er räusperte sich. »Zum Beispiel morgen Abend im Open-Air-Kino im Hafenviertel oder zu einer Piña colada am Stadtstrand von St. Pauli. Hast du Lust?«

Das letzte, was ich wollte war, David Hoffnungen auf eine Liebesbeziehung zu machen. Gerade als ich zu einer Absage ansetzen wollte, hob er abwehrend die Hände. »Mach dir keine falschen Hoffnungen, ich will nichts von dir. Ich möchte nur nicht den Samstag allein verbringen.«

Lachend boxte ich ihm auf den Oberarm. »Ich kann trotzdem nicht. Meine Eltern geben eine Geburtstagsparty für ihre Enkelsöhne.« Dass ich nicht eingeladen war, ging David nichts an. Ich wollte nicht zu viel Privates von mir preisgeben, es würde nur Fragen nach sich ziehen, die ich nicht bereit war zu beantworten. »Hast du eine Idee, was man fünfjährigen Zwillingen schenken kann?«

Mit einem Oberschenkel hockte David sich auf die Tischkante und ließ das andere Bein baumeln. »In dem Alter war ich begeisterter Lego-Fan von Rennautos, Dinosauriern und Flugzeugen, damit kannst du bei Jungs nichts falsch machen.«

»Hört sich gut an. Werde ich nachher besorgen.«

David stand auf und nahm seine Kaffeetasse vom Tisch. »Muss ich mir übrigens um unsere gemeinsamen Mittagspausen Sorgen machen?« Seine Augen funkelten belustigt.

Ich trommelte mit den Fingerspitzen auf die Tischplatte und sah ihn gespielt streng an. »Wir hatten erst eine gemeinsame Pause. Dein vereinnahmendes Wesen beunruhigt mich etwas.«

Er zuckte mit den Achseln und grinste. »Naja, gestern bist du mit Lasse fremdgegangen.« Sein Mund öffnete sich zu einem breiten Grinsen. »Ich wollte nur sichergehen, dass das nicht wieder vorkommt.«

Mit meinem Ex-Chef war ich im *ElbHof* gewesen. Bei einem Salat mit frischen Champignons und Fetakäse hatte er mich über personelle und organisatorische Veränderungen in der Zeit meiner Abwesenheit informiert. Und tatsächlich munkelte man über eine Affäre von Mona mit einem der Geschäftsführer, worauf Lasse jedoch nicht weiter einging.

Seit unserer Auseinandersetzung hatte Mona sich nur noch per Email mit mir in Verbindung gesetzt, um mir die tägliche Arbeitseinteilung mitzuteilen, aber ich wusste, dass sie nur auf den entscheidenden Moment wartete, um mir hinterrücks einen Dolchstoß zu verpassen.

David klappte den Deckel des Kopierers zu, den der letzte Benutzer offen gelassen hatte. »Also, wie sieht's aus. Essen wir heute wieder Fischbrötchen bei Otto?«

»Nur, wenn es zum Nachtisch Zitroneneis gibt.«
»Fest oder flüssig?«

♥

Seit gestern Abend baute sich in mir eine unterschwellige Spannung auf, die sich nach dem Einsteigen in die Regionalbahn zusehends hochschaukelte. Mit jedem weiteren Kilometer in den Ort nördlich von Hamburg, in dem ich achtzehn Jahre meines Lebens verbracht hatte, holte mich die Verletztheit meiner Seele wieder ein, erdrückten mich die Schatten, die ich endlich zur Seite schieben wollte.

Mit mäßiger Geschwindigkeit fuhr der Zug entlang gelbblühender Rapsfelder und Kuhweiden, die mit Elektrozäunen gesichert waren. Nur am Rande hörte ich, wie die Sektgläser der Seniorenreisegruppe, die die Vierersitze mit den Tischen belegte, klirrend aneinanderstießen. Zu beschäftigt war ich mit der Frage, ob ich mich selbst innerhalb der Familie ins Abseits gestellt hatte. War es meine Schuld gewesen, dass man mich ausgrenzte? Hatte ich mich unausstehlich verhalten? Mich unmöglich benommen? Manchmal sah man nur das, was man sehen wollte. Vielleicht war meine Familie anders, als ich sie wahrgenommen hatte. Erinnerungen konnten sich schließlich im Laufe der Zeit verfälschen. Dagegen sprach, dass ein Loch in meinem Herzen klaffte, das ich mir nicht selbst zugefügt hatte.

Um mich vom Grübeln abzuhalten, sandte ich ein Foto des Blumenstraußes zu Lilly, der mir heute Vormittag mit dem Hinweis geliefert worden war, dass der Anruf aus New York gewesen sei. Darunter schrieb ich: *Hast du Jayden meine Adresse gegeben?*

Von der Uhrzeit her müsste Lilly auf der Terrasse der Villa in den Hamptons sitzen und frühstücken. Die Antwort kam auch prompt: *Maik war es.*

Es hatte mich echt Überwindung gekostet, die Karte nicht zu lesen, die im Strauß gesteckt hatte, und es gab mir einen Stich, als ich sie zerriss und im Müll entsorgte. Ich wollte nichts von Jayden hören. Mein Herz war so schon kaputt genug. Den Strauß aus sieben Rosen in unterschiedlichen Farben hatte ich dem bärtigen Sören überlassen, der beim Frühstück minutenlang um den Esstisch getigert war, weil er nicht wusste, was er am Abend seiner Kommilitonin zum ersten Date mitbringen sollte.

Um keine Erinnerungen zu behalten, löschte ich das Bild aus der Fotogalerie und schrieb eine Nachricht an Maik: *Halt dich bitte in Zukunft aus meinem Privatleben raus.* Ich war echt sauer auf ihn. Was fiel ihm ein, sich dermaßen einzumischen? Als ich mich von Jayden getrennt hatte, war ich froh, dass er meinen Grund geschluckt hatte. Maik machte alles zunichte. An Lilly schrieb ich noch: *Richte Jayden bitte aus, er soll mich in Ruhe lassen. Meine Entscheidung ist gefallen und die muss er akzeptieren.*

Bevor ich das Smartphone wegsteckte, stellte ich den Flugmodus ein. Das letzte, was ich jetzt brauchte, war eine Diskussion mit Lilly und Maik.

Fünf Minuten später verließ ich die Bahn und ging an der Hauptstraße entlang Richtung Polderweg. Die für Norddeutschland typischen Rhododendronhecken begrenzten die Gärten und säumten die kerzengerade Straße wie Leitplanken. Es gab sogar noch Höfe mit Reetdächern und kleinen Windmühlen im Vorgarten.

Im Winter brannten hinter den Butzenfenstern Kerzen, und als Kind hatte ich mich abends manchmal aus dem Haus geschlichen, um die gemütliche und geborgene Atmosphäre in mich aufzusaugen, die die Familien hinter den Fenstern verströmten.

Am Polderweg angekommen, blieb ich stehen und guckte die Straße entlang auf die Häuser aus den Fünfzigerjahren. Am zweiten Grundstück der rechten Seite blieb mein Blick hängen. Mein Vater hatte das kleine Einfamilienhaus von seinen Eltern geerbt, die früh verstorben waren. Das letzte Mal war ich vor meinem Umzug nach New York hier gewesen, nur kurz, um mich zu verabschieden.

Schon auf der Hauptstraße hatte ich gespürt, wie sich die erfolgreiche, selbstbewusste Journalistin zusehends in eine Antilope verwandelte. Beim Anblick der penibel geschnittenen Buchenhecke meines Elternhauses war die Metamorphose abgeschlossen. Mein Herz pochte, als wollte es den Brustkorb sprengen. Gehetzt sah ich mich um. Hatte mich schon jemand gesehen oder konnte ich noch fliehen? Ich hielt mich an der Steinmauer unserer Nachbarn fest, um Halt zu finden. Wollte ich mir das wirklich antun? War es so wichtig zu erfahren, warum mir der Status eines Löwenjunges verwehrt worden war? Solange ich mich von meiner Familie fernhielt, ging es mir doch bestens. In New York hatte ich selten einen Gedanken an sie verschwendet. Also, was war mein Problem? Ich musste nur wieder den Kontinent wechseln, um zu innerer Ruhe und Kraft zurückzufinden. Gleich heute Abend würde ich mich bei allen Medienunternehmen in Deutschland um eine Auslandskorrespondentenstelle bewerben. Am besten fuhr ich sofort zurück, um keine Zeit zu verlieren.

Wie oft noch?, schoss es mir durch den Kopf. *Willst du dein Leben lang auf der Flucht sein? Vor deiner Familie, vor einer ernsten Liebesbeziehung? Bist du nicht genau aus diesem Grund hierhergekommen? Um endlich zu erfahren, warum du nicht geliebt wirst? Warum du nicht fähig bist, mit Liebe umzugehen?*

Ich ließ die Mauer los und trat einen Schritt vor.

Meine Kindheit war der Geburtsort meiner Persönlichkeit und Verhaltensmuster. Nur wenn ich bis zu den Wurzeln grub, würde ich eine Antwort finden.

Entlang der gepflasterten Einfahrt reihten sich die Autos meiner Geschwister aneinander. Rote Klinkersteine umschlossen das Haus bis zum Speicher, eines meiner Geheimverstecke vor dem Löwenrudel.

Schon vor der Haustür hörte ich Lachen und Stimmengewirr aus dem Esszimmer, das direkt an den Flur grenzte, in den nicht mehr als zwei Personen gleichzeitig passten. Die beiden Knoten in meinem Magen wanderten zur Kehle und ließen sich auch durch mehrmaliges Schlucken nicht dazu bewegen, zurückzurutschen. Mein Zeigefinger zitterte, als ich auf den Klingelknopf drückte.

Schlagartig verstummte der Geräuschpegel. Vor meinem geistigen Auge sah ich, wie meine Familie Blicke austauschte und die Frage im Raum stand, wer das sein könnte, da schließlich alle anwesend seien.

Jemand riss die Haustür auf. Der vertraute, fade Geruch, der aus dem Haus strömte, weckte Gefühle in mir, die mein Herz bis zum Anschlag pochen ließen. Nur mit Mühe konnte ich mich auf den Jungen konzentrieren, der mich verblüfft ansah, den

Kopf zum Esszimmer drehte und brüllte: »Die Frau kenne ich nicht.«

Meine Mutter tauchte im Flur auf und blieb überrascht stehen. »Svea?«

Im Esszimmer herrschte Stille, unangenehme Stille.

»Ich wusste gar nicht, dass du heute kommst.«

Meine Mutter war früher eine schöne Frau gewesen, hochgewachsen, auf ihre eigene Art elegant, aber im Laufe der Jahre musste etwas passiert sein, dass ihr den Glanz genommen hatte und sie heute kleiner erschienen ließ, als sie tatsächlich war. In ihren Augen las ich, dass mein Besuch sie überforderte. Unsicher streckte sie die Hand aus, zog sie hastig zurück, um sie sofort wieder auszustrecken. Wie ein Hindernisbalken stand ihr Arm zwischen uns. Ich schob ihn beiseite und nahm meine Mutter für einen Moment in den Arm, um die Distanz zwischen uns wenigstens räumlich abzubauen. Der Duft ihres Apfelshampoos, das sie benutzte seit ich denken konnte, stieg mir in die Nase, und das Loch in meinem Herz pochte mit dem Pulsschlag um die Wette, als ihr Körper sich versteifte.

»Gibt es Kaffee und Geburtstagskuchen?«, bemühte ich mich um Normalität.

»Ja, ja, natürlich.« Fahrig strich sie sich eine graue Strähne aus der Stirn. Zeitweise hatte ich vermutet, ich sei adoptiert worden, was vieles erklärt hätte, aber ich hatte als einzige die Sommersprossen und rotbraunen Haare unserer Mutter geerbt. »Marzipantorte und Erdbeerkuchen. Geh schon mal vor, ich hole nur rasch einen Stuhl aus dem Keller.«

Ein kluger Schachzug von ihr, um nicht mitzubekommen, wie die anderen Familienmitglieder auf den unerwarteten Gast reagierten.

Alle Blicke richteten sich auf mich, als ich das Zimmer betrat. Der Esstisch war mit zwei Holzplatten verlängert worden, zwischen denen ich mir als Kind die Finger eingeklemmt hatte, weil ich unbedingt dabei helfen wollte, die Platten einzusetzen. Was hatte ich nicht alles getan, um die Aufmerksamkeit meiner Mutter zu erringen.

»Mama, wer ist das?« Ein Zwilling zupfte an Neles Bluse.

Meine Schwestern waren bereits verheiratet, wobei nur Nele zwei Kinder hatte, die jetzt rechts und links an ihren Armen hingen und mich neugierig beäugten. Sie strich ihm mit einer Hand über die Haare. »Das ist Svea.«

Er zupfte energischer. »Und wer ist Svea?«

»Deine Tante.«

Überrascht hielt er in der Bewegung inne. »Habe ich noch eine Tante? Nicht nur Mia?«

Sie zuckte mit den Achseln. »Sieht so aus.«

»Freut mich, euch zu sehen.« Ich schaffte einen neutralen Tonfall.

Niemand war aufgestanden, nicht mal mein Vater. Es war schon merkwürdig. Im Ort leitete er den Vorstand des Sportvereins und hatte die Position des stellvertretenden Bürgermeisters inne. Durch seine aufgeschlossene Art und Hilfsbereitschaft war er ein beliebtes Mitglied von diversen Stammtischen. Nur für mich tanzten die lustigen Lachfältchen um seine Augen nie. Mit unbewegter Miene saß er am oberen Tischende, ein Stück Marzipantorte auf der Kuchengabel.

»Ich habe euch ein Geschenk mitgebracht«, sprach ich die Zwillinge an, kramte die in blauem Papier eingepackten Legoschachteln aus dem Rucksack und überreichte sie ihnen.

Ohne sich zu bedanken, rissen sie das Papier in Stücke und ließen es auf den Boden trudeln.

»Och nö, den hab ich schon von Lars bekommen.« Der grüne Tyrannosaurus landete in der Ecke neben der Truhe mit den Tischdecken, in der man sich verstecken konnte, wenn man sich als Sechsjährige wie ein Welpe zusammenkauerte.

»Und den Rennwagen haben wir auch schon. So was Blödes.« Der zweite Zwilling drückte mir die Schachtel in die Hand, verschränkte die Arme vor der Brust und sah mich von unten herauf an. »Hast du uns noch was anderes mitgebracht?«

»Da hast du wohl ins Klo gegriffen.« Spöttisch grinste Till mich an. Obwohl er drei Jahre jünger war als ich, wirkte er durch seine ausgeprägten Geheimratsecken älter.

»Komm, setz dich.« Meine Mutter schob mir einen Klappstuhl in die Kniekehle. »Möchtest du Kaffee oder Tee?«

»Einen Kaffee, bitte.«

»Bist du immer noch auf dem *Ich will die Welt retten Trip?*« Mia musterte mich mit ihren hellblauen Augen, zwei Waffen, mit denen sie als Teenager die beliebtesten Jungs der Nachbarorte um sich geschart hatte. Während ihrer Ausbildungszeit zur Versicherungskauffrau hatte sie ihren Mann und jetzigen Abteilungsleiter kennengelernt, der in Anzug und Krawatte neben ihr saß und lieber ein Bierchen trank, als Sport zu treiben.

»Was hast du eben gesagt, Isabell, für wann plant ihr eure Hochzeitsfeier?« Nele hatte es schon immer meisterlich verstanden, die Aufmerksamkeit von mir abzuziehen. Aber diesmal war ich sogar dankbar dafür, dass sich das Gespräch wieder auf Tills Verlobte konzentrierte. Ich musste mich erst sammeln, mich zwingen, nicht dem Drang nachzugeben, aufzuspringen und zu flüchten. Und vor allem musste ich meinen Puls runterbringen, sonst knallte in den nächsten Sekunden mein Kopf auf Lars' Schoß.

Mein jüngster Bruder beugte sich zu mir. »Dass mit dem Dinosaurier tut mir leid.«

»Ist schon okay, war Pech.« Ich widmete mich dem Erdbeerkuchen, den meine Mutter mir gereicht hatte. Hunger hatte ich keinen, aber ich musste mich ablenken. Konzentriert schob ich die Gabel in den Mund, zählte die Kaubewegungen und schluckte. Mit jedem Bissen beruhigte ich mich, der Puls sank, und ich wunderte mich darüber, dass es diesmal immerhin fast zwei Minuten gedauert hatte, bevor ich unsichtbar wurde.

Ich wusste, es blieb so. Niemand interessierte sich dafür, was ich in New York gemacht hatte und warum ich zurückgekommen war.

Rege beteiligten sich alle an den Vorbereitungen für Isabells und Tills' Hochzeitsfeier. Nur Lars warf mir ab und zu einen Seitenblick zu, als wäre er unsicher, ob er ein Gespräch mit mir beginnen sollte.

Meine Mutter hatte wieder neben meinen Vater Platz genommen und diskutierte mit ihrer zukünftigen Schwiegertochter das Hochzeitsmenü. Ein Anflug von Eifersucht packte mich, als ich die Vertrautheit der beiden bemerkte, und sie verwandelte sich im nächsten Moment in Wut. Was zum Teufel war so schlimm, so verkehrt an mir, dass sogar eine Fremde wichtiger war als das eigene Kind, das man seit einem Jahr nicht gesehen hatte?

Suchend sah ich mich nach den Zwillingen um. Als ich sie durchs Fenster im Garten entdeckte, wusste ich, dass der Zeitpunkt gekommen war, meine Frage zu stellen.

9

Mit der Kuchengabel stieß ich ein paar Mal gegen die Kaffeetasse.

Der argwöhnische Blick meines Vaters verunsicherte mich für einen Augenblick, dann fing ich mich wieder. Ich wusste genau, was ich sagen wollte, hatte es heute Nacht zehntausendmal in Gedanken durchgespielt. Vor einem Publikum zu sprechen, war mir vertraut. In New York hatte ich etliche Abhandlungen und Berichte über mein Umweltprojekt vor Geschäftsführern, Vertretern von Stiftungen und Politikern gehalten, um sie als Sponsoren ins Boot zu holen, aber vor meiner Familie diese Bitte auszusprechen, war trotzdem für mich ein Kraftakt, für den ich sämtliche Energien bündeln musste.

»Ihr alle seid eine Einheit, zu der ich nicht gehöre.« Obwohl ich mich bemühte, ruhig zu bleiben, zitterte meine Stimme. »Ich weiß nicht, was ich getan habe oder was falsch an mir ist, dass ich mich mein Leben lang ausgegrenzt gefühlt habe. Immer wieder habe ich darüber nachgedacht, was der Grund dafür sein könnte, aber keine Antwort gefunden. Daher möchte ich euch bitten, mir zu sagen, warum ich nicht ein gleichwertiges Mitglied unserer Familie bin.«

Frostiges Schweigen hing plötzlich im Raum. Dass sich nicht eine feine Eisschicht vom oberen Tischende über Decke, Geschirr und Marzipantorte bis zu mir ausbreitete, wunderte mich. Alle starrten mich an, als hätte ich ein Tabu gebrochen.

Täuschte ich mich, oder warf Nele meinen Geschwistern einen warnenden Blick zu, bevor sie ihre Kaffeetasse so heftig abstellte, dass es klirrte. »Du wagst es, an der Geburtstagsfeier meiner Kinder Streit anzufangen?«

Tills Gesicht nahm die Farbe des Erdbeerkuchens an. »Was redest du da für einen Schwachsinn?« Die Röte stieg ihm bis in die Stirnglatze. »Unterstellst du uns etwa, wir hätten dich gemobbt und ausgegrenzt?«

Mia zeigte mit der Kuchengabel auf mich. »Das ist wieder typisch. Ständig drängst du dich in den Mittelpunkt.«

Das Löwenrudel hatte mich eingekreist.

Nur Lars hielt sich im Hintergrund. Als Jüngster beobachtete er die Älteren und lernte aus ihrem Verhalten.

»Du warst ein unausstehliches Kind.« Nele tupfte sich mit einer Serviette den Mund ab. »Ich habe mich für dich geschämt. Unglaublich, in welchen Klamotten du rumgelaufen bist. Rechts eine rote Socke, links eine gelbe, dazu eine pinke Hose und ein froschgrünes T-Shirt.«

Ihre Beschimpfungen prasselten ungebremst auf mich nieder. Unwillkürlich zog ich den Kopf ein.

Mia lachte. »Du hast das orangefarbene Halstuch mit den weißen Tupfen vergessen und die lila Mütze.«

»Wusstest du, dass man dich im Ort *Das bunte Kind* genannt hat?« Tills Gesichtsfarbe hatte sich wieder normalisiert, nur auf den Wangen prangten weiterhin rosa Flecken. »Immerhin hast du damit dein Ziel erreicht. Du bist überall aufgefallen.«

»Aber das war nicht meine Absicht.« In meinem Kopf schossen die Anschuldigungen meiner Geschwister hin und her. Ich wollte ihnen gerade erklären, dass meine farbige Kleidung für die bunte Vielfalt der Natur stand, als der Dominostein umkippte, den Till angestoßen hatte. Mein Blick wanderte von einem Familienmitglied zum anderen. Meine Schwestern trugen weiße Blusen und schwarze Hosen, Till und mein Vater hatten einen dunklen Anzug an, meine Mutter wie üblich bei Feierlichkeiten ein graues Kostüm und Lars trug Jeans und ein schwarzes Poloshirt.

Ich war ein Buntspecht in einem Amselnest.

Ein weiterer Dominostein kippte. Nur mit Mühe konnte ich ein Aufstöhnen verhindern. Mein Faible für bunte Kleidung hatte nichts mit der Natur zu tun.

Till hatte recht.

Ich wollte auffallen, aber nicht in der Schule oder bei den Nachbarn oder den Ortsbewohnern. Ich wollte von meiner Familie wahrgenommen werden, endlich sichtbar werden, vor allem für meine Eltern. Plötzlich erkannte ich, mit jedem bunten Kleidungsstück, das ich angezogen hatte, sendete ich einen Hilfeschrei nach Aufmerksamkeit. Dass ich dadurch meine Ausgrenzung verstärkt hatte, war mir bis heute nicht bewusst.

»Ständig hast du irgendwelche Tiere angeschleppt.« Mia schüttelte sich bei der Erinnerung. »Halbtote Katzen, ein Kaninchen mit abgerissenem Ohr, sogar Fliegen hast du aus Spinnennetzen gerettet.« Sie hob eine ihrer schwarz gefärbten Augenbrauen. »Warum hast du das gemacht?«

Der nächste Dominostein knallte gegen den vorderen.

Weil sie Hilfe brauchten, genauso verletzt waren wie ich, weil sich niemand um sie kümmerte, keiner sie haben wollte. Ich schluckte schwer. Und weil sie mir Liebe gaben.

Mia zog eine Grimasse. »Der ganze Ort hat über dich gelacht, als du vier Wochen lang täglich den Schweinestall beim Bauer Hinrichs ausgemistet hast.«

»Ich habe dadurch die Kuh Berta vor dem Schlachthof gerettet.«

»Und abends gestunken wie eine Sau.«

Nele und Till warfen sich einen Blick zu, den ich nur zu gut kannte. Das Löwenrudel holte zum finalen Schlag aus.

Meine Augen suchten nach einem Fluchtweg und blieben an den Gesichtern meiner Eltern hängen. Mit gesenktem Kopf wischte meine Mutter nicht vorhandene Kuchenkrümel von der Tischdecke und mein Vater aß seelenruhig an seinem Tortenstück. Die Dompteurin und der Zirkusdirektor würden nicht einschreiten, wenn das Löwenrudel mich zerriss.

Nele legte die zu einem Dreieck gefaltete Serviette auf den Teller unter die Kuchengabel. »Du warst einfach nur peinlich.«

Till nickte. »Absolut.« Er machte eine abwertende Handbewegung in meine Richtung. »Schau dich doch an, wie du wieder aussiehst, und das als erwachsene Frau.«

Plötzlich kam mir alles falsch vor. Meine hellblauen Chucks, die rosa Hose, meine gelbe Lieblingsbluse mit den bunten Schmetterlingen.

Das alles war falsch.

Ich war falsch.

Ich hatte mich selbst belogen.

Die knalligen Farben waren nicht Ausdruck meiner Naturverbundenheit, sondern meiner Sehnsucht nach Aufmerksamkeit. Mein Engagement für den Tier- und Umweltschutz beruhte nicht nur darauf, die Welt zu verbessern, ich fand in dieser Tätigkeit auch Anerkennung und Dankbarkeit, aber vor allem wurde ich wahrgenommen und akzeptiert.

Ich verschränkte meine Hände ineinander, damit niemandem auffiel, wie sehr sie zitterten. Das Löwenrudel hatte der Antilope das Fell über die Ohren gezogen, sie demaskiert, ihr Selbstbildnis zerstört. Mein Magen krampfte und schmerzte, als hätte ich etwas Falsches gegessen, und ich fragte mich, ob außer den beiden Knoten irgendetwas von mir übrig geblieben war.

Das Gespräch wandte sich erneut den Hochzeitsfeierlichkeiten zu. Die Hand meiner Mutter lag auf der meines Vaters. Nele und Till diskutierten über die Vor- und Nachteile eines Partyzelts und Mia zeigte Lars Fotos auf ihrem Smartphone.

Es herrschte Harmonie pur.

Nur ich störte.

Ich konnte gehen. Ich hatte meine Antwort bekommen. Ein unausstehliches Kind konnte man nicht lieben, nicht mal meine Eltern waren dazu fähig.

Lautlos schob ich den Stuhl zurück und stand auf. Keiner beachtete mich, als ich die knarrenden Holzstufen ins Obergeschoß hochstieg, um Abschied zu nehmen, einen Schlussstrich unter meine Kindheit zu ziehen, bevor ich dieses Haus für immer verlies.

Das Kinderzimmer von Nele, Mia und mir lag rechts neben dem Bad, das Jungenzimmer gegenüber. Neles altes Hochbett stand in der Ecke, ebenso das

Bett von Mia, meine Matratze war entsorgt worden. Nicht eine Minute hatte ich mich in diesem Raum geborgen oder beschützt gefühlt. Für mich roch das gesamte Haus nach Ablehnung, Einsamkeit und Angst vor dem Löwenrudel, die sich in meinen Kopf wie ein Blutegel festgesaugt und mich bei jeder Begegnung gelähmt hatte.

Hastig verließ ich das Zimmer, stieg die schmale Holztreppe zum Dachboden hoch und öffnete die Luke. Fahles Licht fiel durch das Giebelfenster auf den unebenen mit Planken ausgelegten Boden, und Staubflocken wirbelten hoch, als ich die Holzklappe nach hinten ablegte. Ich hievte mich durch die Öffnung und hockte mich auf einen verschlissenen Ohrensessel, der von meinen Großeltern stammte. Früher war er meine Zuflucht gewesen, mein Prinzessinnenthron, bewacht von Elefanten, Tigern und Nashörnern.

Nichts war verändert worden, nur in mehreren Regalen unter den Dachschrägen stapelten sich die ausrangierten Spiele und Bücher meiner Geschwister. Als ich zum Studium nach Hamburg gezogen war, passte alles, was mir gehörte in einen Koffer.

»Darf ich raufkommen?« Lars‘ blonder Haarschopf tauchte in der Öffnung auf.

»Kann ich es dir verbieten?« Vorhin hatte er sich ruhig verhalten. Wollte er sich jetzt beweisen, dass er als jüngster Löwe ebenfalls brüllen konnte? Den Ausbruch konnte er sich sparen, einmal pusten würde ausreichen, um den Rest von mir in alle Windrichtungen zu zerstreuen.

Ich war nicht gerade klein, aber mein Bruder überragte mich um eine Kopflänge. Gebückt ging er zu einer Plastikspielzeugtruhe, die Till gehört hatte, öffnete den Deckel und holte etwas heraus. Im Schneidersitz hockte er sich mir gegenüber und lehnte sich an die Dachschräge. »Ich wollte dir Sam zurückgeben.«

Überrascht beugte ich mich vor und nahm die Schildkröte entgegen. Ihr Zylinder war verbeult und der Panzer mit Flusen übersät, aber der Blick ihrer dunklen Knopfaugen tröstete mich auch heute noch. Ich unterdrückte das Bedürfnis, Sam an meine Brust zu pressen. Lars würde es den anderen erzählen, womit sie einen weiteren Grund hätten, sich über mich lustig zu machen.

»Hast du ihn mir damals weggenommen?«

Er schüttelte den Kopf. »Ich habe ihn vor einem halben Jahr in Tills Kiste gefunden, als ich nach einem Fotoalbum suchte.«

Mit dem Zeigefinger fuhr ich die Rillen des Panzers entlang und erinnerte mich an Momente, in denen ich die Schildkröte mit Tränen flutete, auf die nie jemand reagiert hatte. »Es ist das einzige Stofftier, das ich jemals von Mama und Papa geschenkt bekommen habe.«

Verlegen rutschte Lars hin und her. »Das wusste ich nicht.«

Wie denn auch. Damals war er gerade eingeschult worden, und als ich nach Hamburg ging, war er elf. Er hatte vieles nicht wirklich mitbekommen.

Nachdenklich richtete ich den Zylinder auf und zupfte die Fussel aus dem Panzer. Ich hatte immer alle Gemeinheiten meiner Geschwister über mich ergehen lassen, bis zu dem Tag vor meinem dreizehnten Geburtstag, als Sam verschwand. An den

Tagen danach hatten meine Eltern das erste Mal Angst um mich. Ich sah es an ihren Gesichtern, den flüsternden Stimmen und den bittenden Mienen, als sie mir das Essen ans Bett brachten, das ich ebenso verweigerte wie das Aufstehen. Womöglich sorgten sie sich aber auch nur, mit mir zum Arzt gehen zu müssen, weil ich rapide abmagerte. Wie sollten sie ihm das plausibel erklären?

Von einem auf den anderen Tag beschloss ich, dass ich Lilly nicht allein lassen konnte und meine Familie es nicht wert war, für sie zu sterben.

Im Gegenteil.

Ich würde mich rächen.

Das erste Mal.

Sobald alle auf dem Weg zur Schule und zur Arbeit waren, stand ich auf und zog mich an. In der Küche kramte ich eine Plastiktüte aus der Schublade unter dem Backofen und ging in das Zimmer meiner Brüder. Aus Lars' Bett, der die *Unendliche Geschichte* liebte, holte ich den Glücksdrachen Fuchur. Till war ein Sammler von Matchboxautos und besonders stolz auf eine limitierte Auflage eines Porsches 911 Cabriolet, den er zu Weihnachten bekommen hatte. Das Modellauto landete ebenso in der Plastiktüte wie Neles kostbares Schminktäschchen und Mias Bikini, auf den sie ein halbes Jahr gespart hatte. Ich knotete die Plastiktüte zu, holte meinen Haustürschlüssel und hoffte, dass kein Nachbar sehen würde, wie ich mich auf die Straße schlich. Im Eiltempo hastete ich drei Parallelstraßen weiter zum einzigen Mehrfamilienhaus der Siedlung. Zum Glück lehnte nicht wie üblich die alte Frau Semmler auf dem Fensterbrett im vierten Stock, um das Treiben im Ort zu beobachten. Ich vergewisserte mich, dass mich auch sonst niemand beobachtete und entsorgte die Schätze meiner Geschwister in einem Müllcontainer neben der Kellertreppe.

Ab dem Zeitpunkt hatte ich nie wieder um etwas geweint. Ich errichtete einen Panzer um meine Gefühlswelt, der keine Schwäche zuließ, nicht mal ein paar Tränen.

Das Gebrüll des Löwenrudels war bis in die afrikanische Savanne zu hören. Ich stellte mich taub und unwissend und auch meine Eltern wagten es nicht, mich als Täterin zu beschuldigen. Scheinbar war ihre Angst zu groß, ich würde erneut in den Hungerstreik treten.

»Ich wollte früher öfter mit dir spielen«, holte Lars mich in die Gegenwart zurück, »aber du hat mich jedes Mal weggeschickt.«

Die Rückenlehne gab nach wie ein Trampolinnetz, als ich im Sessel zurücksank, Sam auf meinem Schoß. »Ich hatte Angst, die anderen hätten dich vorgeschickt, um mich auszuspionieren. Der Speicher war eines meiner Geheimverstecke. Du hättest mich verraten, wenn du davon gewusst hättest.«

Lars nickte, als hätte er die Antwort erwartet. »Du wohnst momentan in Hamburg?«

»Bis ich eine neue Korrespondentenstelle im Ausland bekomme.« Aus dem Polster wirbelte feiner Staub hoch, als ich aufstand. »Wird Zeit, dass ich verschwinde.«

»Kommst du wieder?«

»Nein. Ich habe eine Antwort auf meine Frage erhalten. Das war der Grund meines Besuchs.« Ich hörte selbst, wie resigniert ich klang.

»Reicht dir diese Begründung?«

Überrascht sah ich ihn an. »Wie meinst du das?«

Nachdenklich fuhr er sich mit der Hand übers Kinn, auf dem blonde Bartstoppeln sprießten. »Gibst du mir deine Handynummer?«

»Wozu?«

»Ich studiere in Hamburg Sozialpädagogik.« Seine nächsten Worte klangen wohlüberlegt. »Wir könnten uns gelegentlich auf einen Kaffee treffen.«

Gleichgültig zuckte ich mit den Achseln und kramte das Smartphone aus der Hosentasche. Lars würde sich sowieso nicht melden. Anscheinend meinte er, etwas Nettes sagen zu müssen, damit ich mich besser fühlte. Warum auch immer. Erfolg hatte er damit jedenfalls nicht. »Unter der Woche habe ich nicht viel Zeit.« Ich hielt ihm das Display hin, damit er die Nummer in sein Handy speichern konnte.

So unsichtbar wie ich in diesem Haus gelebt hatte, so unbemerkt verschwand ich ein paar Minuten später.

10

Sören fiel sein Pizzastück aus der Hand in die Pappschachtel, als ich an ihm vorbei zum Mülleimer stürmte, um den Inhalt auf den Küchenfliesen auszuleeren.

»WAS machst du da?«

Ich kniete mich vor den Müllhaufen und wühlte zwischen Taschentüchern, abgenagten Hähnchenknochen und verschimmelten Burgerresten nach Fetzen aus rotem Papier.

Im Zug zurück nach Hamburg hatten sich die Prankenhiebe des Löwenrudels in meinem Herzen festgesetzt, mich ein zweites Mal gequält. *Du bist unausstehlich, du redest Schwachsinn, du bist einfach nur peinlich.* Nichts von all dem würde ich jemals vergessen, genauso wenig wie die unverhohlene Abneigung meiner Eltern. Nur auf eines hatte ich keine Antwort gefunden. Wenn ich so falsch war, dass nicht mal meine Mutter mich lieben konnte, wie konnte es dann Jayden? Und er liebte mich doch, oder?

Ich puhlte einen Schnipsel aus einem Jogurtbecher, einen weiteren von einem Salatblatt. Für mein Selbstbewusstsein war es lebenswichtig, dass ich sie wieder zusammensetzte. Schwarz auf weiß wollte ich sehen, dass es jemanden gab, der mich so sehr liebte, dass er sein Leben mit mir teilen wollte.

»Wenn dein Hunger dich umbringt, gebe ich dir

gern mein letztes Stück Pizza. Du musst nicht die Reste von Robins Burger aus dem Müll kramen.« Sören stand auf und tippte mir auf die Schulter. »Ich kann dir auch Geld leihen oder dir einen Hinweis geben, bei welchem Supermarkt man ungestört containern kann.«

Ein Papierfetzen mit dem Wort *Welt* klebte an einer Bananenschale. Ich schob es zu den beiden anderen.

»He, was ist los mit dir?« Sörens Jesuslatschen schoben sich in mein Sichtfeld und kickten eine weggerollte Erbsendose zurück. »Ich hab zwei Ohren, mit mir kann man reden.«

Seufzend ließ ich mich auf den Hintern fallen. »Erstens müssen wir uns dringend über Mülltrennung unterhalten und zweitens«, ich warf einen Blick auf die Armbanduhr, »was machst du hier? Dein Date wartet seit einer halben Stunde auf dich.«

Sören rollte seine Bartspitze um den Zeigefinger. »Hat abgesagt.«

Ich lehnte mich an den Herd. »Das tut mir leid. Ist sie krank?«

»Nö, hat es sich anders überlegt.« Er ließ den Bart zurückschnalzen und räusperte sich. »Hast du eine Idee, woran das liegen könnte?«

Ja, hatte ich, aber sollte ich ihm das wirklich sagen? Definitiv! Sonst würde er noch in dreißig Jahren seinem ersten und einzigen Date nachtrauern. »Na ja, nicht jede Frau steht auf Vollbart bis zum Bauchnabel und Haare bis zur Brustwarze.«

Nachdenklich kraulte er seinen Bart, von dem ich nicht wissen wollte, was darin so alles hauste. »Mmh, Stella hat so etwas Ähnliches erwähnt.«

»Außerdem würde ich mir an deiner Stelle die Fingernägel schneiden. Frauen stehen auf ein gepflegtes Äußeres.«

»Echt jetzt?«

Ich unterdrückte ein Seufzen. »Probier es aus. Du musst dich wirklich nicht hinter einem Wust von Haaren verstecken, hast doch ein hübsches Gesicht.« Ich kniete mich zurück vor den Müllhaufen und zupfte einen Schnipsel von einer vertrockneten Pommes.

»Versuchst du etwa die Karte zusammenzupuzzeln, die du heute Vormittag zerrissen hast?«

»Yep.« Wobei ich mir schlagartig nicht mehr sicher war, ob ich es wirklich wollte. Was, wenn ich mich getäuscht hatte? Wenn die Blumen nicht ein Liebesbeweis, sondern ein Abschiedsgeschenk waren? Wenn auf der Karte stand, dass Jayden sich in seiner Liebe zu mir geirrt hatte, alles nur ein Versehen war und dass er froh sei, dass ich die Beziehung beendet hatte?

Sören öffnete das Fenster und ein kühler Luftzug verteilte den Müllgestank in der Küche. »Ich helf dir.« Er schlappte zum Kühlschrank. »Aber das überlebe ich nur mit einem Bier. Willst du auch eine Flasche?«

»Hast du auch drei oder besser noch vier?«

Grinsend holte Sören zwei Flaschen raus und reichte mir eine. »Du gefällst mir. Kann ich dich daten? Hab auch einen tollen Blumenstrauß für dich.«

Ohne seine Frage wahrzunehmen, starrte ich auf die Worte in meiner Hand. Eine Gänsehaut breitete sich auf meinen Unterarmen aus, die nicht von der kühlen Abendluft rührte, die durchs Fenster strömte. Als hätten die Papierfetzen meine Haut verbrannt, schleuderte ich sie zurück auf den Müllhaufen und schob die anderen Schnipsel dazu. »Schluss damit! Ich hör auf.« Das war nicht das, was ich lesen wollte.

»Nein, auf gar keinen Fall, wir kriegen das hin.« Sören kniete sich neben mich und holte die Papierstückchen wieder heraus.

»Lass es! Ich will das nicht.«

»Warum? Eben hast du noch mit der Nase im Müllhaufen gesteckt. Was hast du plötzlich für ein Problem?«

Ich nahm zwei Schnipsel aus seiner Hand und hielt sie ihm vors Gesicht. »Kannst du das lesen?«

»*Irren* und *peinlich*.« Er zuckte mit den Achseln. »Na und?« Nachdenklich musterte er mich, nahm ein Schluck aus der Bierflasche und wischte sich mit dem Handrücken über den Mund. »Jetzt verstehe ich. Du hast Angst, dass es gar kein Liebesbrief ist.« Mit dem Daumen zeigte er hinter sich zu den Blumen auf dem Esstisch. »Aber wozu dann die Rosen?«

»Keine Ahnung. Eine für jeden gemeinsamen Monat und eine zum Abschied?« Das Bier schmeckte friesisch-herb, nach Dünenlandschaft und Männerfreundschaft. Nicht unbedingt meine erste Wahl, aber gut genug, um den Schmerz in mir zu betäuben.

Sören zog eine Augenbraue hoch. »Wie jetzt? Seid ihr noch zusammen? Wenn nicht, wer hat wen verlassen?«

»Ich ihn.«

»Du bist echt schräg.« Er schüttelte den Kopf. »Dann ist es doch völlig egal, was auf der Karte steht. Aber da ich jetzt neugierig geworden bin und heute Abend nichts Besseres vorhabe, werde ich das Puzzle zusammensetzen.« Mit der Bierflasche stieß er gegen meine. »Dein Ex aus New York hat sich verdammt viel Mühe gegeben. Egal, was er geschrieben hat, er hat verdient, dass du es liest.«

Drei Bier und zwei Chipstüten später lagen vierunddreißig Schnipsel unsortiert auf dem Küchentisch.

»Jayden muss den Text per Email geschickt haben.«

Sören nickte. »Und das Blumengeschäft hat ihn auf die Karte gedruckt. Möchte nicht wissen, wie viele Dollar dafür über die Ladentheke gewandert sind.« Er schob die Ärmel des Sweatshirts bis zum Ellbogen hoch. »Jetzt wird's spannend. Wir fangen mit den Ecken und Seiten an und arbeiten uns ins Innere vor.«

Ich stieß ihm in die Rippen. »Nimm deinen Bart vom Tisch, sonst fegst du alles wieder runter.«

Sören sprang auf. »Das Ding kommt ab. Nur wegen diesem haarigen Teil habe ich heute Nacht keinen Sex.« Aus einer Küchenschublade holte er eine Schere, mit der man eine Hecke schneiden könnte. Er packte den Bart an seinem Ende, zog ihn lang, schnitt ihn unterhalb des Kinns ab und hielt das Teil vor sein Gesicht. »Kein Wunder, dass ich noch nie Sex hatte.« Er lugte rechts hinter dem Bart hervor und sah mich an. »Hab ich das jetzt wirklich gesagt?« Hastig tauchte sein Gesicht wieder ab und an der linken Seite auf. »Du hast nichts gehört. Verstanden?«

Mit einer Hand deutete ich einen Reißverschluss über meinem Mund an, mit der anderen schob ich die ersten Schnipsel zusammen. Obwohl sie aufgeweicht und teilweise mit Flecken übersät waren, konnte man die Buchstaben entziffern.

Eine halbe Stunde später stand ich vor dem Küchenfenster und starrte auf den Häuserblock gegenüber. In einem der Fenster flimmerte das bläuliche Licht eines Fernsehers, Scheinwerfer der vorbeibrausenden Autos erhellten die Hauswände und das Dröhnen der Großstadt würde sich auch am Wochenende nicht verringern. Vor zehn Minuten hatte ich aufgehört zu puzzeln, weil meine Hände vor Aufregung so zitterten, dass Sören mich weggeschickt hatte.

Er räusperte sich. »Bin fertig. Soll ich dir den Brief vorlesen?«

Ich drehte mich zu ihm, klammerte meine Hände ums Fensterbrett und nickte.

Meine liebste Svea,
es tut mir leid, dich beschuldigt zu haben, dass du mich nur ausgenutzt hast. Ich weiß selbst nicht, wie ich mich so irren konnte. Und wie konnte ich nur glauben, dass du mich nicht liebst? Ich hätte es mit jeder Faser meines Herzens spüren müssen, so wie ich jetzt fühle, wie sehr du mir fehlst. Ich vermisse dein fröhliches Wesen, deine Art und Weise, mich zum Lachen zu bringen, unsere Diskussionen und Gespräche, ja sogar deine Sturheit. Unsere letzte Begegnung ist mir aufrichtig peinlich. Ich habe mich nicht mal von dir verabschiedet, dich gehen lassen, ohne um dich, um uns zu kämpfen.
Ich weiß nicht, warum du dich gegen uns entschieden hast oder der Meinung bist, keine langfristige Beziehung eingehen zu können, aber ich weiß, dass du mein Stern, mein Licht, meine Liebe bist. Wenn du unbedingt die Welt retten willst, lass es uns gemeinsam tun. Alles was ich mir wünsche, bist du an meiner Seite.
Jayden

»Wow.« Sören blies die Backen auf. »Gemeinsam die Welt retten, das ist superman-like. Da kommen sogar mir altem Hasen in Sachen Liebesangelegenheiten die Tränen.« Mit dem Finger tippte er auf die Schnipsel. »Du hast nicht wirklich diesen Traummann laufen lassen!?« Er richtete sich auf. Als stände er auf einer Bühne, hob er theatralisch einen Arm. »Mein Stern, mein Licht, meine Liebe.« Anerkennend verzog er die Mundwinkel und ließ den Arm wieder fallen. »Das hat was, da könnte ich glatt schwul werden.« Er vergrub die Hände in den Hosentaschen und baute sich vor mir auf. »Was Bitteschön ist falsch an dem Typen?«

»Nichts, er ist perfekt.«

»Mmh.« Sören wippte auf den Fersen und ließ mich nicht aus den Augen. »Zu perfekt?«

»Nein.«

»Er hat dich betrogen.« Sein Wippen verstärkte sich. »Dumm, sehr dumm, äußerst dumm.«

»Hat er nicht.«

»Okay.« Sören zog das Wort in die Länge, als überlegte er, was er als nächstes fragen sollte. »Er hat einen Bart bis zum Bauchnabel und Haare bis zu den Brustwarzen.«

Ich schüttelte den Kopf.

»Sein Waschbrettbauch hat nur zwei Muskelstränge und seine Oberarme sind dünn wie Strohhalme.«

»Er hat vier Stränge und sein Bizeps ist so dick wie dein Oberschenkel.«

»Oh.« Sören sah an sich hinunter. »Ab morgen gehe ich zum Fitness.« Er zog die Hände aus den Hosentaschen und breitete die Arme aus. »Dann gibt es nur noch einen Grund. Du liebst ihn nicht genug.«

»Ich habe nie jemanden mehr geliebt.«

»Och nö.« Sein Seufzer blies mir eine Strähne aus

der Stirn. »Warum müsst ihr Frauen so kompliziert sein?«

»Weil ich ihn liebe, musste ich ihn loslassen.«

»Moment.« Wie ein Stoppschild hielt er eine Hand vor mein Gesicht. »Bevor du weiterredest, brauche ich noch ein Bier. Vielleicht sehe ich dann klarer.« Er eilte zum Kühlschrank, holte eine Flasche heraus, öffnete sie und prostete mir zu. Mit dem gestutzten Bart sah er aus, als hätte er ein Brett vor dem Mund. Erneut baute er sich vor mir auf. »Ich will alles wissen.«

Ich zuckte mit den Achseln. »Da gibt es nicht viel zu erzählen.« Jaydens Brief hatte mich zwar getröstet, aber er änderte nichts. Ich könnte es nicht ertragen, wenn Jayden nach und nach erkennen würde, dass ich nicht in der Lage war, unser Kind zu lieben, es zu erziehen, zu trösten und auf das Leben vorzubereiten. Unsere Liebe würde mit der Zeit sterben und mein Herz komplett zerstören.

Normalerweise würde ich mich niemals jemandem anvertrauen, den ich erst ein paar Tage kannte, aber der Alkohol hatte meine Zunge gelockert. »Ich bin nicht fähig, mit Liebe umzugehen.«

Sören quietschte wie ein Welpe, dem man auf den Schwanz getreten hatte. Verzweifelt warf er die Arme in die Luft. »Was soll das denn jetzt wieder heißen? Er liebt dich, du liebst ihn. Wo ist dein Problem?«

»Jayden möchte eine Familie gründen und ich weiß nicht, was Familie ist und wie sie sich anfühlt.«

Sören raufte sich die Haare. »Und warum nicht?«

»Weil ich in einem Löwenrudel aufgewachsen bin.«

Seine Kinnlade klappte nach unten. »Ich fass es nicht.« Er stolperte zwei Schritte zurück und sank kopfschüttelnd auf den nächsten Stuhl. »Ihr seid nicht kompliziert, ihr seid von einem anderen Stern und sprecht eine eigene Sprache. Mann kann euch nicht verstehen.«

11

Hast du kurz Zeit?« Nils trat mit einem Zettel in der Hand neben meinen Schreibtisch.

Ich schob die Tastatur nach hinten und bot ihm mit einer Handbewegung den Stuhl vor dem Regal an, den ich heute früh aus der Kantine geklaut hatte. David hatte sich beschwert, dass es bei mir keine Sitzgelegenheit gebe. »Nimm doch bitte Platz auf diesem ergonomischen Stuhl, den du sicherlich aus der Kanntine kennst, garantiert rückenschonend mit widerstandsfähiger Sitzfläche zum Abhärten des Ischias und einer robusten Rückenlehne zum Massieren der Wirbelsäule. Ich bin selbst so überzeugt von diesem erstklassigen Möbelstück, dass ich ihn neun Stunden am Tag benutze.«

»Svea …«

»Ach ja, ich habe mich gar nicht für dieses wunderbare Büro bedankt. Das Bullauge, groß wie eine Katzenklappe, ermöglicht mir die Vorhersage des täglichen Wetters, für den Toilettengang kann ich mein eigenes Papier mitnehmen, aber das Beste ist, ich kann mir ein perfektes soziales Netzwerk aufbauen mit den über fünfzig Kollegen, die hier pro Stunde ein- und ausgehen.« Kerzengerade saß ich auf dem Stuhl und fixierte Nils, der räuspernd seine Krawatte lockerte.

»Falls du nicht vorhast, mir auf absehbare Zeit eine

neue Stelle oder einen anderen Arbeitsplatz anzubieten, kannst du gleich wieder gehen. Dein Job macht ja jetzt Mona.«

»Schonungslos direkt, so kenn ich dich.«

Ich drehte die Handflächen nach oben und meinen Kopf von links nach rechts. »Habe ich etwas zu verlieren?«

»Svea, ich arbeite am Limit.« Er öffnete den obersten Hemdknopf und setzte sich auf die vordere Kante des Holzstuhls. »Die Geschäftsleitung hat einen rigorosen Sparkurs eingeschlagen und die fünf notwendigen Redaktionsstellen gestrichen. Die Auflage unserer Tageszeitung sinkt kontinuierlich und unsere Print-Magazine stehen in enormer Konkurrenz zum Internet.«

»Das ist mir alles bewusst. Schließlich war ich nicht auf dem Mond, sondern in New York. Ich weiß, dass einiges umstrukturiert werden muss, auch ein paar Wochen als Springerin halte ich aus, aber war es notwendig, mir die Oberklatschhexe vor die Nase zu setzen?«

»Eure Differenzen gehen mich nichts an.«

Ich verschränkte die Arme vor der Brust und musterte Nils mit zusammengekniffenen Augen. »Warum werde ich das Gefühl nicht los, dass Mona plötzlich eine Menge Macht in diesem Verlag hat?«

Nils warf einen Blick zur offenen Tür. »An deiner Stelle würde ich mich nicht mit ihr anlegen.« Er stand auf. »Sie fällt übrigens diese Woche aus. Deswegen bin ich hier.«

»Ist sie krank?« Ich wünschte ihr Eiterpickel, Haarläuse und die Krätze in zehnfacher Ausführung.

»Darf ich dir nicht sagen, bin zum Stillschweigen

verpflichtet.« Er legte den Zettel auf die Tastatur. »Du musst heute Nachmittag bei einem Interview für sie einspringen. Das Magazin *Frau im Fokus* gibt eine Serie über namhafte Familienunternehmen heraus, in denen Töchter in den Betrieb ihrer Väter einsteigen. Ich habe dir alle notwendigen Rahmendaten ausgedruckt. Wäre sinnvoll, wenn du dir trotzdem weitere Firmeninformationen aus dem Internet suchst.«

Na super, was gab es Spannenderes, als ein verwöhntes High Society Girl zu interviewen, das außer sich selbst noch nichts Eigenes auf die Beine gestellt hatte. »Ich bin gerade an der Reportage von der Premiere des Umweltprojekts. Mein Kollege aus New York hat mir gestern Fotos und Informationen geschickt. Lasse erwartet den Bericht am Nachmittag.«

»Passt doch zeitlich. Das Interview ist um fünfzehn Uhr.«

Okay, aus der Nummer kam ich nicht raus. Ich warf einen Blick auf den Firmennamen. »Kennst du das Unternehmen?« Nils erhielt häufig Einladungen zu Firmengründungen, Jubiläen und Produktvorstellungen. Sein Hamburger Familienstammbaum reichte bis zum Piraten Klaus Störtebeker zurück. Dementsprechend bekannt war Nils in der Hansestadt, wovon auch der Verlag profitierte, wenn man ihn für Exklusivinterviews anfragte.

»Hansen ist ein alteingesessenes Familienunternehmen aus der Pharmaziebranche mit Sitz im Stadtteil Billbrook. Ich habe Jörg Hansen an der Uni kennengelernt, bei einem Segelkurs auf der Außenalster. Hin und wieder treffen wir uns auf ein Bier, bei der Gelegenheit habe ich den Kontakt für Mona hergestellt.«

»Soll ich nur das Interview halten oder auch die Reportage verfassen?«

»Beides fällt in deinen Aufgabenbereich. Gib mir Bescheid, wenn du fertig bist, damit ich dich woanders einsetzen kann.«

»Ich melde Bedarf an.« In jeder Hand eine Tasse Kaffee stand David im Türrahmen. »Ein Mitarbeiter ist für eine weitere Woche freigestellt worden. Wir brauchen dringend Unterstützung.«

Unwillig sah Nils ihn an. »Frau Petersen wird nach Dringlichkeit eingesetzt. Es gibt Ressorts, in denen drei Mitarbeiter fehlen. Keine Ahnung, was wieder für eine Seuche ausgebrochen ist.« Vor sich hin brummelnd verließ er das Zimmer.

»Montagslaune«, kommentierte David, reichte mir die Tasse und setzte sich. »Danke für den Pausenstuhl. Wie war dein erstes Wochenende in Hamburg? Warst du am Samstag bei deinen Eltern?«

Ich nickte und nippte am Kaffee. »Den Sonntag habe ich im Bett verbracht.«

Besorgt musterte er mich. »Warst du krank?«

»Zu viel Alkohol.«

Er lachte. »Ach ja, die Geburtstagsfeier der Zwillinge.«

Ich ließ ihn in dem Glauben. Es reichte, dass ich mich Samstagabend in einem friesisch-herben Rausch Sören anvertraut hatte. Mit dem Ergebnis, dass gestern Mittag ein Zettel unter meiner Zimmertür gelegen hatte. Sören hatte die Schnipsel auf ein Stück Pappe geklebt und mit durchsichtiger Folie fixiert. Darauf pappte ein Post-it mit dem Hinweis *Denk daran, dass du in einem Alter bist, in dem sich wahre Liebe nicht mehr so oft blicken lässt.*

Ich hatte mich gleich zu zweihundert Prozent besser gefühlt.

»Möchtest du Fotos vom Stapellauf der Filtermaschine sehen?«

»Unbedingt. Wie hat es geklappt?«

Ich drehte den Bildschirm zu David. »Sensationell. Die Maschine war ein paar Stunden in Betrieb und hat drei Tonnen Plastikmüll aus dem Hudson River gefiltert. Der New Yorker Bürgermeister hat für Freitag eine Stadtratsversammlung angeordnet, um zu prüfen, ob Kapital für den Bau einer zweiten Maschine locker gemacht werden kann.« Mit der Maus klickte ich durch die Bilder und erklärte David den logischen Aufbau und die Funktionsweise des Filterapparats. Die Fotosession endete mit einer Aufnahme von Jayden, Ethan und Ben, wie sie lachend am Pier nebeneinander standen, die Arme um den jeweils anderen gelegt, die Daumen nach oben gestreckt.

Traurigkeit und Sehnsucht packten mich wie ein Wirbelsturm, den man nicht kommen sah. Ich roch das Salz des Hudson Rivers, hörte das Kreischen der Möwen, die im Hintergrund der Männer ihre Kreise zogen und sah die Schatten auf Jaydens Gesicht. Nur verhalten lachte er.

»Es muss etwas Außergewöhnliches vorgefallen sein, warum du auf dem Bild fehlst.« David sah mich ernst an. »Die Premiere wäre dein Tag gewesen.«

»Wir waren ein Team, jeder einzelne war wichtig.« Ich drehte den Bildschirm zurück und klickte das Bild weg. »Heute Mittag kann ich leider nicht. Der Bericht für das Magazin *Natur- und Umweltschutz* muss fertig werden und für nachmittags hat Nils mir ein Interview aufs Auge gedrückt.«

»Kein Problem.« David stand auf. »Ich muss sowieso in der Pause in die City, um ein Geschenk zu besorgen.«

»Auch Lego?«

»Nein, eher etwas mit Einhörnern und viel Glitzer.«

12

In einem Fahrradständer vor dem Haupteingang der Hansen-Pharmazie stellte ich das Mountainbike ab. Die Fassade des fünfstöckigen Gebäudes war eingerüstet und mit Plastikplanen abgedeckt, an denen der Wind zerrte wie an einem Segeltuch.

Als ich das Foyer betrat, nickte mir am Empfang eine im Businesskostüm gekleidete Dame freundlich zu. Links von ihr saßen in einer Sitzecke ein paar Geschäftsleute, die in Flyern und Aktenordnern blätterten. Über mehrere Bildschirme in den Ecken des Raumes flimmerten Werbespots mit auf Trampolin hüpfenden Kindern, die lachend ihren Eltern zuwinkten. Eine Dose mit Multivitaminkapseln und dem Hinweis *Fit und leistungsfähig im Sport und in der Schule* tauchte als Pop-up auf, daneben ein weiblicher und ein männlicher Kopf mit Doktorhut.

Na toll, die Werbung zielte bewusst auf den Ehrgeiz von Eltern ab, die bereits in der Babywiege den Karriereverlauf ihrer Kinder planten. Das machte mir die Firma nicht gerade sympathisch.

»Wie kann ich Ihnen behilflich sein?« fragte die Empfangsdame lächelnd.

»Ich bin Svea Petersen vom Ambauer-Verlag. Um fünfzehn Uhr bin ich mit Jolie Hansen verabredet.«

Sie fuhr mit einem Bleistift eine Liste entlang und setzte in einem Kästchen einen Haken. »Frau Hansen erwartet Sie im dritten Stock.« Mit dem Stift wies sie nach rechts. »Sie können entweder den Aufzug oder die Treppe benutzen.«

Ich bedankte mich und betrat das offene Treppenhaus, das ebenso wie das Foyer mit hellen Granitsteinen gefliest war. Es roch nach frischem Mörtel und Farbe und ich vermutete, dass die Modernisierung des Gebäudes sich nicht nur auf die äußere Fassade beschränkte. An den Wänden hingen abstrakte Acrylgemälde mit Kärtchen, die auf den Künstler und den Verkaufspreis hinwiesen. Das wiederum fand ich eine coole Aktion. Aus eigener Erfahrung wusste ich, wie wichtig Sponsoren und Förderer waren.

»Sie müssen Svea Petersen sein«, begrüßte mich am Ende der Treppe eine junge Frau mit glatten blonden Haaren, die mich sofort an Lilly erinnerte. Sie reichte mir die Hand. »Ich bin Jolie Hansen. Freut mich, Sie kennenzulernen.«

Mein Vorurteil, einem verwöhnten High Society Girl gegenüberzustehen, brach zusammen wie ein billiger Klappstuhl am Nordseestrand. Jolie trug kein teures Modelabel, sondern eine schwarze Skinny-Jeans mit weißer Bluse, die man in jeder Boutique kaufen konnte. Nur unwesentlich kleiner als ich, stand sie nicht in den von mir erwarteten Louboutin High Heels vor mir, sondern in hellen Sneakers mit Reißverschlüssen an den Seiten.

»Herzlichen Dank für die Einladung. Es ist sehr nett, dass Sie zu einem Interview bereit sind.«

Ihr Händedruck signalisierte, dass sie wusste, wer sie war und was sie wollte. Für einen Moment beneidete ich sie.

»Mein Vater hat mich darum gebeten. Ich lese Ihre Zeitschrift nicht.« Entschuldigend zuckte sie mit den Achseln. »Wenn ich mich mit Printmedien beschäftige, dann bewege ich mich eher im Bereich von Fachliteratur und internationaler Tagespresse.«

Das hörte sich nicht so an, als wäre sie mit Begeisterung dabei. Jolie hatte den Spieß umgedreht, was mir gar nicht behagte.

»Kommen Sie, wir gehen in mein Büro. Ich habe mir eine Stunde Zeit genommen.«

Ich wusste, dass sie diese Aussage nicht überheblich meinte, trotzdem beschlich mich das Gefühl, ihren Tagesablauf zu stören. Das lästige und aufdringliche Image einer Klatschreporterin haftete plötzlich an mir.

Bevor wir Jolies Büro betraten, holte sie auf einem Tablett aus der Kaffeeküche zwei Cappuccino und ein paar Schokoladenkekse. Sie nickte ihrer Sekretärin zu. »Ab sechzehn Uhr können Sie wieder Telefongespräche zu mir durchstellen.«

In ihrem Büro stellte sie das Tablett auf einen runden Besprechungstisch und schob mir einen Cappuccino und die Kekse zu. »Nehmen Sie bitte Platz.«

Ich setzte mich, kramte ein Notizheft und das Smartphone für die Aufzeichnungen aus dem Rucksack und warf einen Blick auf die Einrichtung. Zweckmäßig und sachlich modern, keine Familienfotos, keine Urkunden und Auszeichnungen auf dem Schreibtisch oder an den Wänden. Jolie trennte ihr Berufsleben strikt vom Privatleben.

»Haben Sie etwas dagegen, wenn ich das Interview auf dem Smartphone aufnehme?«

»Kein Problem, aber bevor Ihr Bericht in die Presse geht, möchte ich ihn Korrektur lesen.« Sie setzte sich mir gegenüber und sah mich an. »Ich lege Wert darauf, dass keine Antwort von mir nach außen dringt, die ich nicht abgesegnet habe.«

Naiv hörte sich anders an. Ich war gespannt auf ihre Vita und Zukunftspläne. »Zuerst wüsste ich gern etwas über Ihre berufliche Laufbahn.«

»Mit siebzehn habe ich Abitur gemacht, drei Jahre später den Bachelor in *Internationalem Management* abgeschlossen und anschließend den Master absolviert. Danach war ich ein Jahr in New York in einer Unternehmensberatung und zwei Jahre als Produktmanagerin in einem Hongkonger Pharmaunternehmen.«

»Haben Sie die Abschlüsse mithilfe von Multivitaminkapseln geschafft? Im Foyer läuft Werbung für dieses Produkt über den Bildschirmen.« Ich wusste, ich betrat mit der Frage ganz dünnes Eis, aber ich konnte sie mir nicht verkneifen.

Jolie starrte mich kurz an, als könnte sie meine Äußerung nicht einordnen, dann lachte sie los, wobei sich zwei Grübchen auf jeder Seite ihrer Wangen bildeten.

Zum ersten Mal spürte ich, dass hinter der sachlichen Erfolgsfrau ein Mensch mit Emotionen steckte.

»In Zeiten von Burn-out, Depressionen und permanentem Leistungsdruck ist dieser Werbespot wirklich nicht mehr angesagt. Eine zeitgemäße Kampagne für den Artikel steht schon auf meiner To-Do-Liste für die nächsten Wochen.« Sie grinste mich an. »Um auf Ihre Frage zurückzukommen, ich habe es ohne Dopingmittel geschafft.«

»Respekt! Perfekter geht ein Lebenslauf nicht.«

»Das war mir absolut wichtig. Ich wollte nie einen Tochterbonus. Unser Unternehmen exportiert weltweit. Sie werden nicht als gleichwertiger Partner angesehen, wenn Sie nicht eine erfolgreiche Laufbahn vorzuweisen haben.«

Damit hatte sich auch mein letztes Zipfelchen Vorurteil in Luft aufgelöst, einer inkompetenten Millionenerbin gegenüberzusitzen.

Jolie nahm die Cappuccinotasse in die Hand und drehte sie zwischen den Fingern. »Letzte Woche hat mir mein Vater an meinem fünfundzwanzigsten Geburtstag die Leitung für die Abteilung *Internationales Marketing* übertragen. In fünf Jahren werde ich den Bereich *Personalwirtschaft* übernehmen und weitere fünf Jahre später die Geschäftsleitung.«

Das hörte sich nach einem Plan an. Nach einem verdammt ehrgeizigem Plan, ohne Gegenverkehr und Sackgassen.

»Wie ist das Verhältnis zu Ihrem Vater? Gibt es ab und zu Differenzen? Lässt er Ihnen freie Hand in Ihren Entscheidungen oder streiten Sie auch über, aus Ihrer Sicht, notwendige Maßnahmen?«

»Wir streiten nicht, wir führen Ergänzungsgespräche.« Jolie nippte an der Tasse. »Ich sehe uns im Betrieb nicht als Vater und Tochter, sondern als Team. Jörg hat die Erfahrung, ich das zukunftsorientierte Know-how. Wir verfolgen beide dasselbe Ziel. Wir wollen das Unternehmen vorantreiben, Arbeitsplätze sichern und unseren Standort räumlich ausbauen. Streit und Differenzen wären kontraproduktiv.« Sie stellte den Cappuccino ab, lehnte sich zurück und schlug die Beine übereinander. »Natürlich gibt es Meinungsverschiedenheiten, dann suchen wir gemeinsam nach dem produktivsten Kompromiss.«

So viel Harmonie war mir fast unheimlich, als ob Jolie unbedingt ein positives Bild ihrer Vater-Tochter-Beziehung abgeben wollte. Ein Bericht in den Medien bedeutete natürlich auch Werbung für den Pharmakonzern. Auf der anderen Seite zeugte es möglicherweise von ihrer Professionalität. Die Firma wies jedenfalls laut Internetrecherche eine stetig wachsende Jahresbilanz auf.

»Haben Sie Geschwister, die ebenfalls für die Firma arbeiten?«

Jolie schüttelte den Kopf. »Meine Mutter wollte keine weiteren Kinder.«

»Wie sieht Ihre Mutter das Vater-Tochter-Verhältnis in der Firma?«

»Eva spielt in meinem Leben nur eine untergeordnete Rolle.« Sie zeigte mit dem Finger auf das Smartphone. »Das können Sie gleich aus Ihren Aufzeichnungen streichen. Über meine Mutter möchte ich kein Wort in dem Bericht lesen.«

Oha, gab es doch einen dunklen Fleck im erfolgsverwöhnten Leben der Jolie Hansen? Wäre ich jetzt Mona, würde ich in den nächsten Tagen alles daran setzen, eventuell vorhandene Leichen auszugraben. Klugerweise würde sie ihre Informationen nicht in dem Interviewbericht erwähnen, sondern erst in eine der nächsten Ausgaben ihr Gift verspritzen. Für Mona gab es keine Menschenseele, die ein Privatleben hatte.

»Haben Sie Geschwister?«

Die Frage kam unerwartet für mich.

»Zwei ältere Schwestern, zwei jüngere Brüder.«

»Wie schön, dann war bei Ihnen zu Hause sicherlich immer etwas los.« Ein Hauch von Bedauern hatte sich in ihre Stimme geschlichen.

»Kann man so sagen«, wich ich aus. »Was machen Sie in Ihrer Freizeit? Treiben Sie Sport?«

»Na ja, viel Freiraum habe ich nicht, aber ich fahre gern Mountainbike im Alstertal oder in den Wäldern von Reinbek.«

Gerechnet hatte ich mit Klavierspielen, Tennis, Reiten, Segeln oder Golf, aber niemals mit Mountainbike-Touren, die ich selbst schon gefahren war. »Radeln Sie mit Freunden oder mit Ihrem Vater?«

Jolie lachte. »Jörg verflucht mein Hobby. Er hat Angst, dass mir etwas passiert. Von meinen Freunden fährt niemand Mountainbike.« Sie lachte erneut. »Zumindest nicht meine Strecken. Daher bin ich meistens allein unterwegs, so bekomme ich den Kopf frei und muss mich außer auf den Parcours auf nichts anderes konzentrieren.«

Bevor ich die nächste Frage stellen konnte, klopfte es und ein hochgewachsener Mann in Marius' Alter rauschte ins Zimmer. Ich wusste sofort, warum das Hansen-Unternehmen weltweit erfolgreich war. Das Bild im Internet war ein primitiver Abklatsch dieses Alphamannes, dessen Präsenz und Charisma mich wie eine Nordseewelle überrollte.

»Jörg Hansen.« Er reichte mir die Hand.

Überrascht registrierte ich, dass er keinen Ehering trug. Spielte darum Jolies Mutter keine Rolle im Leben ihrer Tochter?

Er nickte Jolie zu, die einen Schokoladenkeks in den Mund schob. »Ich wollte nicht stören, nur kurz fragen, ob Sie ein Foto von meiner Tochter und mir für den Artikel benötigen.« Seine Hände verschwanden in den Hosentaschen eines Anzugs, der seine sportliche Figur unterstrich. Das dunkelgraue nach hinten gekämmte Haar und der gepflegte Bartansatz betonten sein markantes Gesicht. »In einer halben Stunde muss ich in eine Besprechung, die länger dauern könnte.« Sein Lächeln verriet mir, woher Jolie die Grübchen hatte. »Sie sind also die Chefredakteurin von *Frau im Fokus*.«

Entschieden schüttelte ich den Kopf. »Das ist Mona Reichert. Sie ist heute leider verhindert. Ich bin Svea Petersen und für sie eingesprungen. Normalerweise arbeite ich für das Magazin *Natur-und Umweltschutz*.« Keine Ahnung, warum ich plötzlich das Bedürfnis hatte, mich hervorzutun, aber ich wollte auf gar keinen Fall, dass er mich in die Klatschecke stellte.

Er nahm die silberne Designerbrille ab, die kaum seine Augen verdeckte und musterte mich. »Sie kommen mir bekannt vor.« Nachdenklich tippte er mit dem Brillenbügel auf seine Nase und wandte sich an Jolie. »Wo hast du die aktuelle Auflage von *Natur- und Umweltschutz*, die ich dir gestern gegeben habe?«

»Liegt auf dem Schreibtisch.«

Jörg Hansen holte die Zeitschrift und blätterte darin herum. Plötzlich hielt er inne und sah mich an, als hätte ich den Pulitzer-Preis gewonnen. »Sie haben die Serie über das Umweltprojekt in New York geschrieben.«

»Stimmt.«

»Unter Ihrer Leitung wurde die Filtermaschine gebaut.«

»Das ist richtig.« Ich konnte nicht verhindern, dass ich vor Stolz grinste.

Jolie hatte den Keks zurückgelegt, den sie gerade in den Mund stecken wollte. »Sie sind die Journalistin, die den New Yorker Bürgermeister um den Finger gewickelt hat?« Dem Klang ihrer Stimme nach zu urteilen, hievte sie mich gerade aus der Klatschschublade. »Ich habe ihn während meiner Arbeit als Unternehmensberaterin kennengelernt. Unsere Aufgabe war es, die Verwaltungsprozesse im Rathaus zu optimieren. Wir mussten mehr als stichhaltige Argumente auf den Tisch legen, um den Bürgermeister von den notwendigen Maßnahmen zu überzeugen.«

»Frau Petersen hat nicht nur den Bürgermeister für Ihre Idee gewonnen«, fügte ihr Vater hinzu, »sondern auch internationale Unternehmen.«

»Ohne Sponsoren wäre die Realisierung unmöglich gewesen«, wandte ich ein. »Zum Glück findet auch in New York ein Umdenken zugunsten der Umwelt statt. Seit Anfang des Jahres sind Einwegbehälter und Trinkbecher aus Einwegplastik verboten. Das ist ein richtungsweisender Schritt nicht nur für die übrigen Städte der USA, sondern weltweit.«

Jörg Hansen nickte. »Wie Sie sicher wissen, hat die Europäische Union ebenfalls ein Gesetz zum Verbot von Einwegplastik beschlossen. Leider dauert es noch eine Weile bis zur Umsetzung und behebt natürlich nicht die aktuelle Plastikvermüllung unserer Ozeane.« Er setzte die Brille wieder auf. »Womit Ihre Filtermaschine wieder ins Spiel kommt, die auch ein Gewinn für die Nord- und Ostsee wäre. Pro hundert Meter befinden sich bis zu vierhundert Müllobjekte am Strand. Davon fast neunzig Prozent aus Plastik.«

Diesmal nickte ich. »Ich habe den nationalen Zustandsbericht über die Nordsee gelesen.«

Jörg Hansen tippte auf die Armbanduhr. »Leider muss ich zur Besprechung, aber ich würde dieses Thema gern mit Ihnen vertiefen.« Er wandte sich an seine Tochter. »An welchem Wochenende ist unsere Gartenparty?«

»Jetzt am Samstag.«

»Haben Sie Zeit und Lust zu uns zu kommen? Das Publikum ist vielschichtig, von Künstlern, über Politiker bis hin zu Nachbarn und Freunden.« Nachdenklich musterte er mich über den Rand seiner Brille. »Mich beschäftigt die Frage, warum Sie New York verlassen haben. In der Metropole hätte es sicherlich interessante Aufgaben für Sie gegeben.«

»Ich hatte private Gründe.«

Er seufzte. »Immer kommt den jungen, erfolgreichen und vielversprechenden Frauen die Liebe in die Quere.«

Ich wollte schon mit dem Hinweis widersprechen, dass ich nicht der Liebe wegen nach Hamburg zurückgekehrt war, als ich erkannte, dass er recht hatte. Liebe hin oder her, ich war zwar nicht zu ihr gezogen, aber vor ihr geflüchtet.

Spielerisch wedelte Jörg Hansen mit dem Zeigefinger in die Richtung seiner Tochter. »Ich hoffe, du konzentrierst dich noch mindestens zehn Jahre auf deine Karriere und den Erfolg unseres Familienunternehmens.«

»Aber sicher.« Ihr Mund verzog sich zu einem Kuss. »Meine Liebe gehört einzig und allein dir und der Pharmaindustrie.«

Nachdem ich ein Foto von den beiden vor Jolies Schreibtisch aufgenommen hatte, verabschiedete Jörg Hansen sich. »Ich freue mich auf Samstag. Und bringen Sie Ihren Freund mit. Ich lerne gern außergewöhnliche Menschen kennen, und er muss einer sein, sonst hätten Sie niemals Ihre New Yorker Karriere für ihn beendet.«

13

Ich soll was?« Die Remoulade tropfte von Davids Fischbrötchen auf sein Hemd in Höhe des zweiten Knopfes, als er mich ungläubig anstarrte, anstatt in das Brötchen zu beißen.

»Mich am Samstag auf eine Gartenparty begleiten.« Ich kramte ein Taschentuch aus der Jeans und tupfte die Soße ab, übrig blieb ein Fettfleck.

»Habe ich mich verhört, oder hast du eben gesagt, ich solle mich als dein Freund ausgeben?«

Obwohl ich genau das gemeint hatte, schwenkte ich schlagartig um. Es gab keinen Grund, David als meinen Lebenspartner zu bezeichnen. Warum sollte ich Jörg Hansen belügen? Vermutlich hatte er mich sowieso schon wieder vergessen. Als Jolie mir gestern die Adresse gegeben hatte, sprach sie von dreihundert Gästen. Ihr Vater würde gar keine Zeit haben, sich mit mir zu unterhalten. Er hatte die Einladung nur nett gemeint. »Du musst dich verhört haben. Ich dachte eher, so als Kollege, Begleiter, neutraler Freund.« Mit einem Wurf beförderte ich das Taschentuch in den Mülleimer neben der Bank, auf der wir an der Elbe saßen. Da Mona mich nicht kontrollieren konnte, nahm ich mir die Freiheit, die Mittagspause flexibel zu gestalten. Schließlich arbeitete ich dafür bis zwanzig Uhr.

»Was zum Teufel ist ein neutraler Freund?« David

wischte sich mit einer Serviette die Mundwinkel ab.

»Na ja, ein Freund eben.« Damit wollte ich ihm signalisieren, dass er eben nicht mehr war als ein Freund. Ich hätte mir denken können, dass er das nicht einfach hinnahm. David war Journalist, mit Leidenschaft zerpflückte er Wörter und Sätze.

»Und warum sagst du das nicht gleich? Ich komme mir vor, als wäre ich nicht Fisch und nicht Fleisch.« Er grinste mich an. »Ich könnte auch als dein neutraler Liebhaber gehen.«

»Du sollst dir nur mit mir gemeinsam am Buffet den Bauch vollschlagen, das macht mehr Spaß als allein.«

»Was ist das überhaupt für eine Party? Von deiner WG, Familie oder Freunden?«

»Jörg Hansen hat mich eingeladen. Ich habe gestern seine Tochter interviewt.«

»Der Hamburger Pharmariese?« David verschluckte sich fast an einem Bissen. »Du bist vom *Unternehmer des Jahres* eingeladen worden?«

»Ist er das?«

»Allerdings, und nicht nur das. Er ist Gründer mehrerer Stiftungen zur Unterstützung der Hamburger Tafel und gegen Gewalt und Rassismus an Schulen. Zudem ist er millionenschwer, Business Angel für Start-up-Unternehmen und ein absoluter Saubermann. Wenn du mich nicht schon gefragt hättest, würde ich jetzt auf die Knie sinken und betteln, dich begleiten zu dürfen.«

»Mmh, wenn ich es mir recht überlege, gibt es eine Alternativperson.« Die gab es wirklich. Sören hatte sich zu einem bartlosen Studenten mit Undercut-Haarfrisur, gepflegten Fingernägeln und neuen

Schuhen gemausert. Absolut vorzeigbar, aber leider war mit seinem Haarverlust sein tatsächliches Alter zum Vorschein gekommen und ein Zweiundzwanzigjähriger kam für mich als Begleitperson nur im Notfall infrage.

»Kann gar nicht sein.« David streckte seine Brust raus. »Ich bin der perfekte neutrale Freund, Anwärter zur Wahl des Sexiest Man Alive, weltbester Small Talker und Liebling aller Schwiegermütter.«

»Und was hast du mir zu bieten?«

David runzelte die Stirn. »Eine flotte Nummer auf der Rücksitzbank meines Porsches?«

»Abgelehnt.«

»Ein heißes Bad in meinem Whirlpool mit Champagner und Kaviar?«

»Ganz kalt.«

»Drei Saunagänge mit manueller Massage in den Ruhephasen?«

»Zu schwitzig.«

»Hüllenloses Mondscheinbaden in der Elbe mit Mitternachtssnack?«

»So wird das nichts.«

Daniel seufzte. »Fischbrötchen von Otto und drei Kugeln Zitroneneis in der nächsten Mittagspause?«

»Vier Kugeln.«

»Ist Jörg Hansens Tochter nett?«

»Sportlich, sympathisch und gebildet.«

»Okay, viereinhalb Kugeln, wenn du mich ihr vorstellst.«

Ich reichte ihm die Hand. »Geht klar.«

David schlug ein und schüttelte den Kopf. »Ich fass es nicht, ich gehe auf eine Gartenparty von Jörg Hansen. Vielleicht kann ich ihn um ein Interview für unser Wirtschaftsmagazin bitten.«

Ich glaubte nicht mal, dass wir ihn zu Gesicht bekamen, wollte David aber auch nicht die Hoffnung nehmen.

Mein Smartphone klingelte und eine unbekannte Nummer leuchtete im Display auf. Ich nahm den Anruf entgegen und registrierte verwundert, dass Lars sich meldete.

»Hi Svea, hast du heute Abend Zeit? Wollen wir was trinken gehen?«

Damit, dass Lars sich bei mir melden würde, hatte ich nicht wirklich gerechnet und wenn, dann frühestens in zwei Jahren, aber nicht drei Tage nach unserer letzten Begegnung.

»Äh, ja, okay. Wann und wo?«

»Kennst du die *Klimperkiste*?«

»Ist das die Kneipe in der Nähe von der Binnenalster?«

»Genau. Klappt bei dir einundzwanzig Uhr?«

»Sonst kommt aber niemand von der Familie, oder?« Das letzte was ich brauchte, war ein weiterer Angriff des Löwenrudels.

»Nein, nur wir beide.«

♥

Vor einigen Jahren war ich mit Lilly in der *Klimperkiste* gewesen. Seitdem hatte sich die urige Kneipe nicht verändert. Durch die verwinkelten Räumlichkeiten gab es mehrere Separees, in die ich spähte, ehe ich Lars am Tresen entdeckte. Mit gemischten Gefühlen stand ich ein paar Meter von ihm entfernt. Er hatte mich noch nicht gesehen, da er sich angeregt mit dem

Wirt unterhielt. Auf dem Weg hierher hatte ich mir vorgenommen, mich mit einer Ausrede zu entfernen, sollte mein Bruder mir Geschichten und News von der Familie erzählen wollen oder gar Anekdoten aus unserer Kindheit. Genauso wenig brauchte ich von ihm eine Verteidigungsrede für das Verhalten unserer Geschwister. Kurz bevor ich losgeradelt war, hatte ich sogar überlegt, das Treffen abzusagen. Zum einen traute ich Lars nicht, weil ich seine Beweggründe nicht kannte und zum anderen hatte ich mir nach dem Desaster vom Wochenende vorgenommen, meine Kindheit und Familie aus den Erinnerungen zu streichen. Es ging mir besser, wenn ich mich nicht mit ihnen beschäftigte.

Als der Wirt den Kopf in meine Richtung hob, drehte auch Lars sich zu mir. Er lächelte mich an, glitt vom Barhocker und kam mit einem halbvollen Bierglas auf mich zu. Seinem Gesichtsausdruck sah ich an, dass er nicht wusste, wie er mich begrüßen sollte. Auch ich hielt Abstand und erst als der Wirt ihm zurief, dass der hintere Tisch für uns reserviert sei, setzte er sich in Bewegung. Fast jedes Separee war belegt und ich folgte meinem Bruder durch den Gang, bis er sich am letzten Tisch auf eine rote Lederbank hockte. Lieber wäre ich an der Theke geblieben, in der Nähe anderer Personen und des Ausgangs. Trotzdem nahm ich ihm gegenüber Platz.

Er stellte sein Bierglas auf den Holztisch. »Freut mich, dass du gekommen bist. Ich war mir nicht sicher, ob du nicht kurzfristig absagst.«

»Ich mir auch nicht.«

Lars lachte, ein nettes Lachen, nicht so herablassend wie Till. »Was möchtest du trinken?«

»Ein Alsterwasser.«

Mit einer Handbewegung gab Lars einer Bedienung zu verstehen, dass wir bestellen wollten. »Merle, bring uns bitte eine Käseplatte mit Baguette und ein Alsterwasser für meine Schwester.«

Ich schluckte schwer. So hatte mich schon seit Ewigkeiten niemand genannt oder überhaupt schon mal jemand? Erinnern konnte ich mich nicht daran. »Bist du öfter in der *Klimperkiste*?«

Lars nickte. »An den Wochenenden arbeite ich hinter der Bar, um mein Studium zu finanzieren.«

Das hatte ich auch machen müssen, aber als Aushilfskraft auf Hamburger Wochenmärkten.

»Hast du ein Zimmer in einer WG?«

»Ich bin im Studentenwohnheim *Hammerbrook*.« Kreisförmig drehte er sein Glas, das feuchte Ringe auf den Holztisch malte. »Ist ganz nett und liegt relativ zentral.«

Merle stellte die Käseplatte, einen Brotkorb und das Alsterwasser auf den Tisch. Mit einem Lächeln zündete sie eine Tropfkerze an und wandte sich an Lars. »Wenn ihr einen Wunsch habt, gebt mir Bescheid.«

»Ist das eine Freundin von dir?«, fragte ich, als sie außer Hörweite war.

»Eine Kommilitonin, der ich den Job besorgt habe.« Lars schob mir die Platte zu, auf der mehrere Käsesorten lagen, dazu ein paar Weintrauben, Tomaten und Gurkenscheiben. »Hast du Hunger? Das Brot ist selbst gebacken, schmeckt echt krass.«

»Wenn es so gut ist, wie es riecht, kannst du noch eins bestellen. Meine letzte Mahlzeit war heute Mittag.« Ich belegte eine Brotscheibe mit Emmentaler und Gurken. Nach dem ersten Biss ließ meine Anspannung nach.

Unauffällig beobachtete ich meinen Bruder, der eine Scheibe Camembert aufschnitt und jede Hälfte mit einer Weintraube belegte. Zum ersten Mal fiel mir auf, dass sein Haarschopf zwar einer Löwenmähne glich, seine Augen aber die Unschuld eines Robbenbabys ausstrahlten.

»Welche Fachrichtung möchtest du nach deinem Studienabschluss einschlagen?«

»Ich habe vor, in sozialen Brennpunkten als Streetworker zu arbeiten.« Er hob kurz den Blick, bevor er eine Tomate würfelte und sie mit Salz und Pfeffer würzte. »Vorzugsweise im Kinder- und Jugendbereich.«

»Was genau wären deine Aufgaben?« Ich nahm mir ein zweites Stück Brot aus dem Korb. Lars hatte nicht übertrieben, es schmeckte genial gut.

»In erster Linie versuchen wir, Vertrauen zu minderjährigen Straßenkindern aufzubauen und ihnen eine Alternative anzubieten. Viele von ihnen sind drogenabhängig oder hängen an der Flasche. Wir versuchen, sie zum Entzug zu bewegen.«

»Das hört sich an, als hättest du bereits Erfahrungen in dem Job gesammelt.«

»Ich habe mehrere Praktika absolviert und war mit Sozialarbeitern auf der Straße.«

»Keine leichte Arbeit.«

»Absolut nicht, aber sinnvoll.« Er grinste mich an. »Damit kann ich zwar nicht die Welt retten, aber ein paar Kindern und Jugendlichen zu einer lebenswerteren Zukunft verhelfen.«

Anerkennend nickte ich. »Du hast dir eine tolle

Aufgabe ausgesucht.«

Angeregt unterhielten wir uns über Straßenkinder in New York, zu dem ich einiges beitragen konnte, was Lars brennend interessierte. Als ich das erste Mal auf die Uhr schaute, waren zwei Stunden vergangen, ohne dass ich das Bedürfnis verspürt hätte, zu verschwinden.

Lars trank sein Glas leer. »Morgen früh um acht Uhr habe ich die erste Vorlesung.« Bedauernd verzog er das Gesicht. »Darum muss ich jetzt leider los. Vorher möchte ich dir aber etwas geben.« Er kramte ein paar zusammengefaltete Zettel aus der Hosentasche und schob sie über die Tischplatte zu mir.

»Was ist das?«

»Die ehrliche Antwort auf deine Frage von Samstag.« Er stand auf und sah mich mit einem merkwürdigen Blick an, den ich nicht deuten konnte. »Ich lass dich damit allein. Wenn du Fragen hast, ruf mich an oder komm am Wochenende in die *Klimperkiste.*« Er beugte sich zu mir, drückte mir einen Kuss auf die Wange und ging.

Noch nie hatte mich eines meiner Geschwister geküsst.

14

Während ich den Salzstreuer auf dem Tisch hin und her schob, forderte mein Kopf mich auf, endlich die Blätter auseinanderzufalten, die ich seit fünf Minuten anstarrte. Ich ahnte, Lars hatte mir eine Bombe auf den Tisch gelegt. Die Frage war nur, wen würde sie zerfetzen, meine Familie oder mich?

Meine Gedanken huschten in zwei Richtungen gleichzeitig. Sollte ich die Blätter ungelesen zerreißen? Vielleicht bescherte der Inhalt mir etwas viel Schlimmeres als das, was mir am Samstag widerfahren war. Möglicherweise offenbarte sich mir aber auch eine Wahrheit, die weiterging, als die Behauptung, ich sei ein unausstehliches Kind gewesen. Eine Wahrheit, die meine Seele heilte, mich mit meiner Kindheit versöhnte, mir Hoffnung für die Zukunft gab.

In der Luft hing der Geruch von frisch gezapftem Bier und gebackenem Brot, von allen Seiten drangen Gesprächsfetzen auf mich ein und in irgendeinem Separee lachte jemand laut, zu laut.

Die beiden Knoten in meinem Magen spielten Pingpong, als ich nach den Zetteln tastete und die Augen schloss. Nacheinander faltete ich fünf Blätter auseinander und breitete sie auf dem Tisch aus. Bevor ich die Augen wieder öffnete, holte ich einige Male tief Luft und legte intuitiv eine Hand auf den Bauch. Was auch immer mich jetzt erwartete, ich wusste, es würde für mein zukünftiges Leben entscheidend sein.

Vor meinen Augen tauchten Kästchen, Nummern und Diagramme auf. Jedes Blatt hatte dieselbe Anordnung, nur die Zahlen waren unterschiedlich. Nirgendwo stand ein Name oder ein Hinweis, worauf sich der Inhalt bezog. Ich brauchte ein paar Sekunden, bis ich merkte, dass Lars mir die Mutterpässe kopiert hatte. Anhand des Geburtsjahres ordnete ich die Zettel meinen Geschwistern zu und legte sie in die richtige Reihenfolge. Wie hypnotisiert starrte ich auf die Informationen. Was wollte Lars mir damit sagen? Mit dem Zeigefinger glitt ich von der Geschlechterangabe zu Gewicht, Größe, Kopfumfang und Kindslage. Till war mit 4265 Gramm das schwerste Baby gewesen, Mia mit 49 Zentimetern das kleinste. Auf meinem Zettel stand unter *Besonderheiten*, dass meine Mutter eine Wehenschwäche in der Austreibungsperiode gehabt hatte. Wollte oder sollte ich nicht auf die Welt kommen? Vielleicht hatten wir beide geahnt, dass ich nicht geliebt werden würde.

Der Finger glitt weiter über den Geburtsmodus, Angaben über Fehlbildungen bis hin zur Blutgruppe. Mein Blick wanderte von Nele bis zu Lars und zurück in die Mitte zu mir, dann weitere Male über alle fünf Blätter, von rechts nach links, von links nach rechts. Mit einem Stöhnen sank ich an die Banklehne, mein Atem ging stoßweise, in meinem Kopf surrte es wie in einem Stromkasten.

Im Leistungskurs Biologie hatten wir die Vererbung von Blutgruppen gelernt. Nele und Lars hatten Blutgruppe Null, Till und Mia gehörten zur Gruppe A und in meinem Kästchen war der Buchstabe B angekreuzt. B wie *bestimmt kein Löwenjunges*, B wie *braune Antilope*, B wie *buntes Kuckuckskind*.

Ich starrte auf die Kerzenflamme, die flackerte, sobald vorn die Kneipentür aufging. Wachs rann am Flaschenhals entlang und formte einen weiteren Strang auf dem Weg nach unten.

Auch in meinen Kopf formten sich einzelne Puzzleteile aneinander, die jahrelang herrenlos durch meine Gedanken geirrt waren. Ich hätte meinem Vater die Sterne vom Himmel holen können, niemals hätte er mich geliebt.

Plötzlich machte alles einen Sinn. Der Blick von Nele zu den Geschwistern, als ich am Samstag meine Frage gestellt hatte.

Sie hatten es gewusst.

Jeder von ihnen.

Mein Leben war auf eine Lüge aufgebaut, meine Herkunft ein Familiengeheimnis, von dem ich nie erfahren sollte. Meine Familie hatte mir bewusst die Chance vorenthalten, meine Identität zu finden.

Hätte ich weinen können, hätte ich mich schluchzend über den Tisch geworfen, so aber sprang ich auf und torkelte mehr, als dass ich ging zur Theke. »Einen doppelten Schnaps bitte.«

Mitfühlend sah der Wirt mich an und schob mir ein Glas zu. »Lars hat mich vorgewarnt. Geht aufs Haus.«

Brennend rann der Hochprozentige durch meine Kehle. Warum hatte mir niemand die Wahrheit gesagt? Lag es an meinem biologischen Vater? War er ein Verwandter, kam er aus dem Bekannten- oder Freundeskreis meiner Eltern? Oder war meine Mutter Opfer eines Verbrechens geworden?

Mein Leben lang hatte ich mich schuldig und

minderwertig gefühlt und das nur, weil meine Eltern ihr Problem auf meinem Rücken ausgetragen hatten, auf den Schultern eines Kindes, das manchmal vor Einsamkeit und unerfüllter Liebe am liebsten gestorben wäre.

Ich fühlte mich nicht nur um meine Kindheit und die Liebe zu Jayden betrogen, ich fühlte mich benutzt und hintergangen, zum Zweck meiner Familie missbraucht.

Mit einer Wut im Bauch, die sich anfühlte wie eine Nuklearwaffe, ging ich zurück ins Separee und steckte die Zettel ein.

Lars hatte mir die Bombe auf den Tisch gelegt und ich würde sie so zünden, dass dem Löwenrudel die Trommelfelle platzten.

15

Die nächsten Tage verbrachte ich wie in Trance. In der Gegenwart war ich noch nicht wieder angekommen, die Vergangenheit beherrschte meine Gedanken und die Zukunft glich einem Boot ohne Ruder.

Obwohl ich tausend Fragen an Lars hatte, suchte ich in den darauffolgenden Tagen keinen Kontakt zu ihm. Zu groß war der Schock, dass mein Leben ein einziger Fake war. Erst als er mir mehrmals mit besorgter Stimme auf die Mailbox sprach und auf WhatsApp Nachrichten hinterließ, hatte ich mich heute Vormittag bei ihm gemeldet, nur kurz, um ein Treffen für Sonntagnachmittag zu vereinbaren. Noch wusste ich nicht, wie die Bombe explodieren sollte, zuerst wollte ich weitere Informationen von Lars abwarten. Vielleicht kannte er sogar den Namen meines Vaters.

Im Verlag war alles seinen normalen Gang gelaufen. Nils hatte mich für unspektakuläre Arbeiten eingesetzt, worüber ich dankbar war, da es mir schwerfiel, mich zu konzentrieren. Auch David spürte in den Mittagspausen, dass ich momentan in einer anderen Welt unterwegs war und stellte keine aufdringlichen Fragen. Selbst Lilly hatte ich nicht eingeweiht. Sie würde sich in den nächsten Flieger setzen. Ich wollte aber nicht über Dinge reden und spekulieren, die ich selbst noch nicht verinnerlichen konnte.

Jayden hatte sich kein weiteres Mal bei mir gemeldet. Offensichtlich hatte er resigniert. Nie hatte ich mich mehr nach ihm gesehnt als in den letzten Tagen, nach seinen Umarmungen, seinem Zuspruch, seinem Trost. Ich trauerte um ihn und unsere Liebe, als hätte ich ihn an den Himmel verloren.

In einer halben Stunde würde David mich zur Gartenparty bei den Hansens abholen und ich war froh, mich eine Weile ablenken zu können. Das Wetter war für die erste Juniwoche angenehm warm und ich entschied mich für eine Schlaghose im Marinelook mit weißer Bluse. Ausgesprochen ungewöhnliche Farben für mich, aber seitdem ich wusste, dass ich bunte Kleidung getragen hatte um aufzufallen, fühlte ich mich darin nicht mehr wohl.

»Du siehst so erwachsen aus«, staunte Sören, dem ich auf dem Weg ins Bad begegnete.

»Erstens bin ich das und zweitens gehe ich auf eine High Society Party.«

»Echt jetzt? Bei wem?«

»Jörg Hansen, Hamburger-Pharmariese, Stiftungsgründer und Saubermann.«

Sören schob die Augenbrauen zusammen. »Ich glaube, den kennt meine Mutter aus der Schule oder vom Studium. Sie hat mal so was erwähnt, als ein Artikel über ihn im *Hamburger Abendblatt* erschien. Du brauchst doch sicherlich eine Begleitung.« Er sah mich an wie ein Dackel, der nach Wurst bettelte. »Ich habe heute noch nichts gegessen.«

»Sorry, aber ein Kollege holt mich gleich ab.«

»Das ist nicht fair. Schau mich an, ich bin absolut

vorzeigbar. Meine Mutter war begeistert von meinem neuen Outfit. Sie möchte unbedingt die Frau kennenlernen, die es geschafft hat, mich zu zivilisieren.«

»Du siehst wirklich top aus.« Ich schob mich an ihm vorbei ins Bad. »Hast du es ein zweites Mal bei deiner Kommilitonin versucht?«

Er tappte hinter mir her und setzte sich auf den Badewannenrand. »Ich habe ihr einen Brief geschrieben.«

»Eine E-Mail oder eine Nachricht über WhatsApp?«

»Nee, einen richtigen Brief auf cremefarbenem Papier mit rotem Kuvert.«

Überrascht drehte ich mich um, eine Haarbürste in der Hand. »Wow! Und was hast du ihr geschrieben?« Ich hoffte für ihn, dass er den richtigen Ton getroffen hatte.

»Nicht viel.«

Mit der Bürste fuchtelte ich in seine Richtung. »Nun sag schon.«

»Ich habe ein altes und ein neues Passbild von mir eingeklebt und darunter *Vorher* und *Nachher* geschrieben.«

»Du bist der Größte.« Lachend legte ich die Bürste zurück und kramte die Wimperntusche aus dem Kulturbeutel. »Und weiter?«

»Darunter habe ich ein Foto von einem Restaurant geklebt, mit gedecktem Tisch, Sektflöten und Kerzenständer und der Aufschrift *Date*.«

»Ich bin beeindruckt. In dir steckt ein Romantiker.« Zum Spiegel gebeugt, tuschte ich die Wimpern.

»Dann habe ich wieder die Vorher-Nachher-Aktion gemacht, aber diesmal mit Ja- und Nein-

Kästchen zum Ankreuzen. Bei *Vorher* habe ich Nein angekreuzt und bei *Nachher* das Kästchen freigelassen.«

Mit halb getuschten Wimpern drehte ich mich um und nickte anerkennend. »Kreativer geht es nicht. Hast du etwas dazugeschrieben?«

»Bisschen«, nuschelte er und rutschte auf dem Badewannenrand hin und her. »Ich habe einen Satz von deinem Ex-Lover geklaut.«

Wenn Sören damit Aussicht auf ein Date hatte, dann hatten die lieben Zeilen von Jayden wenigstens einen Sinn gehabt und etwas Gutes bewirkt. »Lass mich raten: *Du bist mein Stern, mein Licht und meine Liebe*?« Ich kannte den Brief auswendig.

Sören nickte. »Sorry, aber der Satz ist einfach nur krass. Welche Frau könnte dazu Nein sagen?«

»Hast du schon eine Antwort?«

Er tippte auf die Armbanduhr. »Ich warte seit neunundvierzig Stunden, sechsunddreißig Minuten und zweiundzwanzig Sekunden.«

»Kommt bestimmt noch«, tröstete ich ihn, obwohl ich zwei Tage Bedenkzeit für einen romantischen Liebesbrief mit Einladung ernüchternd fand.

»Wer weiß.« Traurig zuckte er mit den Achseln. »Womöglich ist sie auch in einem Löwenrudel aufgewachsen.«

♥

»Wo sollte ein Jörg Hansen sonst wohnen, wenn nicht an der Elbchaussee.« Davids dunkelblauer Anzug passte wie abgestimmt zu meinem Marinelook. Wir waren mit der U-Bahn gefahren, um nicht mit dreihundert Gästen um einen Parkplatz konkurrieren zu müssen.

Jolie hatte mir mit der Zustimmung zur Veröffentlichung des Interviews zwei Einladungskarten geschickt, auf der nur sie und ihr Vater zur Party einluden, sodass ich davon ausging, dass es keine Frau Hansen gab. Ich reichte David seine Einladung, während wir in der Schlange vor einer in der Gründerzeit errichteten Villa warteten, die in einer Parkanlage lag, für die man mehrere Gärtner benötigte.

»Ich komme mir vor wie in einem Hollywoodfilm«, raunte ich David zu, der die ankommenden Gäste beobachtete.

»Bisher kannte ich so etwas auch nur aus dem Fernsehen. Gerade ist der Hamburger Bürgermeister vorgefahren.«

Luxuskarossen und zahlreiche Taxis spuckten ein Publikum aus, das so gemischt war, wie Jörg Hansen es angekündigt hatte. Vom Cocktailkleid über Smoking, Abendgarderobe und Destroyed-Jeans war alles am Start.

Wir rückten ein paar Meter weiter in Richtung des hellerleuchteten Säuleneingangs. Als Security-Mitarbeiter an der zweiflügeligen Haustür unsere Einladungskarten überprüften, entdeckte ich in einem foyerähnlichen Vorraum Jolie und Jörg Hansen. Von wegen, wir würden sie nicht zu Gesicht bekommen. Sein blassrosa Oberhemd zum dunkelblauen Sakko war auf die Farbe von Jolies Etuikleid abgestimmt. Mit einem Lächeln im Gesicht begrüßten die beiden jeden Gast persönlich.

»Frau Petersen, wie schön, Sie zu sehen.« Jörg

Hansen reichte mir die Hand. »Wir müssen unbedingt nachher über Ihr Umweltprojekt reden.« Er wandte sich an David. »Und Sie sind also der außergewöhnliche Mann, für den Frau Petersen New York verlassen hat.«

Bevor ich Einwände erheben konnte, kam David mir zuvor. Mit einem Lächeln im Gesicht, das auf mich ein kleines bisschen diabolisch wirkte, stellte er sich vor. »Ich bin David Bosinski. Herzlichen Dank für die Einladung. Es freut mich, Sie kennenzulernen.«

Am liebsten hätte ich ihm meinen Schuhabsatz in den Fußspann gebohrt. Was fiel ihm ein, das Missverständnis nicht aufzuklären?

»Hallo, Svea.« Jolie drückte mir rechts und links ein Küsschen auf die Wange. Nachdem sich während unseres Interviews das Blatt zu meinen Gunsten gewendet hatte, war Jolie mir gegenüber offener geworden. Wir hatten uns über Begebenheiten in New York ausgetauscht, und ich hatte ihr gesagt, dass mountainbiken ebenso mein Hobby war wie ihres. Daraufhin hatten wir beschlossen, uns zu duzen. »Gute Wahl, dein Begleiter«, flüsterte sie mir ins Ohr.

Auch dieses Mal kam ich nicht dazu, David als lediglich guten Freund vorzustellen. Er trat neben mich und reichte ihr die Hand. »Sie müssen Jolie sein. Svea hat mir von dem Interview erzählt. Ihre berufliche Karriere ist wirklich beeindruckend.«

»Danke, das ist nett von Ihnen. Herzlich willkommen auf unserer Gartenparty. Ich würde mich freuen, wenn wir später eine Gelegenheit finden, uns zu unterhalten.«

Hinter uns bildete sich bereits eine Schlange. Ich

packte David am Arm und zog ihn mit mir. »Warum hast du das Missverständnis nicht aufgeklärt?«

Er zuckte mit den Achseln. »Ich glaube kaum, dass du Jörg Hansen privat so gut kennenlernen wirst, dass du ihn zu deiner Hochzeit einlädst.«

»Ich habe nicht vor zu heiraten.«

»Dann ist doch alles bestens. So musstest du ihm wenigstens nicht erklären, dass du nicht wegen mir, sondern einer unglücklichen Liebe nach Hamburg zurückgekommen bist.«

Eine Bedienung bat uns, das Wohnzimmer zu durchqueren und in den Garten zu gehen.

Ich blieb mitten im Raum stehen und starrte David an. »Wie kommst du darauf?«

Er legte einen Arm um meine Schulter und schob mich an einem Paar vorbei, das vor einer weiblichen Bronzeskulptur stehen geblieben war. »Ein Blick in deine Augen genügt, du leidest.«

»Ich möchte nicht darüber reden.«

Abwehrend hob er die Hände. »Kein Problem.« Er dirigierte mich durchs Wohnzimmer auf die Terrasse.

Über die Parkanlage hinweg konnte man bis zum Elbstrand schauen. Der Garten war ein einziges Lichterfest. Bunte Lampions hingen nicht nur in den Bäumen, sondern steckten auch in Blumenbeeten und Fliederbüschen. Sitzgruppen und Stehtische verteilten sich auf der Rasenfläche und einer ausgedehnten Terrasse, Gläser klirrten aneinander und das Lachen der Gäste unterstrich die entspannte Atmosphäre. In unmittelbarer Nähe eines Pools war ein Buffet mit Grillbereich und Cocktailbar aufgebaut.

»Ist das nicht ein großartiges Ambiente?« David nahm zwei Sektflöten von dem Tablett einer

Servicekraft und reichte mir ein Glas. »Lass uns den Abend genießen und alle Konflikte für heute vergessen.« Seine Stimme senkte sich. »Es wird uns beiden guttun.«

»Du hast recht.« Ich stieß mit ihm an. »Trinken wir auf meine unglückliche Liebe und deine Tochter.«

David tat einen langen Zug. »Hätte ich mir denken können, dass du eins und eins zusammenzählst.«

Ich nickte. »Und dabei bin ich nicht auf drei gekommen.«

»Stimmt, meine Frau hat sich vor zwei Jahren von mir getrennt. Aber lassen wir das Thema. Es verdirbt mir nur den Appetit. Wir schlagen uns jetzt den Bauch voll und mischen uns unter die Leute. Vielleicht sind interessante Persönlichkeiten dabei, die in nächster Zeit zu einem Interview bereit wären.«

»Ich muss unbedingt bei Nils Punkte sammeln, sonst hocke ich noch ewig hinter dem Kopierer.«

16

Wir nahmen unter einer Linde an einem weiß gedeckten Sechsertisch Platz, an dem keine weiteren Gäste saßen. In der Mitte sorgte ein silbernes Tablett mit vier Windlichtern für eine angenehme Beleuchtung. Ich legte die Stoffserviette mit dem eingestickten Schriftzug *Herzlich Willkommen* neben meinen Teller und folgte David zum Buffet.

In der nächsten Stunde genossen wir Köstlichkeiten, vergleichbar mit denen auf Lillys Hochzeit.

»Jetzt bin ich schon an der Nordsee aufgewachsen, aber so verdammt leckere Krabben habe ich noch nie gegessen.« David tupfte sich mit der Serviette den Mund ab. »Würde nicht mein Hemd über dem Bauch spannen, würde ich eine weitere Portion essen.«

»Mit jeder Krabbe nimmst du krebserregendes Mikroplastik zu dir. Bei deinen zwölf Portionen hast du für die nächsten Jahre ausgesorgt.«

David zog eine Grimasse. »Herzlichen Dank auch, hättest du mir auch früher sagen können.«

»Ich dachte, du wüsstest das.«

»Es hat so gut geschmeckt, dass ich es verdrängt habe.«

»Im Verdrängen von Umweltproblemen ist die Menschheit unschlagbar.«

»Da muss ich Ihnen recht geben.« Jörg Hansen trat mit einem Weißweinglas in der Hand an unseren

Tisch. »Darf ich mich zu Ihnen setzen?«

»Gerne.« Ich legte das Besteck auf den leeren Teller und schob ihn an den Tischrand. »Die Party ist wundervoll, das Essen fantastisch. Noch mal herzlichen Dank für die spontane Einladung.«

Jörg Hansen winkte ab und nahm neben mir Platz. Er knöpfte sein Sakko auf und schlug die Beine übereinander. Selbst in einem Gartenstuhl strahlte er ein Charisma aus, das die Parkanlage ausfüllte. Zahlreiche Köpfe drehten sich zu uns und ich las in ihren Gesichtern die Frage, wer die junge Frau sei, die die Aufmerksamkeit des Gastgebers auf sich gezogen hatte.

»Die Einladung habe ich mit Vergnügen ausgesprochen.« Jörg Hansen stellte das Weinglas auf den Tisch. »Erstens bewundere ich erfolgreiche, engagierte Frauen und zweitens habe ich dabei durchaus eigene Interessen im Blick.«

David räusperte sich vernehmlich. »Ich lausche gespannt.«

Irritiert sah Jörg Hansen ihn an, dann lachte er auf. »Da habe ich mich wohl missverständlich ausgedrückt. Keine Sorge, meine Liebe gilt ausschließlich meiner Tochter und dem Unternehmen.«

Wie peinlich war das denn? Wenn David noch einmal die Klappe aufmachen würde, würde ich ihm ein Kilo Krabben in sein vorlautes Mundwerk stopfen.

Er grinste Jörg Hansen an. »So außergewöhnlich wie ich bin, habe ich keine Bedenken, dass meine Verlobte die Seiten wechselt.«

Mir klappte die Kinnlade runter, während unser Gastgeber schallend lachte, und wir endgültig die

Blicke aller umstehenden Gäste auf uns zogen. Jemand zielte mit dem Smartphone in unsere Richtung und es würde mich nicht wundern, wenn nächste Woche ein Bild von uns in einem Klatschblatt erscheinen würde. Paparazzi waren auf jeder High Society Party zu finden, eingeladen oder reingeschmuggelt.

»Sie gefallen mir.« Jörg Hansen beugte sich vor und nahm das Weinglas vom Tisch. »Was machen Sie beruflich?«

War ja klar, dass David eine Visitenkarte zückte und sie ihm reichte. »Ich bin Ressortleiter für *Politik und Wirtschaft* bei der Zeitschrift *Im Fokus*.«

»Aha, noch jemand vom Ambauer-Verlag.« Jörg Hansen steckte die Karte in die Sakkotasche. »Daher kennen Sie beide sich.« Er hob das Glas in meine Richtung. »Ich wollte Ihnen zu dem Erfolg der Filtermaschine gratulieren. Gestern habe ich Ihren Artikel über den Stapellauf gelesen. Es ist wirklich beeindruckend, was Sie da auf die Beine gestellt haben.« Unsere Gläser stießen aneinander. »Könnten Sie sich vorstellen, dass diese Maschine auch für die Elbe und die Nordsee geeignet wäre?«

Ich nickte. »Die Bedingungen an der Nordsee sind wegen der Gezeiten zwar anders, aber im Großen und Ganzen spricht nichts dagegen.«

Jörg Hansen lehnte sich zurück. »Unsere Jugend zeigt uns jeden Freitag, dass wir handeln müssen, wenn sie für das Klima auf die Straße geht. Mit einem Pharmaunternehmen steht man ständig im Fokus von Umweltschützern. Wir tun, was wir können, um möglichst umweltschonend zu produzieren, aber ich möchte mehr dazu beitragen, dass Kinder eine gesunde Zukunft haben.« Nachdenklich ließ er den Wein im Glas kreisen, hob den Kopf und sah mich an. »Was benötigt man, um in Hamburg Ihre Filtermaschine herzustellen?«

Ich stellte mein Glas zurück auf den Tisch. »In erster Linie Kapital, angefertigtes Material nach Vorgaben, eine Produktionshalle und ein Team.«

»Das Team auf dem Foto Ihres letzten Artikels?« Er runzelte die Stirn. »Ein Meeresbiologe und zwei Ingenieure, wenn ich mich recht entsinne.«

Ahnungsvoll nickte ich. Das Gespräch lief in eine Richtung, die mir nicht behagte. Eine Filtermaschine für die Nordsee wäre eine tolle Sache, aber ich hatte nicht vor, das Projekt zu leiten, schon gar nicht mit Jayden im Team. Sobald ich meinen biologischen Vater gefunden hatte, wollte ich alles hinter mir lassen. Ich brauchte einen Neustart, so wie Lilly, als sie nach New York gegangen war. »Benötigen Sie für die Anfangsplanung alle drei Männer?«

»Um eine erste Analyse durchzuführen, reicht ein Meeresbiologe.«

»Gut, ich möchte, dass Sie ihn nach Hamburg holen. Geben Sie mir Bescheid, sobald er Zeit hat. Meine Sekretärin bucht das Flugticket und ein Hotel für ihn.«

Das war keine Bitte, das war eine Ansage.

»Herr Hansen, ich möchte nicht unhöflich erscheinen, aber ich bin nicht Ihre Mitarbeiterin. Es freut mich, dass Sie sich für die Umwelt einsetzen, nur müssen Sie das ohne meine Unterstützung tun. In erster Linie bin ich Journalistin und ich möchte baldmöglichst wieder im Ausland arbeiten.«

Von der Terrasse erklang *Perfect* von Ed Sheeran.

»Verzeihen Sie mir.« Jörg Hansen wirkte ehrlich zerknirscht. »In meiner Begeisterung bin ich übers Ziel hinausgeschossen. Jolie kreidet mir ständig an, alles und jeden für meine Ideen einzusetzen, ohne die betreffenden Personen vorher zu fragen.« Er stützte einen Ellbogen auf die Armlehne und fuhr mit Daumen und Zeigefinger am Kinn entlang. »Ich hätte da eine Idee. Für unsere Presseabteilung suche ich eine neue Leitung. Sie wären prädestiniert für diese Aufgabe und könnten währenddessen das Umweltprojekt realisieren. Vorstellbar wäre auch, mithilfe einer Stiftung weitere Schutzprogramme zu planen, was ich liebend gern in Ihre Hände legen würde.«

»Danke für Ihr Vertrauen in meine Fähigkeiten, aber Hamburg ist nur eine Zwischenstation für mich, und es wäre Ihnen gegenüber nicht fair, wenn ich nach ein paar Monaten aussteigen würde.«

»Mmh, das ist schade.« Sein offener Blick musterte mich prüfend. »Seitdem wir uns kennengelernt haben, sehe ich Sie an meiner Seite und normalerweise trügt mich meine Intuition nicht. Aber ich schätze Ihre Aufrichtigkeit, das ist in der heutigen Zeit nicht selbstverständlich. Es wird gelogen und betrogen, um sich den kleinsten Vorteil zu verschaffen.«

Ich warf David einen grimmigen Blick zu. So schnell wie möglich, würde ich meinem Verlobten offiziell den Laufpass geben.

»Wären Sie denn so freundlich, mir den Kontakt zu Ihrem Meeresbiologen herzustellen?«

Mein Kopf schüttelte wild, mein Herz tanzte Samba. Auch wenn ich krampfhaft nach einer Ausrede suchte, fand ich keinen plausiblen Grund, ihm die Bitte zu verweigern, ohne unhöflich zu wirken. »Das ist kein Problem«, antwortete ich schließlich mit belegter Stimme. »Ich setze mich mit Dr. Parker in Verbindung. Er arbeitet für die New Yorker Universität. Inwieweit er dort abkömmlich ist, kann ich nicht beurteilen.« Übelkeit beschlich mich bei dem Gedanken, Jayden gegenüberzutreten. Ich musste mit allen Mitteln ein Wiedersehen vermeiden, selbst wenn ich dafür eine Weile untertauchte.

Jörg Hansen stand auf. »Für heute lassen wir das Geschäftliche ruhen und widmen uns dem Vergnügen.« Er reichte mir seine Hand. »Wären Sie so nett, mit mir den Tanz zu eröffnen? Ich denke, Jolie wird es mir verzeihen.«

Na super, jetzt war klar, dass ich im Klatschmagazin landen würde.

17

Eine Hälfte der Terrasse war mit einer Reihe Gartenfackeln zu einer Tanzfläche abgetrennt worden.

Jörg Hansen ließ sich vom DJ ein Mikrofon geben, bedankte sich bei den Gästen für ihr Kommen und erklärte, dass er nun mit einer engagierten Journalistin und Umweltschützerin den Tanz eröffnen werde.

Hitze ohne Ende stieg mir in den Kopf, als ich sah, wie die Gäste sich um die Tanzfläche drängten. Zum Glück hatte ich in New York Unterricht genommen. Bei den Charity-Veranstaltungen an denen ich zwecks Sponsorensuche teilgenommen hatte, war eine Tanzeinlage mit potenziellen Geldgebern ein absolutes Muss. Trotzdem hoffte ich bis zum Schluss, dass Jolie auftauchen und ihr Recht als Gastgeberin einfordern würde.

»Darf ich bitten?« Jörg Hansen schenkte mir ein Lächeln, das mich an Marius erinnerte. Was hatten Lilly und Jolie für ein Glück, liebevolle Väter zu haben, die sich um ihre Töchter kümmerten. Ich wusste nicht einmal, wie meiner hieß.

Zu *This is the life* von Amy Macdonald legten wir einen Quickstepp aufs Parkett, der die umstehenden Gäste veranlasste, im Takt mitzuschwingen, begeistert zu klatschen und zu pfeifen.

Jörg Hansen war ein begnadeter Tänzer. Mit minimalen Impulsen führte er mich durch Schrittwechsel, Drehungen und Richtungsänderungen. Die Flammen der Ölfackeln zogen wie Lichtschweife an mir vorbei und ich ließ mich im Rhythmus der Bewegungen mit einer Leichtigkeit fallen, die mir das Gefühl gab zu schweben. Nur mit Jayden hatte ich beim Tanzen dermaßen harmoniert.

Als der nächste Song erklang, füllte sich die Tanzfläche und Jörg Hansen führte mich von der Terrasse. Er nahm meine Hände in seine und sah mich an. »Sie überraschen mich immer wieder. Danke, für diesen außergewöhnlichen Moment.«

Ich erwiderte seinen Blick. »Gerne, es war wunderbar.«

Von ihm ging eine Sicherheit, eine Stärke aus, vergleichbar mit der Chinesischen Mauer. Ohne nachzudenken, wäre ich an seiner Seite in einen Löwenkäfig gestiegen.

Er ließ meine Hände los. »Meine übrigen Gäste werden es mir übelnehmen, wenn ich mich nicht langsam unter sie mische.«

»Ich sollte meinen Freund auch nicht länger warten lassen.« Das verdammte Wort *Verlobter* kam mir nicht über die Lippen.

»Ich wünsche Ihnen einen schönen Abend.« Lächelnd überreichte er mir eine Visitenkarte. »Überdenken Sie mein Angebot. Sie würden perfekt in unser Team passen.«

Kaum hatte er sich von mir abgewandt, hastete ich am Pool vorbei zur Cocktailbar, ließ mir einen *Ladykiller* mixen und schüttete die Hälfte in einem Zug in mich hinein. Der eiskalte Drink bescherte mir prompt einen Hirnfrost und ich schnappte nach Luft.

Was für eine Woche! Ich hatte nicht nur einen unbekannten Vater, sondern auch einen Verlobten an der Backe und musste zu allem Überfluss mit Jayden Kontakt aufnehmen. Noch hatte ich keinen blassen Schimmer, wie ich das anstellen, geschweige denn überleben sollte.

»Ich wusste gar nicht, dass du Jörg Hansen kennst.« Aus der Stimme tropfte literweise Neid, dass ich allein daran die Person erkannt hätte, die mir ihren Atem in den Nacken blies. Damit war auch klar, dass es zumindest kein Bild von Jörg Hansen und mir in einer Klatschzeitung des Ambauer Verlags geben würde. Niemals würde Mona mir diese öffentliche Aufmerksamkeit gönnen. Betont langsam drehte ich mich um. »Ein enger Freund von mir«, log ich. »Was du unschwer an unserem Tanz erkennen konntest.«

Am Arm von Karl Kruse, einem Geschäftsführer des Ambauer Verlags, stand sie mir gegenüber. Ihr knappes Lederkleid passte eher ins Hamburger Rotlichtmilieu als auf eine Gartenparty. Sie wandte sich an den Senior, von dem jeder im Verlag erwartete, dass er endlich abdankte.

»Karl, kennst du Svea Petersen? Sie arbeitet als Springerin bei uns.«

»Natürlich.« Hinter seinen Ohren lugten Hörgeräte hervor. »Sie haben hervorragende Arbeit in New …«

»Nur kurz«, unterbrach Mona ihn, »war lediglich eine Stippvisite.«

»Es freut mich, dass Sie mit meiner Arbeit zufrieden sind.« Ich nickte ihm zu und wandte mich wieder an Mona. »Du hast diese Woche gefehlt. Warst du krank?«

Lachend warf sie den Kopf in den Nacken. »Ganz bestimmt nicht.« Sie streckte ihre linke Hand vor, an dem ein Brillant funkelte. »Karl und ich waren auf Verlobungsreise.«

»Mausi«, Kruse tätschelte Monas Arm, »wir wollten das erst am Wochenanfang im Verlag bekanntgeben.«

Sie zuckte mit den Achseln. »Ist doch fast Montag.«

»Dann habe ich mit meiner Vermutung ja nicht sooo falsch gelegen«, konnte ich mir nicht verkneifen.

Mona fixierte mich, als wollte sie mich an die Cocktailbar nageln. »Karl, lass uns zur Tanzfläche gehen. Ich möchte unbedingt einen Foxtrott mit dir tanzen.« Kruse sah nicht so aus, als bereite ihm das Freude, aber Monas Auftritt nach zu urteilen, hatte er sowieso nichts zu melden. Und eines begriff ich schlagartig. Wenn Mona im Verlag das Sagen hatte, gehörte ich im Kopierraum bald zum Inventar. Kein Wunder, dass Nils mehr oder weniger nach ihrer Pfeife tanzte.

Ich steuerte auf unseren Tisch zu, an dem David sich mit einer älteren Dame unterhielt, die ihrem Umfang nach Sahnetorten über alles liebte.

»Was Sie nicht sagen, das ist ja ungeheuerlich.« Er winkte mich zu sich und stellte mir seine Gesprächspartnerin vor. »Das ist Gertrud Molitski, ehemalige Hausdame der Hansens und sehr, sehr freundlich.«

Und anscheinend sehr gesprächig.

Geschmeichelt winkte sie ab. »Hausdame kann man das nicht nennen, eher so etwas wie eine Servicekraft.«

»Immerhin hatten Sie Einblick in das Privatleben

der Familie.« David tat so, als wäre sie Kammerzofe der englischen Queen gewesen.

»Absolut, seit der Heirat des Chefs vor fünfundzwanzig Jahren.«

Innerlich verdrehte ich die Augen. Was hatte David vor? Die Informationen an Mona verkaufen? Mit Sicherheit hatte er der Ex-Mitarbeiterin gegenüber nicht erwähnt, dass er von der Presse war.

Er richtete sich auf und warf einen Blick in den Garten, als suchte er jemanden. »Wo ist eigentlich die Hausherrin? Ich habe Frau Hansen leider noch nicht kennengelernt.«

Gertrud Molitski beugte sich zu ihm. »Die gibt es schon lange nicht mehr. Als Jolie in die Schule kam, haben die Hansens sich scheiden lassen.« Sie rutschte enger zu ihm. Ein billiger Parfumduft wehte mir in die Nase. »Seine Ex-Frau hat ihm verschwiegen, dass sie keine Kinder will. Dabei hätte der Chef am liebsten eine Fußballmannschaft gehabt. Jolie war ein Unfall.«

David schüttelte gespielt empört den Kopf. »Das konnte ja nicht gutgehen.«

»Genau.« Einen Zentimeter weiter und sie hätte in sein Ohrläppchen beißen können. »Jolie war nie wichtig für Eva Hansen. Das arme Kind hat das natürlich gespürt.«

Heftig nickte David. »Natürlich.«

»Es war tragisch. Wir haben alle mitgelitten.« Sie tupfte sich eine nicht vorhandene Träne aus dem Augenwinkel. »Nach der Scheidung hat das Mädchen wie eine Ertrinkende an ihrem Vater gehangen, hat alles dafür getan, dass er stolz auf sie ist. Jeder wusste, dass sie unter Verlustängsten litt.«

»Etwas verstehe ich nicht«, wandte ich ein. »Jörg Hansen macht auf mich nicht den Eindruck, als falle er auf eine Frau rein, die es nur auf sein Geld und seinen Status abgesehen hat.«

»Oh nein.« Gertrud Molitski setzte sich aufrecht hin und schüttelte nachdrücklich den Kopf. »Eva Hansen ist eine feine Frau, eine Frau Doktor. Sie setzt sich für arme Leute im Ausland ein, arbeitet für, wie heißt das, Ärzte ohne …«

»Grenzen«, half ich ihr weiter.

»Ja, genau.« Sie winkte David zu sich und flüsterte. »Die beiden haben sich geliebt, wirklich geliebt, aber die Frau Doktor war kein Familienmensch. Wen wundert's. Ihr Vater war General bei der Bundeswehr, militärisch streng, die Mutter depressiv.« Sie seufzte, als würde die Vergangenheit der Familie Hansen auf ihren Schultern lasten. »Was für ein Drama.«

»Auch nicht besser, als in einem Löwenrudel aufzuwachsen«, murmelte ich zu mir selbst.

»Junger Mann, haben Sie schon den Nachtisch probiert?« Gertrud Molitski hievte sich aus dem Gartenstuhl. »Es gibt Rhabarbergrütze mit Vanilleeis und Mascarponecreme mit Himbeeren. Ich probiere beides.«

»Danke, aber ich stehe nicht so auf Süßes.«

Sie klopfte auf ihre ausladenden Hüften und lachte so laut, dass alle Umstehenden sich zu uns drehten. »Ich schon.«

»War es notwendig, sie so ausfragen?« Mit zwei Tellern bewaffnet, machte Gertrud Molitski sich über die Süßspeisen her.

David zuckte mit den Achseln und grinste. »Alte

Journalistenkrankheit. War doch interessant, was sie erzählt hat.«

»Du kannst die Infos an Mona verkaufen. Sie ist hier und hat mir gerade ihren Verlobten vorgestellt.«

David schüttelte nachdrücklich den Kopf. »Kann nicht sein. Die Hexe will keiner haben.«

»Karl Kruse von der Geschäftsleitung schon.«

Ich hatte selten so ein entsetztes Gesicht gesehen.

»Du machst Witze.«

»Siehst du mich lachen?«

Er musterte mich eingehend, als könnte ich doch noch meine Mundwinkel nach oben ziehen. Ein paar Sekunden später gab er auf. »So ein Mist! Dann stimmt ja die Gerüchteküche.«

Ich nippte an meinem Cocktail. »Tja, was soll man dazu sagen?«

»Durchtriebenes Luder, dummer Sack. Passt.«

Grinsend prostete ich ihm zu.

Nachdenklich malte David mit dem Finger Kreise auf die Tischdecke. »Kannst du das Verhalten von Eva Hansen nachvollziehen? Wie kann einem das eigene Kind nicht wichtig sein? Ich verstehe das nicht.«

»Ich schon!« Das Cocktailglas knallte heftiger auf den Tisch, als von mir beabsichtigt. »Du hast doch gehört, wie sie aufgewachsen ist. Vielleicht hat sie selbst nie Liebe erfahren, hat keine Ahnung, was Familie bedeuten kann. Woher soll sie wissen, wie man mit dem eigenen Kind umgeht? Wie kann man Gefühle an jemanden weitergeben, von denen man selbst nie genug bekommen hat?«

Mit jedem Satz, den ich ihm entgegenschleuderte, wanderten seine Augenbrauen weiter nach oben.

Nachdem ich fertig war, musterte er mich ein paar Sekunden, bevor er den Mund aufmachte. »Ich möchte dir nicht zu nahe treten, aber kann das sein, dass du dich gerade selbst verteidigt hast?«

David hielt mich mit einer Hand am Arm fest, als ich aufsprang. »Du musst nicht vor einer Antwort flüchten«. Über uns raschelten die Blätter in der Brise, die von der Elbe rüberwehte. »Ich weiß zwar nichts über deine Kindheit und deine unglückliche Liebe, aber ich weiß, dass es der Meeresbiologe ist. Auf dem Foto kann er die Sehnsucht in seinen Augen genauso wenig verbergen wie du.«

»Muss mich frisch machen.« Ich kippte im Stehen den Rest des *Ladykillers* runter und hastete zum Haus.

Mich fröstelte, als ich an Eva Hansen dachte. Genauso, wie es ihr mit ihrem Mann ergangen war, würde es mir mit Jayden ergehen. Niemals würde ich ihm das antun wollen und schon gar nicht einem eigenen Kind.

♥

Behagliche Wärme umfing mich, als ich von der kühlen Abendluft durch die Terrassentür ins Wohnzimmer trat. Mit weißen Hochglanz-Schränken und eisgrauen Sofaelementen war es minimalistisch modern eingerichtet. Mir gefiel es.

»Eine Gästetoilette finden Sie unten am Hauseingang, eine weitere im ersten Stock, gleich rechts«, empfing mich eine junge Frau, die scheinbar eigens dafür abgestellt war, den Gästen den Weg zur Toilette zu erklären.

Da die untere besetzt war, stieg ich die Treppe

hoch. An den Wänden hingen Drucke von modernen Expressionisten. Ich liebte *Die kleinen blauen Pferde* von Franz Marc, seine einfachen, klaren Formen, und über *Die gelbe Kuh* hatte ich im Kunstunterricht ein Referat gehalten. Beide Werke hingen in schwarzen Bilderrahmen zwischen Drucke von August Macke und Emil Nolde.

Im ersten Stock angekommen, hatte ich vor lauter Kunstwerken vergessen, in welchen Gang ich abbiegen musste. Unschlüssig blieb ich stehen. Als ich von links Stimmengemurmel hörte, nahm ich an, dass weitere Gäste vor der Toilette warteten und folgte den Geräuschen.

Abrupt blieb ich stehen. Hätte ich nicht ein Teil des blassrosa Etuikleides von Jolie hinter dem Mann erhascht, hätte ich auf ein Gästepärchen getippt. Er drängte sie an die Wand, schob ihren Rock hoch, ihren Ausschnitt zur Seite und fummelte an seinem Gürtel. Ich wollte wirklich nicht stören, war mir aber sicher, dass dies für nackte Tatsachen nicht der richtige Ort war. Paparazzi hatten keine Skrupel durch die Villen der Gastgeber zu schleichen. Bei dreihundert Gästen konnte auch die Security nicht jeden einzelnen im Blick behalten. Ein Gast würde sich diskret zurückziehen und hinter vorgehaltener Hand das Gesehene an den Tischnachbarn weitergeben, aber ein Paparazzo würde mit Dollarnoten in den Augen ein denunzierendes Bild nach dem anderen schießen. Ein Foto einer halbnackten Jolie Hansen im Techtelmechtel mit einem Mann mit heruntergelassener Hose wäre nicht nur ein Skandal, sondern auch für ihre berufliche Karriere ein echter Stolperstein. Kein Mitarbeiter, kein Großkunde, kein

Investor würde sie ernst nehmen, wenn er ihre nackten Brüste kannte.

»Könnten Sie mir bitte sagen, wo ich die Gästetoilette finde?«

Das Paar fuhr auseinander.

»An der Treppe rechts, erste Tür.« In der männlichen Stimme schwang eine geballte Faust mit.

Tja, Pech für ihn. Er konnte kein Gentleman sein, wenn er die Tochter des Hauses in diese Situation brachte.

»Svea?« Jolie rückte ihr Kleid zurecht und winkte mich zu sich. »Bin ich froh, dass du es bist.«

»Das kannst du auch sein. Ein Paparazzo hätte Fotos von euch gemacht, ohne dass ihr es gemerkt hättet. Morgen wäre dein blanker Busen Star der Boulevardpresse.« Ich konnte mir den scharfen Ton nicht verkneifen. Von der Verlagsarbeit wusste ich, kompromittierende Aufnahmen hatten schon andere Karrieren zum Einsturz gebracht.

»Wie kommen Sie darauf?« Der Tonfall von Jolies Begleitung klang weiterhin aggressiv. »Die Security-Firma hat uns versichert, dass keine ungebetenen Reporter zur Party zugelassen werden.«

»Wissen Sie, was ein Sicherheitsmitarbeiter verdient und was ein Nacktfoto der Hamburger Oberschicht wert ist?«

»Svea ist von der Presse«, murmelte Jolie und richtete ihre Frisur. »Sie weiß, wovon sie spricht.«

Seine Augen, die mich abschätzend musterten, waren so dunkel wie sein Haar. Alles an ihm wirkte düster. Er war mir nicht nur unsympathisch, weil er Jolie unnötig einer Gefahr ausgesetzt hatte, sondern weil sein Gesichtsausdruck aufgesetzt wirkte, ein bisschen durchtrieben. Ich kannte diese Blicke aus dem Löwenrudel und ich hatte ein untrügliches Gespür für Verlogenheit und Hinterhältigkeit entwickelt, um zu überleben.

»Max, geh schon vor.« Jolie nickte ihm zu. »Ich komme gleich nach.«

Ohne sich von mir zu verabschieden, drehte er sich um und schlenderte mit den Händen in den Hosentaschen zur Treppe.

»Mir ist das wirklich peinlich.« Schuldbewusst schüttelte Jolie den Kopf. »Normalerweise ist das nicht meine Art.«

Achselzuckend sah ich sie an. »Es steht mir nicht zu, dir Vorhaltungen zu machen, aber Mona Reichert, die Oberklatschhexe vom Ambauer Verlag ist ebenfalls hier. Und sich von irgendeinem Mann auf dem Gang in der Nähe der Gästetoilette bedrängen zu lassen, ist nicht nur für eine Skandalreporterin ein gefundenes Fressen. Solche News machen auf einer Party schneller die Runde als der Champagner.«

»Na ja, Max ist nicht irgendein Mann.« In Jolies Augen funkelte es. »Er ist mein Verlobter.«

Ich hasste dieses Wort.

Spontan biss ich mir auf die Zunge, damit mir nicht ein unschönes Wort über Max entschlüpfte. »Gratuliere«, gönnte ich mir eine Notlüge. »Dein Vater ist sicherlich begeistert über den neugewonnenen Sohn.« Mein Bauchgefühl sagte mir, dass Jörg Hansen vom Liebesleben seiner Tochter nicht den Hauch einer Ahnung hatte.

»Du kannst dir sicherlich vorstellen, wie wichtig ich für meinen Vater bin. Ich muss den richtigen Augenblick abwarten.«

»Er weiß nichts?«

Sie schüttelte den Kopf. »Max ist als Innovationsmanager in unserem Unternehmen beschäftigt. Mein Vater ist kein Freund von Liebschaften innerhalb der Firma.« Ihre Augen leuchteten auf. »Aber ich bin mir sicher, dass Max meinen Vater für sich gewinnen wird. Er hat einen wichtigen Deal für uns abgeschlossen. Wir wollen unsere Produktionsstätte erweitern und benötigen dafür das ausgewiesene Baugrundstück neben unserem Firmengelände. Max hat es geschafft, den Zuschlag zu erhalten, obwohl es viele Interessenten gab.«

In meinem Hinterkopf ertönte zaghaft eine Sirene, die ich aber aufgrund meiner eigenen Baustellen nicht einordnen konnte.

18

Auf den Stufen des Jungfernstieg an der Binnenalster tummelten sich am Sonntagnachmittag Pärchen, Singles und Familien mit Kindern. Eine Gruppe von jungen Leuten goss Sekt in Gläser und legte Sandwiches auf eine Picknickdecke. Ein Hauch vom Gischt der Alsterfontäne wehte mir ins Gesicht, als ich mit dem Mountainbike auf der Uferpromenade nach Lars suchte. Vor fünf Minuten hatte er mir geschrieben, dass er auf einer Bank unter einem Ahornbaum sitze.

Ich fuhr an einem Kinderwagen vorbei und schlängelte mich durch zwei entgegenkommende Joggerinnen. Nachdem ich heute früh erst um zwei Uhr im Bett gewesen war, hatte ich bis mittags geschlafen. Zwischen David und mir hatte es kein weiteres Gespräch über Jayden gegeben, allerdings verstand er nicht, wie ich Jörg Hansens Jobangebot ablehnen konnte. Er meinte, es sei eine perfekte Kombination von Journalismus und Umweltschutz. Widersprechen konnte ich ihm nicht. Die Aufgabe wäre mit Sicherheit interessant, zumal Jörg Hansen mir freie Hand lassen würde. Trotzdem sah ich meine Zukunft weder in seinem Unternehmen noch in Hamburg.

Mit einem flauen Gefühl im Magen hatte ich vorhin Jaydens Handynummer wieder in meinen Kontaken aufgenommen und ihm die Nachricht geschickt, er möge sich bitte bei mir melden. Zusätzlich hatte ich hinzugefügt, dass es sich um etwas Berufliches handele. Bisher war die WhatsApp nicht bei ihm angekommen oder er hatte mich geblockt.

Von weitem sah ich Lars winken. Da mir ein Pulk von Touristen entgegenkam, stieg ich vom Rad, schob es die letzten Meter und lehnte es an den Baum hinter der Bank.

»Schön, dich zu sehen.« Mein Bruder gab mir rechts und links einen Kuss auf die Wange. »Wie geht es dir? Ich bin davon ausgegangen, dass du dich direkt am nächsten Tag bei mir meldest und habe mir Sorgen gemacht, nachdem ich nichts von dir gehört habe.«

Ich legte den Fahrradhelm auf den Sattel. »Es war ein Schock für mich. Ich musste erst damit zurechtkommen.« So ganz vertraute ich ihm noch nicht. Mir war sein Motiv nicht klar, warum er mir das Familiengeheimnis verraten hatte.

»Setz dich doch.« Lars öffnete einen Picknickkorb, kramte zwei Porzellanbecher heraus und stellte sie auf die Bank. »Magst du einen Kaffee und Streuselkuchen?«

»Du hast mir Kuchen mitgebracht?«

»Klar. Meinst du, ich esse allein?« Lachend packte er Teller und eine Tupperdose mit zwei Stückchen Kuchen aus.

Wortlos half ich ihm. Lars berührte mein Herz mit seiner Fürsorge. Er war so anders als meine übrigen Geschwister. Liebevoll und achtsam. Lag es daran, dass er mich kaum kannte? Oder hatte er Mitleid mit mir und das Bedürfnis, etwas gutmachen zu müssen?

Oder steckte etwas anderes dahinter? War alles nur vorgetäuscht, um mich in Sicherheit zu wiegen? Plante er etwas, von dem ich nichts ahnte? Innerlich stöhnte ich auf. Meine Kindheit war so feindselig und enttäuschend gewesen, dass ich lange gebraucht hatte, anderen Menschen zu vertrauen. Und bei Lars kam das Stigma des Löwenrudels dazu.

»Zucker und Milch?« Er zauberte eine Thermoskanne mit zwei Döschen aus dem Korb.

»Schwarz, bitte.«

Lars goss uns Kaffee ein, schob mir einen Becher zu und reichte mir ein Stück Kuchen mit Gabel. Er legte einen Arm über die Banklehne, sodass er mir zugewandt saß. »Frag mich, was du willst.«

Tausend Gedanken schossen mir durch den Kopf. Wo sollte ich anfangen? Das Wichtigste zuerst fragen oder mich langsam vortasten? Bevor ich meine Fragen ordnen konnte, platzte es aus mir heraus. »Weißt du, wer mein Vater ist?«

Lars schüttelte den Kopf. »Dazu kann ich dir leider nichts sagen. Das Geheimnis hat Mama bisher nicht preisgegeben. Ich bin mir nicht mal sicher, ob Papa den Namen weiß.«

»Hat Mama euch erzählt, dass ich einen anderen Vater habe?«

»Das hätte sie niemals getan.« Lars steckte ein Stück Kuchen in den Mund. »Als Mama nach deiner Geburt mit dir nach Hause kam, gab es zwischen unseren Eltern einen heftigen Streit. Papa muss etwas geahnt haben. Nele hat die Auseinandersetzung mitbekommen, ohne dass die beiden etwas davon gemerkt haben. Er hat Mama gedroht, wenn jemals herauskäme, dass sie ihm Hörner aufgesetzt und ein

Kind untergeschoben hat, würde er sie und die Kinder aus dem Haus werfen.«

»Er hatte Angst, im Ort verspottet zu werden?«

»So sieht es aus. Für Papa ist es wichtig, dass man ihn schätzt, ihm Achtung entgegenbringt. Er wollte sein Gesicht nicht verlieren.« Neben meinem Fuß pickte ein Spatz einen Streusel auf, der von Lars' Teller auf den Boden gefallen war. »Und Nele hatte Angst um die Familie. Sie hat befürchtet, Papa verlässt uns, falls du herausbekommst, dass du nicht seine Tochter bist und darauf bestehst, deine Herkunft zu erfahren.«

»Ich hätte es für mich behalten können«, wandte ich ein, bestürzt über die Kaltschnäuzigkeit, mit der über mein Leben bestimmt worden war.

»Hättest du das? So, wie du von uns behandelt worden bist? Wäre dir nicht eher Rache in den Sinn gekommen?«

»Warum habt ihr mich überhaupt ausgegrenzt? Es wäre taktisch klüger gewesen, mich in die Familie aufzunehmen, dann wäre mir nie in den Sinn gekommen, dass etwas nicht stimmt.«

»Das ist richtig. Ich vermute, dass Nele Papas Abneigung dir gegenüber selbst verinnerlicht hat. Du bist für sie ein rotes Tuch. Wegen dir könnte sich unsere Familie entzweien, und das will sie bis heute mit allen Mitteln verhindern.«

Ich verscheuchte eine Wespe, die hartnäckig um den Kuchen kreiste. »Warum hat sie euch eingeweiht? Je mehr davon wussten, desto größer war das Risiko, dass es herauskommt.«

»Vor ein paar Jahren hat sie uns gestanden, dass sie den Druck nicht ausgehalten hatte, als einzige die

Wahrheit zu kennen. Sie hat uns zigmal auf unser Leben schwören lassen, dass wir dir niemals etwas verraten dürften. Wir sollten uns alle für den Zusammenhalt der Familie verantwortlich fühlen.« Lars nippte am Kaffee. »Sie hat Horrorszenarien heraufbeschworen. Wir würden verarmen, wenn Papa uns aus dem Haus wirft, die Dorfbewohner würden Mama anspucken, mit dem Finger auf sie zeigen und uns aus dem Ort jagen.« Er lächelte gequält. »Wir Jüngeren haben ihr geglaubt. Nele konnte sehr überzeugend sein.«

»Weißt du, was ich nicht verstehe?« Ich legte die Kuchengabel zur Seite. »Wieso zerstörst du eine Fassade, die ihr über Jahre aufrecht erhalten habt?«

Lars stellte den Kaffeebecher auf die Bank und sah mich mit ernster Miene an. »Während meiner Praktika auf der Straße habe ich viel gelernt, vor allem, wie Kinder am Leben scheitern, weil ihre Seele gebrochen war.«

Ich schluckte schwer.

»Als ich dich an dem Samstag am Kaffeetisch sitzen sah, habe ich in dir eines dieser Kinder gesehen, die mir täglich bei der Arbeit begegnen. Ich weiß nicht, wie du es geschafft hast, nicht daran zu zerbrechen und stattdessen eine Erfolgsstory hingelegt hast, an die keiner von uns heranreicht. Ich bewundere dich dafür, weil ich weiß, welche Kraft es dich gekostet haben muss. Kein Kind hat verdient, dass seine Eltern ihre Probleme auf seinem Rücken austragen, und du hast zusätzlich Geschwister, die weiterhin auf dich einprügeln.« Lars legte eine Hand auf meine. »Mir tut das aufrichtig leid.«

Mein Kopf glich einem vollgelaufenen Staudamm,

bei dem die Schleusen geöffnet werden müssten, um Druck rauszulassen. Tausend ungeweinte Tränen drängten sich vor meiner Stirn, meinen Augen, drückten schmerzhaft auf Nase und Ohren, aber ich war nicht in der Lage, die Tore aufzuhebeln. »Hättest du Mama einen Seitensprung zugetraut?«

»Papa war häufig unterwegs, manchmal nächtelang nicht zu Hause. Vielleicht war sie einsam, überfordert mit zwei Kindern und Job. Möglicherweise hat sie sich in einen Arzt verliebt, der ihre Situation ausgenutzt hat.«

»Glaubst du, dass Olaf Mama verlassen würde?« Die Bezeichnung *Papa* brachte ich nicht mehr über die Lippen.

»Keine Ahnung. Er hat ein starkes Ego, vorstellbar wäre es.«

»Nele wird dich vierteilen.«

Er zuckte mit den Achseln. »Sie hat weder das Recht über dein Leben zu bestimmen noch über meins.«

Ich stellte den Kaffeebecher auf den leeren Teller und stand auf.

Lars schirmte seine Augen mit der Hand vor der Sonne ab und sah zu mir hoch. »Was wirst du mit den Informationen anfangen?«

»Herausfinden, wer mein Vater ist.«

»Würde ich an deiner Stelle auch machen.«

»Hat Mama montags immer noch frei?«

Er nickte.

Ich hauchte ihm eine Kusshand zu. »Danke. Für alles.«

♥

Über WhatsApp hatte ich Nils eine Nachricht geschickt, dass ich Montagvormittag private Dinge zu regeln hätte und erst später in den Verlag käme.

Meine Mutter arbeitete seit ihrer Ausbildung zur Krankenschwester in der Klinik der benachbarten Kreisstadt. Als Stationsschwester der Urologischen Abteilung schob sie häufig am Wochenende Schicht, hatte dafür aber den Montag frei.

Unangemeldet stand ich vor dem Haus, das ich nie wieder betreten wollte. Ich starrte auf das schmale Sichtfenster der Haustür, dessen Rahmen mit weißer Farbe ausgebessert worden war. Noch hatte ich nicht geklingelt, bisher keinen Satz gefunden, mit dem ich meine Mutter begrüßen könnte. Mein Herz wog so schwer wie der Terrakotta-Blumentopf neben der Fußmatte, in dem ein Metallschild den Besucher willkommen hieß. Ich glaubte nicht, dass ich damit gemeint war.

Mein Blick wanderte zum Namensschild aus Porzellan. Nele hatte es meinen Eltern vor zig Jahren zu Weihnachten geschenkt. Alle Vornamen waren eingraviert, außer meinem. Ich hatte ihn nachträglich mit einem wasserfesten Stift hinzugefügt. Noch heute kränkte mich Neles Gemeinheit, als wäre es gestern gewesen. Und ich fragte mich erneut, wie man seiner Mutter entgegentrat, die einen das ganze Leben lang angelogen hatte.

Die Frage erledigte sich, als die Haustür sich öffnete und ich meiner Mutter gegenüberstand. Ihr Haar war streng nach hinten gebunden, die Haltung leicht gebeugt. Ein gequälter Ausdruck erschien auf ihrem ungeschminkten Gesicht, als sie mich sah. Mit einem Mal war mir klar, warum meine Mutter ihren Glanz im Laufe der Zeit verloren hatte. Mein Anblick erinnerte sie, wie all die vergangenen Jahre, an ihren Fehltritt. Mich hätte es niemals geben dürfen. Ich verkörperte ihr schlechtes Gewissen, ihre Lebenslüge, ihr Versagen als Mutter.

»Das ist ein schlechter Zeitpunkt für einen Besuch«, stammelte sie und versuchte, sich an mir vorbeizuschieben. Ich sah ihr Unbehagen, ihre Angst. Sie wollte nicht mit mir allein sein, die Sicherheit des Löwenrudels fehlte ihr. »Um zwölf Uhr habe ich einen Arzttermin und vorher muss ich zum Supermarkt.«

»Ich glaube, es ist besser, wenn du dir für mich Zeit nimmst.«

Sie sackte ein bisschen weiter in sich zusammen, wodurch ihre Bluse plötzlich zu groß wirkte. »Ja, gut, wenn du meinst.« Sich am Einkaufskorb festhaltend, drehte sie sich um und hastete zurück ins Haus. »Möchtest du einen Kaffee oder Tee?« Wenn meine Mutter nervös war, verfiel sie in hektische Betriebsamkeit.

»Einen Kaffee bitte, schwarz.«

»Setz dich ins Esszimmer, ich komme gleich.« Sie wollte nicht, dass ich sah, wie ihre Hände zitterten, wenn sie den Kaffee zubereitete.

Auf dem Stuhl neben der Tür nahm ich Platz, stellte meine Tasche auf den Boden, holte die Kopien der Mutterpässe heraus und legte sie zusammengefaltet vor mir auf den Tisch. Aus der Küche hörte ich das Klappern von Besteck, die Kaffeemaschine gluckerte, der Kühlschrank seufzte. Irgendwann endeten die Geräusche und ich rutschte unruhig auf dem Stuhl hin und her. Dafür, dass meine Mutter noch einiges vorhatte, ließ sie sich Zeit, viel Zeit. Ich stand auf und ging in die Küche.

Meine Mutter stand am Fenster und schaute auf die Straße. Ihre hochgezogenen Schultern verrieten die Anspannung. Zwei Becher standen aufgefüllt neben der Kaffeemaschine.

»Kommst du?« Ich nahm die Becher in die Hand.

Sie zuckte zusammen und wirbelte zu mir. »Ich habe nur gerade überlegt, ob ich den Arzttermin absagen soll.«

»Ist nicht nötig, bis zwölf Uhr ist genügend Zeit.«

Abwesend nickte sie.

Im Esszimmer setzte sie sich mir gegenüber und starrte in die Tasse. »Gibt es einen besonderen Grund, weshalb du hier bist?«

»Ich bin deine Tochter. Ist das nicht Grund genug, dich zu besuchen?«

Sie sah mich an. Ihre Augen wirkten fiebrig. Sie ahnte, dass ich es wusste. Ich konnte mir jeglichen Smalltalk sparen.

»Als ich euch auf der Geburtstagsfeier der Zwillinge die Frage gestellt habe, warum ihr mich ausgrenzt, hast du nicht geantwortet. Warum nicht?«

Meine Mutter zuckte mit den Schultern. »Du hast genug Antworten bekommen.« Verstohlen blickte sie zur Tür, als hoffte sie, einer der Löwen würde ihr zu Hilfe eilen.

»Stimmt. Nicht sehr nette, aber offensichtlich ehrliche. Oder wie siehst du das?«

Ich wollte ihr die Chance geben, über ihren Schatten zu springen und mir die Wahrheit zu sagen. Ich hoffte auf eine Entschuldigung, ein tiefes Bedauern und letztendlich auf ein paar liebevolle Worte, damit ich ihr verzeihen konnte. Nicht jetzt, nicht heute, irgendwann.

»Ich verstehe nicht, was du meinst.«

Plötzlich beschlich mich das Gefühl, dass sie mich hinhielt. »Gut, dann helfe ich ein bisschen nach. War meine bunte Kleidung wirklich schlimm? War ich als Kind so unausstehlich, dass man mich nicht lieben konnte? Darauf hätte ich gern eine Antwort von dir.«

»Du warst eben anders als deine Geschwister.«

»Und Anderssein bedingt Ausgrenzung?«

Wieder der Blick zur Tür.

»Nein, natürlich nicht.«

»Was dann?«

»Du warst schwierig.«

Meine Finger krallten sich um den Saum der Tischdecke. »Gab es dafür einen besonderen Grund?«

»Nicht dass ich wüsste.«

Sekundenlang wartete ich, während meine Mutter in den Kaffee starrte, als könnte sie damit meine Anwesenheit ausblenden.

»Ich hatte gehofft, du würdest mir die Wahrheit sagen.« Meine linke Hand umklammerte weiterhin die Tischdecke, meine rechte schob ihr die Zettel zu. »Ich möchte von dir wissen, wer mein Vater ist.«

Meine Mutter sackte zusammen, als hätte ihr jemand unbemerkt in die Kniekehlen getreten. »Lars hat es dir erzählt, nicht wahr? Er hat mir am Wochenende Vorwürfe gemacht.«

»Spielt das eine Rolle?«

Sie schüttelte den Kopf.

»Warum, Mama? Weshalb hast du mir nie etwas gesagt?«

»Euer Vater hätte mich verlassen und uns alle aus

dem Haus geworfen. Es gehört ihm. Er hat es mir ständig vorgehalten. Wo hätte ich denn mit fünf Kindern hingehen sollen?«

»Vier, für dich habe ich nie existiert.« Aufgewühlt sprang ich vom Stuhl und zerrte dabei ein Stück der Tischdecke zur Seite. Kaffee schwappte über den Rand beider Becher und hinterließ braune Flecken auf dem Tuch. »Ich will von dir keine Ausreden, keine Rechtfertigungen, sondern den Namen meines Vaters.«

»Den kann ich dir nicht sagen.« Das erste Mal sah sie mich an. »Aber ich kann dir versichern, dass du ein Kind der Liebe warst.«

Ich fühlte mich, als hätte sie mich geohrfeigt. »Du wagst es, mich ein Kind der Liebe zu nennen? Da frage ich mich allen Ernstes, was du unter Liebe verstehst. Seelische Erniedrigung, Ignoranz und Egoismus oder womöglich Gefühlskälte und Abneigung?« Mit den Händen stützte ich mich auf den Tisch und beugte mich zu ihr. »WER IST MEIN VATER?«

»Er ist tot.« Nele stand im Türrahmen, Entschlossenheit im Blick. Sie trat hinter den Stuhl unserer Mutter und legte ihr beruhigend die Hände auf die Schultern. Schlagartig entspannte sich deren Miene.

Ungläubig starrte ich sie an. Sie hatte die Zeit in der Küche nicht nur zum Kaffeekochen genutzt.

Mein Blick wanderte zu Nele. »So spontan freibekommen?«

»Bei Notfällen immer.«

Fassungslos schüttelte ich den Kopf. Ich war für meine Mutter ein Notfall.

»Dein Vater ist tot«, wiederholte Nele. »Daher

spielt sein Name keine Rolle.«

Auch wenn ich meinen Vater nicht kannte, versetzte mir ihre Behauptung einen Stich.

»Aber meine Herkunft spielt eine Rolle.« Mit einer Mischung aus Wut und Sprachlosigkeit sammelte ich die Kopien ein und stopfte sie in den Rucksack. »Laut Bürgerlichem Gesetzbuch ist eine Mutter verpflichtet, ihrem Kind den Namen seines leiblichen Vaters zu nennen.« Mit erhobenem Kopf ging ich zur Tür und drehte mich noch mal um. »Ich werde mein Recht einklagen.«

19

Svea, bist du das?« Aus der Küche klang Sörens Stimme, als ich die Wohnungstür ins Schloss fallen ließ.

Enttäuscht seufzte ich auf. Ich hatte gehofft, für mich allein zu sein. Auf Smalltalk hatte ich jetzt so wenig Lust wie auf einen Betriebsausflug. Mir war eher danach, ins Koma zu fallen, um erst wieder aufzuwachen, wenn die Zeit meine Wunden geheilt hatte, so in circa hunderttausend Jahren.

Sören streckte den Kopf aus der Küche und runzelte die Stirn. »Was machst du überhaupt schon hier?«

»Mir geht es nicht gut.« Meine Sneakers landeten vor der Garderobe zwischen den anderen tausend Schuhen der WG-Bewohner. Ich hatte Nils Bescheid gegeben, dass ich krank sei und erst morgen wiederkäme. Heute war ich nicht mehr in der Lage, mich auf das sinnvolle Zusammenfügen von Sätzen zu konzentrieren. Mein Kopf war leer, mein Herz ein klaffendes Loch. Nicht mal eine Adrenalinspritze hätte geschafft, Energie in meinen Körper zu pumpen.

»Was hast du denn?« Sören passte mich ab und zog mich am Arm in die Küche.

Widerstandslos folgte ich ihm, ließ die Tasche auf den Boden gleiten und lehnte mich ans Spülbecken. »Mein Magen rebelliert.« Was nicht gelogen war. Die

Knoten in meinem Magen hatten Nachwuchs bekommen, der mir regelrecht Übelkeit verursachte.

Sören setzte sich mit einem Kochtopf an den Tisch und löffelte Ravioli in sich hinein. »Vielleicht hast du Hunger. Möchtest du etwas essen?«

Ich schüttelte den Kopf. Das billige Dosenzeug kannte ich aus meiner Studentenzeit. Mittlerweile bescherte mir schon der Geruch Übelkeit, was daran lag, dass ich in den Teigtaschen regelmäßig Knochensplitter gefunden hatte. Mich schüttelte es bei dem Gedanken daran.

»Kann es sein, dass es sich eher um einen Liebesvirus handelt, der dein Herz befallen hat?« Er grinste mich an. »Aber möglicherweise gibt es Rettung für dich. In deinem Zimmer …«

»Mein Liebesleben steht nicht zur Debatte«, unterbrach ich ihn müde und stieß mich von der Spüle ab. »Ich leg mich ein paar Stunden schlafen. Wäre schön, wenn deine Hardrock-Musik mein Bett nicht wieder zum Vibrieren bringt.«

»Das könnte in dem Fall ganz nett sein«, nuschelte Sören mit vollem Mund und grinste erneut. »Du hast nämlich Besuch.«

Ich hielt in der Bewegung inne, bis mir Lars einfiel, der mich gebeten hatte, ihn auf dem Laufenden zu halten. Auf der Zugrückfahrt hatte ich ihn über die Auseinandersetzung und den Tod meines Vaters informiert. Sicherlich wollte er mich mit seiner Anwesenheit unterstützen. »Ist mein Bruder«, winkte ich ab.

Sören zuckte mit den Achseln. »Wenn du meinst.«

Nachdenklich schlurfte ich auf Socken durch den Flur. Auch wenn ich nicht wusste, wer mein Vater war, hatte mich die Nachricht seines Todes getroffen. In den letzten Tagen hatte ich mir oft Fragen über sein Aussehen und seine Persönlichkeit gestellt, wo seine Interessen lagen und was er beruflich machte. Ich malte mir aus, wie er mich bei unserem ersten Treffen in die Arme nehmen und mir zuflüstern würde, wie leid es ihm täte, so viele Jahre verpasst zu haben. Ich hoffte auf Liebe, Anerkennung und eine neue Familie. Bestimmt hatte ich Halbgeschwister, die mich herzlich in ihrer Mitte aufnehmen würden. Meine lebenslange Suche nach Zugehörigkeit hätte endlich ein Ende. Die Möglichkeit, er könnte mich nicht wollen, schob ich konsequent zur Seite.

Jedes Mal wenn ich vor Stellas Zimmertür stand, fiel mir ein, dass ich mich dringend um eine Wohnung kümmern musste. Seufzend drückte ich die Klinke runter und öffnete die Tür. Ich würde Lars fragen. Vielleicht wusste er von einer freien Wohnung oder hatte Beziehungen.

Meine Schultern sackten nach vorn, die Tasche glitt über den Arm nach unten und polterte auf den Boden. Wie viel musste noch passieren, bevor mein Herz streikte und ich tot umfiel?

»Hallo, Liebes.« Jayden erhob sich vom Sofa. Sein dunkelblaues Poloshirt hätte dringend ein Bügeleisen benötigt und sein Gesicht einen Rasierer, aber seine Augen strahlten wie ein Meer von Sonnenblumen, und ich las so viel Liebe darin, dass ich taumelte. Ohne meinen Blick von ihm zu wenden, tastete ich nach der Tür, schloss sie und lehnte mich dagegen. Blonde Bartstoppeln bedeckten sein Muttermal neben dem rechten Mundwinkel, das Haar kringelte sich über dem Kragen des Poloshirts und die Wangen waren ein bisschen eingefallen, als hätte er in letzter Zeit zu wenig gegessen. Mich packte eine Sehnsucht, die mich in den Flur geschleudert hätte, wäre die Tür offen gewesen. Ich stemmte meine Füße in den Boden, um dem Drang zu widerstehen, ihm in die Arme zu fallen. Mein Atem ging flach und unregelmäßig und als ich kurz die Augen schloss, um mich zu sammeln, begriff mein Herz, dass ich nicht in der Lage war, über meinen Schatten zu springen und Jayden meine Liebe zu gestehen. Auch wenn Lars meinte, ich würde mein Leben meistern, nach außen mochte das so wirken, innerlich sah es anders aus.

Jayden streckte die Arme nach mir aus. »Es ist schön, dich zu sehen.«

»Nein!« Abwehrend hob ich die Hände, stolperte einen Schritt zur Seite und prallte gegen etwas, was normalerweise nicht in die Ecke gehörte. Erschrocken drehte ich mich um und starrte in Susans Gesicht. Sie lachte mich an und zog mich in ihre Arme. »Ich freu mich so, bei dir zu sein.«

In meinem Kopf prallten Gefühle und Gedanken aufeinander, als würden sie mit einem Mixer durchgeschüttelt. »Was macht ihr in Hamburg?«

Susan setzte sich auf die Kante von Stellas Bett und fuhr sich mit der Hand über die dunklen Haare, die mittlerweile so lang nachgewachsen waren, dass sie sich an den Spitzen lockten. »Ich besuche ab morgen einen Chocolatier-Workshop. Maik wollte auf gar keinen Fall, dass ich allein fliege, deshalb hat Jayden sich angeboten, mich zu begleiten.« Sie räusperte sich. »Er möchte sein Deutsch verbessern.«

Ja klar, wer‘s glaubt.

»Hast du Zeit, mir deine Stadt zu zeigen?« Jayden

lehnte sich gegen die Fensterbank, die Hände in den Hosentaschen. Gelassenheit ging von ihm aus, diese stoische Ruhe, die ich an ihm liebte und die mich gleichzeitig manchmal nervte. Nur einmal hatte ich sie wirklich durchbrechen können, an dem Tag, an dem ich ihn verlassen hatte.

Für einen Moment hielt mich sein Blick fest, dann wich ich aus. »Ich muss arbeiten.«

»Hamburg bei Nacht soll auch sehr schön sein.«

»Wo wohnt ihr?«

»In einem Hotel am Hafen«, antwortete Susan. »Von da aus kann ich zu Fuß zum Workshop gehen.« Gähnend hielt sie sich eine Hand vor den Mund. »Sorry, aber der Jetlag hat mich voll im Griff.«

»Susan wollte eigentlich sofort ins Hotel, um sich auszuruhen, aber ich wollte dich gern sehen. Wir sind nur bis Freitag hier und ich hatte gehofft, du würdest zu Hause sein und wir könnten in den nächsten Tagen ein bisschen Zeit miteinander verbringen.« Das klang nicht wie eine Bitte, eher wie eine Aufforderung. »Ich weiß nicht, wie es dir geht, aber nach unserem letzten Treffen und den Informationen von Maik habe ich gewaltigen Redebedarf.«

In meinen Ohren klingelte es Sturm. War das ein Tinnitus, ausgelöst durch Schockzustände am laufenden Band? Bevor ich weiter darüber nachdenken konnte, hörte es wieder auf. Dafür klopfte es an der Tür. »Weiterer Besuch für dich«, säuselte Sören aus dem Flur. »Vor der Wohnungstür steht ein David. Sieht echt gut aus. Er behauptet, die Samstagnacht mit dir verbracht zu haben und macht sich Sorgen, weil er seitdem nichts von dir gehört hat.«

Ich vermied es, Jayden anzuschauen, aber die

Anspannung und das Fragezeichen in seinem Gesicht waren unübersehbar.

»Soll ich ihn reinlassen oder wird es langsam eng in deinem Zimmer?«

Ich hörte ein leises Lachen, das in ein Hüsteln überging und in einem Protest endete. Mit einem Ruck öffnete sich die Tür und David stürmte ins Zimmer. Überrascht scannte er die Anwesenden, blieb ein paar Sekunden länger bei Susan hängen und wies mit einer Kopfbewegung auf Sören. »Was ist denn das für ein Kaspar?«

Der ignorierte ihn und wandte sich an mich. »Die Mutter vom Kaspar kommt heute Abend zu Besuch und bringt Pizza mit. Sie möchte dich unbedingt kennenlernen.« Den nächsten Satz ließ er auf der Zunge zergehen. »Die Frau, die aus mir einen richtigen Mann gemacht hat.«

Alle Blicke richteten sich auf mich. Der von Jayden schockiert. Ich sackte neben Susan aufs Bett. Bei nächster Gelegenheit würde ich Sören entsorgen.

»Wow, du hast drei Männer«, flüsterte Susan mir zu und musterte David unverhohlen. »Ich wäre froh, wenn sich wenigstens einer für mich und Katie interessieren würde.«

Bevor das Schweigen richtig peinlich wurde, reichte David mir eine Hand. »Wie ich sehe, geht es dir gut. Ich muss dich dringend unter vier Augen sprechen.«

»Muss das unbedingt jetzt sein?«

»Wäre ich sonst hier?« Er zog mich vom Bett.

Aus den Augenwinken sah ich, wie Jayden uns mit zusammengekniffenen Augen beobachtete.

»Du kommst auch mit.« Ich zerrte Sören hinter

mir her in den Wohnungsflur.

David schloss die Zimmertür hinter uns.

»Was fällt dir ein, so einen Schwachsinn über mich zu verzapfen?« Ich rüttelte Sören so heftig am Arm, dass das Piercing an seiner Unterlippe wackelte.

Grinsend zuckte er mit den Achseln. »Na ja, ich hab gedacht, so ein bisschen Konkurrenz belebt das Liebesleben.«

»Kümmere dich um dein eigenes Liebesleben. Was meins betrifft, hast du Sendepause. Ist das klar?« Ich schob ihn zur Seite und David in die Küche.

»Wenn ich mich nicht täusche, ist der Typ in deinem Zimmer der Meeresbiologe.« Neugierig musterte er mich.

»Was ist so dringend, dass du mich zu Hause aufsuchst?« Ich hatte nicht mal die Energie, um ein paar Minuten stehen zu bleiben und sackte auf den nächstbesten Stuhl.

David tigerte um den Esstisch. »Kannst du dich daran erinnern, dass ich dir neulich von dem Korruptionsverdacht erzählt habe, den mein Mitarbeiter bearbeitet?« Er blieb vor mir stehen. »Jörg Hansen ist darin verwickelt.«

»Was?« Ungläubig schüttelte ich den Kopf. »Nie und nimmer. Woher willst du das wissen?«

David nahm seine Laufstrecke wieder auf, diesmal gegen den Uhrzeigersinn. »Nachdem Udo länger ausfällt, habe ich die Recherche selbst übernommen. In Hamburg-Billbrook stand in den letzten Wochen nur ein gewerbliches Grundstück zum Verkauf.« Er stützte sich auf dem Esstisch ab und sah mich an. »Und das ging an das Pharmaunternehmen von Jörg Hansen.«

In meinem Kopf regte sich eine Erinnerung und ich spulte eine Szene von der Gartenparty zurück, bis ein Gesicht vor mir auftauchte. »Max!« Ich sprang auf. »Der Verlobte von Jolie ist Innovationsmanager bei Hansen-Pharmazie und hat den Deal mit dem Baudezernat abgewickelt.«

»Jolie ist verlobt?«

»Inoffiziell, nicht mal ihr Vater ahnt etwas. Sie hofft, dass Max durch den Deal im Ansehen ihres Vaters steigt. Hat sie mir auf der Party erzählt.«

David zog eine grimmige Miene. »Der Deal wird Max' Abstieg. Glaubst du, dass Jolie über seine dunklen Geschäfte informiert ist?«

»Kann ich mir nicht vorstellen. Ihr ist das Image des Unternehmens genauso wichtig wie ihrem Vater.«

»Gut, dann beschaffe ich mir weitere Fakten und knüpfe Kontakte zur korrupten Abteilung im Rathaus.« Er vergrub die Hände in den Hosentaschen. »Wer ist denn die hübsche Frau in deinem Zimmer? Mir gefällt ihre Kurzhaarfrisur.«

»Sie heißt Susan, ist alleinerziehende Mutter einer coolen Tochter und kreiert die leckersten Pralinen New Yorks.«

»Amerikanerin?« David klang enttäuscht.

»Britin, ausgewandert.«

»Was macht sie hier? Dich besuchen?«

Seufzend baute ich mich vor ihm auf und sah zu ihm hoch. »Vergiss es! Susan wird niemals New York verlassen und du niemals deine Tochter.« Ich öffnete die Küchentür. »Und wenn du Susan unglücklich machst, wird Maik dich töten.«

»Wer ist Maik?« Seine Stimme klang ein wenig eifersüchtig.

»Ihr Bruder.«

»Größer und stärker als ich?« Er richtete sich zu seiner vollen Größe auf und zeigte mir seinen Bizeps.

»Nicht nur das. Er hat so viele Millionen auf seinem Bankkonto, dass er zig Killer engagieren könnte, um dich in jedem Winkel der Erde aufzuspüren.«

David verzog das Gesicht. »Du hast mich überzeugt.«

Ich schob ihn durch den Flur und öffnete die Wohnungstür. »Gibst du mir Bescheid, sobald du etwas Neues erfährst?«

»Mach ich auf jeden Fall. Bist du morgen wieder im Büro?«

»Acht Uhr Kaffee bei mir?«

Er nickte. »Vielleicht ist im Kühlschrank für dich noch ein Stück von der Verlobungstorte, die die Hexe und der Kruse heute spendiert haben.«

»Nicht dein Ernst, oder?«

»Die Torte war gar nicht so übel, bis auf den anrüchigen Beigeschmack.«

♥

Den Gang, den ich bis zu meinem Zimmer vor mir hatte, hätte ich gern um ein paar tausend Kilometer verlängert. Wie sollte ich Jayden in den nächsten Tagen aus dem Weg gehen? Natürlich würde ich meine Arbeit vorschieben, aber womit könnte ich mich abends herausreden? Susan würde mich sicherlich treffen wollen, davon könnte ich Jayden nicht ausschließen. Ich legte die Hand auf die Türklinke von Stellas Zimmer und holte tief Luft.

Jayden stand mit dem Rücken zu mir am Fenster.

Seine angespannte Haltung erinnerte mich an unsere letzte Begegnung. Susan lag mit geschlossenen Augen auf dem Sofa. Sie sah erschöpft aus.

»Entschuldigt, das war geschäftlich.«

Jayden drehte sich ohne Hast zu mir. Etwas in seinen Augen war anders als vorhin, wachsam, konzentriert. Ich konnte es ihm nach dem unsinnigen Gerede von Sören nicht verdenken, hatte aber auch nicht vor, mich zu rechtfertigen. Es würde nichts ändern. Im Gegenteil, je schlechter er von mir dachte, umso eher würde er mich in Ruhe lassen.

»Du hast mir eine Nachricht geschickt.« Er hielt sein Smartphone hoch. »Habe sie gerade gelesen. Rein geschäftlich, ja?«

Ich nickte.

»Wann können wir in Ruhe miteinander reden?«

»Gar nicht, es macht keinen Sinn.«

Seine Augen sahen mich an. Sanft und blau. »Nun gut, wir werden sehen.« Er ging zum Sofa, hob vorsichtig Susans Kopf an und schob ihr ein Kissen unter. Sie murmelte etwas Unverständliches, bevor ihr Atem wieder in einen gleichmäßigen Rhythmus verfiel. Mit einem Oberschenkel setzte Jayden sich auf die Sofalehne und strich ihr behutsam über die Stirn. Es waren liebevolle, intime Gesten, die mich eifersüchtig machten. Er war jemand, der sich kümmerte, um jeden und alles. »Sie ist vom Flug erschöpft. Ich hätte sie nicht hierher bringen dürfen, sondern direkt ins Hotel fahren müssen.« Er drehte sich zu mir. »Aber ich wollte dich unbedingt so schnell wie möglich sehen.«

»Kümmern sich Lilly und Maik um Katie?« Ich hockte mich auf die Bettkante.

»Sie ist bei Lillys Großeltern in Kalifornien.« Leise lachte er. »Du kannst dir gar nicht vorstellen, wie begeistert sie davon ist, plötzlich so viele Verwandte zu haben. Neulich hat sie angekündigt, in ihren ersten Schulferien zu Inge und Marius nach Deutschland zu fliegen. Allein.«

Ich erwischte mich dabei, wie ich seine gepflegten Hände betrachtete, die auf seinen Oberschenkeln ruhten. Nie hatte mich jemand so zärtlich berührt wie Jayden.

»Maik hat mir gesagt, dass deine Familie in Hamburg lebt. Ich würde sie gern kennenlernen.«

Glaub mir, das möchtest du nicht.

»Bei euch fünf Geschwistern war bestimmt genauso viel los wie bei uns drei Brüdern auf der Ranch.«

Besonders dann, wenn das Löwenrudel auf die Jagd ging.

»Du hast mir nie etwas über deine Familie erzählt. Wenn ich dich gefragt habe, bist du ausgewichen. Warum?«

Ich rutschte unruhig hin und her. Wieso fragte er das alles? Hatte Lilly ihm etwas verraten? »Kann ich dich Jörg Hansen vorstellen?«

Er seufzte. »Merkst du gar nicht, wie sehr du Menschen verletzt, wenn du ihnen keine Antwort auf ihre Fragen gibst? Sie fühlen sich ausgegrenzt, von dir abgelehnt, nicht wichtig genug, dass du für sie deinen Schutzpanzer ablegst.«

Fassungslos starrte ich ihn an, völlig geschockt von seinen Worten. Ich würde Menschen ausgrenzen und ablehnen? Ausgerechnet ich? Oh nein, den Schuh zog ich mir nicht an. »Jörg Hansen hat mich gebeten, den

Kontakt zu dir herzustellen. Er möchte für die Nordsee unsere Maschine nachbauen lassen. Du sollst für ihn eine erste Analyse durchführen. Hast du Interesse daran?« In meinen eigenen Ohren klang ich so kalt, wie ein im Cocktailglas klirrender Eiswürfel.

Jayden legte den Kopf schief und sah mich an. Er lächelte mit einer Traurigkeit, die mir ins Herz schnitt. »Du kannst vor mir davonrennen, aber nicht vor dir selbst, und schon gar nicht, wenn das, wovor du flüchtest, in deinem Herzen begraben ist.«

»Soll ich Jörg Hansen anrufen? Du könntest dich heute Nachmittag mit ihm treffen.«

Ich wich Jaydens Blick nicht aus. Niemals würde ich zulassen, dass er mein Schutzschild durchbrach. Mit einem Loch im Herzen konnte ich überleben, solange ich es notdürftig flickte, mit einem weiteren würde ich untergehen.

»Ruf ihn an«, sagte er schließlich und strich Maiks Schwester über die Wange. »Danach bringe ich Susan ins Hotel.«

20

Die Autofahrt zur Elbchaussee verlief mehr oder weniger schweigend. Jörg Hansen war sofort bereit gewesen, Jayden kennenzulernen und hatte darauf bestanden, uns einen Wagen zu schicken, der uns zur Villa fahren sollte. Vorher hatten wir Susan ins Hotel gebracht und auch Jayden hatte eingecheckt und sich frisch gemacht.

Sein männliches Deo füllte das Wageninnere aus und ich hätte am liebsten das Fenster aufgemacht, um die Erinnerungen im Fahrtwind aufzulösen, die mich bei dem Duft einholten.

»Was ist dein nächstes Projekt?«, fragte ich, um die unangenehme Stille zu durchbrechen. Wir saßen auf der Rücksitzbank und ich schob mich soweit wie möglich zur Tür, um den Abstand zwischen uns zu vergrößern.

Jayden drehte sich zu mir. »An der Universität hat man mir ein Forschungsprojekt übertragen, das sich mit dem Phänomen beschäftigt, warum sich immer mehr Wale in der Nähe der New Yorker Skyline aufhalten. Gleichzeitig wollen wir herausfinden, ob der Hafen- und Schiffslärm die Tiere bei der Nahrungsaufnahme stört.« Er legte eine Hand auf meinen Arm. Durch die Bluse fühlte ich die Wärme seiner Haut und ich hatte das Gefühl, dass sie meine verbrannte. »Und an den Wochenenden arbeite ich mit Ben und Ethan am ersten Punkt unserer gemeinsamen Liste. Kannst du dich daran erinnern?« Leise lachend wanderte seine Hand zu meiner. Hastig zog ich sie zurück. In seinen Augen las ich Enttäuschung. »Du hast die beiden zu Umweltschützern erzogen. Sie wollen unbedingt dem zunehmenden Vogelsterben im Central Park auf den Grund gehen. Letztes Wochenende haben wir an verschiedenen Standorten des Parks die Arten gezählt.«

»Das klingt interessant«, tat ich beiläufig. Auf gar keinen Fall wollte ich ihm zeigen, wie gern ich an den Projekten teilgenommen hätte, förmlich danach fieberte, mehr darüber von ihm zu erfahren. »Wir waren ein tolles Team«, hörte ich mich plötzlich sagen und hätte mir am liebsten die Hand vor den Mund geschlagen. Hastig drehte ich mich zum Fenster und ließ meinen Blick über die ersten Villen der Elbchaussee gleiten, deren weiße Fassaden in der Sonne des späten Nachmittags herrschaftlich strahlten.

»Das können wir weiterhin sein.« Jaydens tiefe, beruhigende Stimme bewirkte dieses Mal das Gegenteil. Sie erinnerte mich an Fahrradtouren entlang des Hudson Rivers mit hitzigen Diskussionen über nachhaltige Umweltpolitik, ausgiebige Strandläufe in den Hamptons mit Nacktbaden im Mondschein, aber auch an frostige Wintertage, an denen wir im Glanz der Weihnachtsbeleuchtung durch Manhattan schlenderten und uns abends bei einem Glas Rotwein vor Jaydens Kamin sanft und ausdauernd liebten.

Unruhig überschlug ich die restliche Fahrtzeit. Ich musste hier raus, frische Luft schnappen, mich abkühlen, Gedanken in den Wind pusten, die sich niemals erfüllen konnten.

Jaydens Hand legte sich erneut auf meinen Arm. »Wir warten alle darauf, dass du zurückkommst, wären überglücklich, wenn du wieder bei uns wärst.«

»Die Villa von Jörg Hansen ist aus der Gründerzeit, ein beeindruckendes Gebäude. Es wird dir gefallen. Wir sind gleich da.« Ich schnallte mich ab, bevor der Chauffeur in die Einfahrt einbog. Der Wagen hielt direkt vor dem Treppenaufgang. Überstürzt stieg ich aus.

»Du warst schon mal hier?« Jayden trat neben mich und warf einen anerkennenden Blick auf den halbrunden Balkon, der über dem Säuleneingang hervorragte.

»Letzten Samstag zu einer Gartenparty.«

»Mit David?« Jaydens Gesicht verdunkelte sich. Er sprach den Namen amerikanisch aus, was ihn grimmiger klingen ließ.

Ich nickte nur.

Bevor ich klingeln konnte, öffnete sich die Tür und Jörg Hansen lächelte uns an. »Ich habe Sie von meinem Arbeitszimmer aus vorfahren sehen.« Was hätte ich nicht alles dafür gegeben, wenn meine Mutter mich heute Vormittag mit diesem Gesichtsausdruck empfangen hätte. Jörg Hansen reichte mir die Hand. »Unglaublich, wie manche Dinge sich fügen.«

»Da kann ich Ihnen nur zustimmen.« Ich wies auf meine Begleitung. »Darf ich Ihnen Dr. Jayden Parker vorstellen? Sie können mit ihm Deutsch sprechen. Er beherrscht es fließend.«

Die beiden begrüßten einander und Jörg Hansen

bat uns ins Foyer.

»Sie haben eine schöne Villa in einer wunderbaren Umgebung«, bemerkte Jayden, der in einer dunklen Jeans und einem passenden Sakko wie ein amerikanischer Filmstar aussah.

»Es gehörte schon meinen Großeltern, den Gründern des Familienunternehmens. Falls Sie Interesse haben, zeige ich Ihnen gern das Haus und die Parkanlage.«

»Wenn Sie nichts dagegen haben, verabschiede ich mich wieder«, unterbrach ich das Gespräch.

Überrascht sah Jayden mich an. Offenbar war er davon ausgegangen, dass ich für die Zeit des Besuchs bleiben würde.

»Haben Sie noch eine Minute für Kaffee und Kuchen auf der Terrasse?« Jörg Hansen machte eine auffordernde Geste in den Garten. »Da ich montags vorwiegend von zu Hause aus arbeite, backt meine Haushälterin am Wochenanfang einen Butterkuchen. Den Genuss sollten Sie sich nicht entgehen lassen.«

»Danke, das ist nett, aber ich habe etwas vor.« Und das bestand darin, mich soweit wie möglich von Jayden zu entfernen.

»Ich kann mir vorstellen, dass der unerwartete Besuch Ihren Arbeitstag durcheinander gebracht hat, aber was halten Sie von einer Einladung zum Abendessen?«

Innerlich schrie ich auf. Hatte das Schicksal gar kein Erbarmen mit mir?

Fragend sah er erst mich an, dann Jayden. Der nickte. »Ich komme gern, wenn ich eine Freundin aus New York mitbringen darf.«

»Das ist wunderbar.« Man sah Jörg Hansen an,

dass er sich aufrichtig freute. »Meine Tochter wird begeistert sein, Neuigkeiten vom *Big Apple* zu hören.« Lächelnd wandte er sich an mich. »Bringen Sie Ihren Verlobten David mit. Vorhin hat er mich telefonisch kontaktiert, und ich habe ihm ein Interview über unsere Produktionserweiterung zugesichert.« Er lachte. »Das können wir gleich heute Abend abarbeiten.«

Jetzt hätte ich die Chance gehabt, das Missverständnis aufzuklären, aber im Grunde war es genau das, was ich brauchte, das, was Jayden glauben sollte. Ich mied seinen Blick, aber ich sah aus den Augenwinkeln, dass in seinem Gesicht ein Schatten den anderen ablöste.

Jörg Hansen bekam davon nichts mit. »Sie waren sicherlich auch nicht begeistert«, sprach er ihn an, »dass Frau Petersen nach Hamburg zurückgegangen ist, aber sie hatte wirklich einen nachvollziehbaren Grund. Ihr Verlobter ist ein außergewöhnlicher Mann, der mich innerhalb von ein paar Minuten von sich überzeugt hat.« Er zog eine Augenbraue hoch. »Und das kommt nicht häufig vor.«

Als ich mich verabschiedete, sah Jayden aus, als wäre für ihn die Welt stehen geblieben, als hätte er das Urvertrauen in allem verloren, was ihm lieb und wichtig war.

♥

»Svea, bist du das?«

Oh nein, nicht schon wieder Sören.

Mit schuldbewusstem Gesicht lugte er aus der Küche. »Tut mir echt leid, was ich da vorhin verzapft habe.

War wohl nicht so gut.«

Ich winkte ab und kickte meine Schuhe von den Füßen. »Spielt keine Rolle mehr. Die Story ist ohnehin gelaufen.«

»Kein Happy End?«

»In tausend Jahren nicht.« Ich hängte meine Jacke auf einen Bügel. »Und? Wie sieht es bei dir mit der Liebe aus?«

»Dank Ihnen hat er endlich ein Date.« Eine sportlich-elegante Fünfzigerin trat aus der Küche in den Flur und reichte mir die Hand. »Sie sind also die junge Dame, die meinen Sohn in einen vorzeigbaren Mann verwandelt hat.«

»Ich bin selbst erstaunt, was dabei herausgekommen ist.«

Empört schnaufte Sören. »Als hätte ich vorher wie ein Tier ausgeschaut.«

»Eher wie ein Yeti.«

Sörens Mutter lachte, wobei sich ihre Augen zu Schlitzen zusammenzogen, um die sich feine Fältchen bildeten. »Möchten Sie ein Stück von unserer vegetarischen Pizza? Ist selbstgebacken.« Entschuldigend zuckte sie mit den Achseln. »Allerdings von Sörens Oma. Ich habe dafür leider keine Zeit.«

»Danke für das Angebot, aber ich bin zum Abendessen verabredet.«

»Svea war am Samstag auf einer Gartenparty von Jörg Hansen.« Sören legte seinen Ellbogen auf die Schulter seiner Mutter, als wäre sie eine Theke. »Kennst du ihn nicht auch?«

»Einen der attraktivsten Single-Männer Hamburgs? Leider nur flüchtig.« Sie lächelte mich an. »Setzen Sie sich doch zu uns.«

Eigentlich wollte ich ein bisschen schlafen, für eine Weile in den Zustand des Vergessens eintauchen, um meinem Körper, meinem Kopf und meinem Herzen eine Auszeit von dem Schmerz zu gönnen, der mich mit jedem Tag, jedem Ereignis tiefer in die Knie zwang. Aber in Hinblick auf die Bestechungsaffäre interessierte mich, was Sörens Mutter über Jörg Hansen zu erzählen hatte. Daher folgte ich den beiden in die Küche und nahm ihr gegenüber Platz.

»Haben Sie mit Jörg Hansen studiert?« In Gedanken ging ich die wichtigsten Interviewstrategien durch, um möglichst viele Informationen zu erhalten.

»Nein, er hat Pharmazie studiert, ich Medizin.« Sie winkte ab. »Ich kenne ihn auch nicht wirklich. Wahrscheinlich hätte ich ihn längst vergessen, wenn er nicht damals schon zu Hamburgs High Society gezählt hätte. Außerdem habe ich ihn in einer wirklich prekären Situation erwischt.«

Sören sah von seiner Pizza auf. »Jetzt wird es spannend. Prekär hat immer was mit Sex zu tun.«

Lachend gab sie ihm einen Klaps auf den Hinterkopf. »Nicht immer, aber in dem Fall schon.«

Jörg Hansen war in einem Sexskandal verwickelt gewesen? Kaum vorstellbar. »Ging das durch die Klatschpresse?«

»Um Gottes willen, nein.« Energisch schüttelte sie den Kopf. »Das hätte ich ihm nie angetan. Er war früher schon ein Gentleman, aufgeschlossen, liebenswürdig und äußerst charmant.« Bedauernd verzog sie das Gesicht. »Nur leider in die falsche Frau verliebt.«

Ich vermutete, dass sie von Eva Hansen sprach. Ihre Scheidung war mit Sicherheit durch die Medien gegangen. »Wie meinen Sie das?«

Sörens Mutter nahm einen Schluck aus ihrem Wasserglas und lehnte sich zurück. »Ich habe damals ein Praktikum in der Störtebeker-Klinik absolviert, in der Jörg Hansen als Pharmareferent die Abteilungen über neue Medikamente und medizinische Geräte beraten hat.«

Überrascht sah ich sie an. Das war die Klinik, in der meine Mutter arbeitete.

»Er hat mir erklärt, dass sein Vater Wert darauf lege, dass er alle Abteilungen des Familienunternehmens durchlaufe, damit er die betrieblichen Abläufe kennenlerne.« Sie lachte leise. »Ich war sehr geschmeichelt darüber, dass er mich überhaupt wahrgenommen und mir etwas über sich erzählt hat. Natürlich hatte ich mich ein bisschen in ihn verguckt, wie neunundneunzig Prozent des weiblichen Personals, einschließlich aller Ärztinnen, aber er hatte nur Augen für eine junge Krankenschwester.« Sie zuckte mit den Achseln. »Was an und für sich kein Problem gewesen wäre, sieht man davon ab, dass sie verheiratet war und zwei Kinder hatte.«

Ich schwitzte plötzlich. Mein Mund war so trocken, dass ich kaum schlucken konnte.

»Normalerweise kann ich mir Namen nicht merken und den Nachnamen *Petersen* gibt es in Hamburg wie Sand an der Nordsee.«

Sören nickte. »Svea heißt auch so.«

Mein Sichtfeld schwankte bedenklich. Nicht nur der Kühlschrank bewegte sich auf mich zu, auch die Spüle verformte sich zu einer Badewanne. Wie von einem riesigen Wattebausch umhüllt, hörte ich die Stimme von Sörens Mutter, die Dinge sagte, die mein Kopf nicht verarbeiten konnte, weil er glaubte, dass mein Vater tot war.

»Aber ihr Vorname war außergewöhnlich. Sie hieß Catalina. Ein schöner Name, wie ich finde, und er passte wunderbar zu der attraktiven Frau, die eine besonders herzliche und fürsorgliche Art hatte, mit den Patienten umzugehen. Zu ihrem Pech habe ich die beiden in flagranti auf einer Behandlungsliege in einem Abstellraum erwischt.« Sie lachte. »Das vergisst man nie.«

Wenn für Jayden vorhin die Welt stehen geblieben war, dann bewegte sie sich für mich jetzt rasend schnell, so schnell, dass ich aus der Umlaufbahn schleuderte und vom Stuhl kippte.

♥

»Svea?«

Schon wieder Sören? Ich stöhnte auf. Stalkte er mich jetzt? Ein nasser Waschlappen fuhr durch mein Gesicht. Ich schnappte nach Luft und riss die Augen auf. Eine besorgte Miene beugte sich über mich, hielt meinen Puls und schaute auf die Armbanduhr. Erst konnte ich die Person nirgendwo zuordnen, bis mir einfiel, dass sie Ärztin war und Jörg Hansen kannte … und meine Mutter. Entsetzt stöhnte ich auf.

»Tut Ihnen etwas weh? Haben Sie gesundheitliche Probleme?« Sörens Mutter ließ meine Hand los, fühlte die Temperatur meiner Stirn und leuchtete mit einer winzigen Lampe in meine Augen.

»Sie hat ein gebrochenes Herz.« Sören schob mir ein Kissen unter den Kopf und erst jetzt registrierte ich, dass ich auf dem harten Küchenboden lag.

»Du hast Sendepause, schon vergessen?«, nuschelte ich und wollte mich aufrichten, aber Sörens Mutter hielt mich zurück.

»Wann haben Sie das letzte Mal etwas gegessen und getrunken?«

»Zum Frühstück.« Über mir drehte eine Fliege ihre Kreise. Prompt wurde mir wieder schwindelig. Ich schloss die Augen.

»Heute Mittag war ihr übel.« Sören tätschelte meine Hand. »Soll ich einen Krankenwagen rufen? Nicht, dass es etwas Ernstes ist? Herzinfarkt, Schlaganfall oder ein Gehirntumor? Kippt man dabei nicht auch öfter um?«

Okay, das reichte. Ich schüttelte seine Hand ab und versuchte mich aufzurichten. Diesmal mit Erfolg. »Mir geht es gut. Ich habe nur zu wenig getrunken.«

Sörens Mutter nickte. »Das vermute ich auch. Sie sind dehydriert, da kann es durchaus zu einer Ohnmacht kommen. Trinken Sie im Laufe des Abends jede halbe Stunde ein Glas Wasser, dann geht es Ihnen morgen wieder besser.«

Fast hätte ich laut gelacht. Wenn es so einfach wäre, würde ich mir minütlich literweise Wasser reinschütten. Ich rappelte mich auf, hielt mich am Küchentisch fest und reichte ihr die Hand. »Ist wohl besser, wenn ich mich ein bisschen in mein Bett lege. Danke, für die medizinische Versorgung. Hat mich gefreut, Sie kennenzulernen. Eines würde mich noch interessieren. Was ist aus Jörg Hansen und Catalina geworden?«

»Das kann ich Ihnen nicht sagen. Er hat mich um Stillschweigen gebeten, was ich ihm zugesichert habe. Es war das letzte Mal, dass ich ihm im Krankenhaus begegnet bin. Ein Happy End gab es jedenfalls nicht. Er hat später eine Eva geheiratet.«

»Svea ist übrigens von der Presse«, wandte Sören ein. »Alles, was du uns erzählst, könnte morgen in der Zeitung stehen.«

Erst sah sie mich schockiert an, dann winkte sie ab. »Das ist schon so lange her, das interessiert heute niemanden.«

Nicht, solange das Kind im Verborgenen blieb, das aus dieser Beziehung hervorgegangen war, eine zweite Erbin eines weltweiten Unternehmens mit Millionenumsätzen im dreistelligen Bereich.

Ich war eine Bombe, mehr denn je.

Mit einer Wasserflasche unterm Arm und einem gefüllten Glas in der Hand, das Sören mir fürsorglich eingeschenkt hatte, schlich ich in Stellas Zimmer und hockte mich aufs Bett. Während ich schluckweise trank, sortierte ich das Chaos in meinem Kopf.

Meine Mutter hatte mich belogen, wieder einmal. Aber jetzt war mir klar, warum. Jörg Hansen war nicht irgendein Mann, er war ein Hamburger VIP. Wenn ich darauf bestehen würde, als seine Tochter anerkannt zu werden, würde ihre Affäre an die Öffentlichkeit gezerrt werden und in unserem Ort schneller die Runde machen als der Porsche vom Bürgermeister. Was für ein Albtraum für ihre Ehe, die Familie und Jörg Hansen.

Kopfschüttelnd stellte ich das Wasserglas auf den Nachttisch und vergrub mein Gesicht in den Händen. Hätte mein Vater nicht Bankkaufmann, Krankenpfleger oder Biobauer in Schleswig-Holstein sein können? Mit jedem hätte ich Kontakt aufgenommen und gesagt, dass ich seine Tochter sei, aber mit einem

Jörg Hansen? Unmöglich! Wer würde ihr und mir glauben? Wenn Mona davon Wind bekäme, würde sie die Story ausschlachten, mich als Lügnerin darstellen und mir Erbschleicherei vorwerfen. In unserem Ort würde sie keinen Stein auf den anderen lassen, und wenn sie herausfand, dass man mich als *Das bunte Kind* bezeichnet hatte, das um Aufmerksamkeit buhlte, würde sie behaupten, ich habe emotionale Defizite und wolle mich mit der Geschichte nur wichtigmachen. Sie würde mich wie einen Fisch skelettieren, Nachbarn, Mitschüler und Lehrer ausfragen und jede noch so kleinste Verfehlung öffentlich aufdecken. Von mir würde nicht mal eine Schuppe übrig bleiben.

Hatte ich eben noch gedacht, ich wäre eine Bombe? Ich war nicht mal ein Chinaböller, ich war ein Blindgänger.

Stöhnend sank ich nach hinten und starrte an die Decke. Konnte ich überhaupt jemandem davon erzählen? Lars hatte vorhin mehrmals versucht, mich über Smartphone zu erreichen und gefragt, ob er vorbeikommen solle. Allerdings war er davon ausgegangen, dass ich gerade den Tod meines Vaters betrauerte, dass er mittlerweile wieder auferstanden war, konnte Lars nicht wissen. Ich hatte mit der Begründung abgelehnt, dass eine Freundin aus New York zu Besuch sei, die sich um mich kümmere. Zu groß war meine Angst, dass Jayden auf Lars treffen und ihn über meine Kindheit ausfragen könnte. Ich wollte nicht, dass er noch tiefer in mein Leben eindrang. Wie sollte ich ihn jemals vergessen, wenn er auch noch Verständnis für meine Ängste hätte?

Ich drehte mich auf die Seite, zog die Knie an und

drückte Sam an die Brust, der auf meinem Kopfkissen gelegen hatte. Es kam mir vor, als hätte jemand mein Leben von Beginn an verhext. Endlich hätte ich mich einer Familie zugehörig fühlen, die Einsamkeit für immer verbannen können, stattdessen musste ich meine Herkunft geheim halten, konnte es nur im hintersten Winkel meines Herzens verschließen.

Nachdenklich starrte ich aus dem Fenster. Sonnenlicht spiegelte sich im Glas und reflektierte einen Lichtstreifen auf die Bettdecke. War es im Grunde nicht gut so? Jörg und Jolie Hansen waren eine Einheit, ein eingeschworenes Team, zwischen das nicht mal ein Sandkorn passte, geschweige denn eine Halbschwester. Sie hatten eine gemeinsame Vergangenheit, Erinnerungen an schöne Momente und Ereignisse, eine Zeit, die ich niemals aufholen könnte. Ich wäre in dieser Familie ebenso eine Außenseiterin, ein Eindringling wie in meiner eigenen.

Aber ich wollte meine Mutter darüber informieren, dass ich es wusste. Sollte sie doch schlaflose Nächte haben, ich hatte Hunderte davon gehabt. Ich nahm mein Handy und tippte auf ihre Nummer. Es klingelte nur zweimal, bis sie sich meldete. »Svea, es ist gerade ungünstig. Ich stehe in der Küche am Herd. Papa wartet auf sein Essen.«

»Jörg Hansen, Mama, er ist mein Vater.«

Ich hörte einen erschreckten Ausruf, dann war die Leitung tot.

21

Im Esszimmer meines Vaters war der Tisch festlich gedeckt wie zu einer Hochzeit. Durch den Kerzenschein mehrarmiger Leuchter warf ich ihm und Jolie verstohlene Blicke zu, auf der Suche nach Ähnlichkeiten, an denen man eine Familienzugehörigkeit ausmachen könnte. Aber außer dass wir drei groß, schlank und sportlich waren, konnte ich keine Übereinstimmungen feststellen. Die Gene meiner Mutter hatten bei meinem Äußeren ganze Arbeit geleistet.

Mein Vater hob sein Weinglas und sah uns der Reihe nach an. »Ich freue mich sehr, heute Abend so viele junge, kreative Köpfe bei mir begrüßen zu dürfen. Susan, Ihre Pralinen schmecken exzellent. Lassen Sie uns nachher über eine Zusammenarbeit reden. Für unsere Großkunden benötige ich häufig ausgefallene Präsente. Da könnte ich mir eine exklusive Pralinen-Geschenkbox gut vorstellen.«

Susan, die als Gastgeschenk eine Schachtel ihres Konfekts mitgebracht hatte, nickte erfreut. Sie hatte sich vom Flug erholt und saß mit leicht geröteten Wangen neben David, der sie mit Sicherheit intensiver in Beschlag genommen hätte, müsste er nicht den Status meines Verlobten aufrechterhalten.

»Besonders aber freue ich mich über die Anwesenheit von Dr. Parker«, fuhr mein Vater fort, »der sich zu einer Analyse bereit erklärt hat, ob und wo es sinnvoll wäre, eine Filtermaschine in der Nordsee einzusetzen.«

Wir prosteten uns zu, nippten an unseren Gläsern und widmeten uns dem Hauptgericht, das zubereitet war, als käme es aus einem Sterne-Restaurant.

Ich schob die frischen Spargelspitzen auf dem Teller so lange hin und her, bis sie das Grün vom Spinat annahmen, das neben dem rosigen Lachsfilet den einzigen Farbklecks darstellte. Bei einer Skala von null bis zehn bewegte mein Hunger sich im zweistelligen Minusbereich. Die Ereignisse der letzten Wochen hatten mich an meine Grenzen gebracht, die des heutigen Tages hatten sie überschritten. Und dass ich jetzt Jayden gegenübersaß, der sich mit Jolie über den Nutzen von Vitaminpräparaten bei Leistungssportlern unterhielt, machte es auch nicht besser. Seinem angespannten Gesichtsausdruck nach funktionierte er nur nach außen. Ebenso wie ich. Automatisch hob ich die Gabel und nahm nicht mal wahr, wie der Fisch schmeckte, den ich mir in den Mund schob. Ich musste diesen Abend und die nächsten Tage überleben, ohne dass meine Umgebung und vor allem Jayden merkte, wie zerrissen ich mich wirklich fühlte. Dass der Korruptionsfall im Baudezernat ausgerechnet das Unternehmen meines Vaters betraf, machte mir zusätzlich zu schaffen. Ich konnte ihn doch nicht wissentlich ins Unglück laufen lassen. Würde David von einer Veröffentlichung absehen, wenn ich ihm gestand, dass Jörg Hansen mein Vater war? Auf der Fahrt hierher hatte er mir erzählt, er wolle morgen mit Nils die Rechercheergebnisse besprechen. Mir blieb daher nur die Nacht und unser Kaffeetermin in meinem Büro, um mir etwas einfallen zu lassen und ihn davon zu überzeugen, auf die Publikation zu verzichten.

Mein Vater tupfte sich mit einer Stoffserviette die Mundwinkel ab und schob seinen Stuhl nach hinten. »Entschuldigen Sie, David, dass ich Ihr Gespräch unterbreche, aber wollen wir uns kurz zum Interview in mein Arbeitszimmer zurückziehen?«

Über Susans Gesicht huschte ein enttäuschter Ausdruck. Am Rande hatte ich mitbekommen, dass sie sich in den letzten Minuten angeregt mit David über Kindererziehung im Allgemeinen und Zickenkrieg von sechsjährigen Töchtern im Besonderen unterhalten hatte.

Er schaute auf und nickte. »Natürlich.« Bevor er sich erhob, versicherte er Susan, dass er später sehr gern die Diskussion fortsetzen würde.

»Haben Sie persönlich den Deal über das Grundstück mit dem Baudezernat ausgehandelt?«, wandte er sich an meinen Vater.

»Das war Max Kaufmann, ein Innovationsmanager unseres Unternehmens«, warf Jolie ein. Ihr Blick streifte meinen.

Ich ließ mir nichts anmerken.

»Ein ehrgeiziger junger Mann«, fuhr Jörg Hansen fort, »und offensichtlich ein überzeugungskräftiger Mitarbeiter, sonst hätte er den Zuschlag für das Grundstück nicht bekommen.«

Jörg Hansen hielt David die Tür auf und vom Gespräch war nur noch Gemurmel zu hören, bevor es sich ins Arbeitszimmer verlagerte.

Jolie und Jayden verwickelten Susan in einen Austausch über hippe Kneipen in New York, und ich nutzte die Gelegenheit, mich auf die Terrasse zurückzuziehen. Susan verhielt sich mir gegenüber reserviert und ich vermutete, dass Jayden ihr von David erzählt hatte.

Ich trat auf den Teil der Terrasse, auf dem ich mit meinem Vater den Quickstepp aufs Parkett gelegt hatte. Kein Wunder, dass wir so harmoniert hatten.

Das Lichtermeer der Parkanlage vom Samstag war erloschen. Bäume und Sträucher lagen im Dunkeln und nur ein paar Gartenlaternen säumten den Weg zum Strand. Es war so ruhig, dass ich das Plätschern der Elbe hörte. Ich ließ meinen Gedanken freien Lauf und gab ihnen die Gelegenheit zu träumen. Wie schön müsste es sein, morgens in dieser Umgebung aufzuwachen und zu wissen, dass ein liebevoller Vater am Frühstückstisch auf mich wartete, und abends eine Schwester, die mir vor dem Kamin Neuigkeiten aus dem Familienunternehmen anvertraute. Ich würde Paps und ihr über die Fortschritte unserer Stiftung für Natur- und Umweltschutz berichten, und gemeinsam würden wir entscheiden, welche Hilfsorganisationen wir in Zukunft finanziell unterstützen könnten. An den Wochenenden würden wir mit dem Mountainbike Touren fahren, mit Lars in der *Klimperkiste* ein Bier trinken und bei Inge und Marius Königsberger Klopse essen. Perfekter ging Familienleben nicht. Mit einem Herz so schwer wie der Kastanienbaum am Rande des Parks wischte ich die Träumereien zur Seite. Heftiger denn je packte mich die Einsamkeit, die mich mein Leben lang begleitete.

Plötzlich hüllte mich Jaydens Duft ein. Sein warmer Atem blies sanft in meinen Nacken.

»Svea?«

Seine Stimme klang tief und beherrscht und verschaffte mir eine Gänsehaut. Mich fröstelte.

Er legte eine Hand auf meine Schulter. »Sieh mich bitte an!«

Nur widerstrebend drehte ich mich um.

»Warum hast du David vor mir verheimlicht?«

Was sollte ich darauf antworten? Das alles ein Fake war, um ihn von mir fernzuhalten? Dass ich ihm meine Liebe nicht gestehen konnte, weil er sonst nicht von meiner Seite weichen würde und wir uns irgendwann verlieren würden, so wie es Eva und Jörg Hansen passiert war? Die beiden waren das beste Beispiel dafür, dass man sich lieben und trotzdem nicht miteinander leben konnte.

»Ich habe dich nicht gebeten, nach Hamburg zu kommen.«

Zwischen seinen Augenbrauen erschien eine steile Falte. »Wieder keine Antwort auf meine Frage.« Eine Brise wehte eine Locke aus seiner Stirn. »Aber du hast den Kontakt zu Jörg Hansen hergestellt.«

»Das ist rein geschäftlich. Ich konnte seine Bitte nicht ablehnen, ohne unhöflich zu wirken, aber ich wollte dir auf gar keinen Fall begegnen«, sagte ich mit einer Stimme, die nicht wie meine klang. »Wir haben uns getrennt. Warum akzeptierst du das nicht?«

Seine Augen verdunkelten sich in der Farbe von Sams Knopfaugen und blickten direkt in meine Seele. »Weil ich dich liebe, weil ich mein Leben mit dir verbringen will, weil ich mich Tag und Nacht nach dir sehne, weil du mir fehlst und weil ich dachte, wir beide hätten etwas Besonderes.«

Ich war drauf und dran, mich in seine Arme zu werfen und alles zu bestätigen, was er gesagt hatte. Ich wollte, dass die Zeit stehen blieb. Ich wollte ihn nur anschauen, seine Wangen berühren, mit dem Daumen über seine Lippen fahren, ihm die vorwitzigen Locken aus dem Gesicht streichen, tief in meinem Herzen wollte ich, dass er für immer bei mir blieb. Würde er mich jetzt in seine Arme ziehen und einfach küssen, würde ich aufgeben.

Aber er tat es nicht, sondern ging einen Schritt zurück.

»Deine Verlobung ändert natürlich alles.«

Auf der Elbe warnte ein Nebelhorn entgegenkommende Frachter. Es übertönte das Dröhnen in meinem Kopf. Ich war mir sicher, irgendwann würde er platzen, weil er dem Druck meiner verdrängten Tränen nicht mehr standhalten konnte.

»Maik hat behauptet, du hättest Bindungsängste, so wie damals Lilly. Darum bin ich hier. Ich wollte dich davon überzeugen, dass du mir vertrauen kannst.« Nach einer kurzen Pause atmete er tief durch, als müsste er sich sammeln. »Ich wollte dich nach Hause holen.« Mit der Hand fuhr er sich durchs Haar und lenkte seinen Blick an mir vorbei aufs Elbufer, als organisierte er in Gedanken seinen Rückflug. »Maik und Lilly wussten nichts von David?«

Wortlos nickte ich, zu mehr war ich nicht in der Lage.

Mit einem Gesichtsausdruck, der sowohl entschlossen als auch unendlich traurig war, sah er mich an. »Du musst nicht mehr von mir davonlaufen. Ich werde dich nicht weiter belästigen.« Als er mir den Rücken zuwandte, brach meine Welt endgültig in Scherben.

In mir ballte sich eine Wut zusammen, die ich kaum ertragen konnte, ein Zorn über mich selbst und meiner Unfähigkeit, die Liebe in meinem Leben zuzulassen. Ich rannte vor allen davon, die mich liebten und wünschte mir doch, sie würden mich einholen und Teil meiner Welt werden. War das Leben nicht zu kostbar, um sich in den Spinnweben der Vergangenheit zu verstricken? Ich starrte in die Dunkelheit. Die Fäden, die sich wie ein Kokon um mein Herz gewickelt hatten, klebten an mir wie Kleister. Nirgendwo entdeckte ich einen Ausweg, ein Licht, keinen Hoffnungsschimmer, mich aus dem Gefängnis zu befreien. Mit Entsetzen stellte ich fest, dass meine Seele langsam die Farbe meiner Gedanken annahm, und die waren pechschwarz.

»Ah, Svea, da sind Sie ja.«

Mein Vater stellte sich neben mich, sodass meine Schulter seinen Oberarm berührte. Nur für einen Augenblick, aber es reichte, um zum ersten Mal an diesem Abend in ihm das zu sehen, was er für mich sein könnte. Eine Schulter zum Verweilen, ein breites Kreuz, an dem sich kein Löwe vorbeitraute und ein liebender Vater mit einem Patentrezept gegen Spinnweben.

»Haben Sie über mein Angebot nachgedacht?«

Neben seiner rechten Augenbraue entdeckte ich ein ovales Muttermal, das ebenso wie bei meinem, den Schwung der Braue verlängerte.

Ich nickte. »Mich zieht es wieder ins Ausland, daher muss ich leider ablehnen.«

»Das ist schade.« Er lächelte mich an. »Aber solange Sie noch in Hamburg sind, habe ich Sie nicht verloren.«

22

Du siehst aus, als hätte die Oberklatschhexe dich fünf Stockwerke durchs Treppenhaus gezerrt.«

»Danke, jetzt fühle ich mich schon viel besser.«

David stellte eine Tasse Kaffee neben meine Tastatur.

»Schlecht geschlafen?«

»Kann ich nicht beantworten. Ich habe nicht geschlafen.« Stattdessen hatte ich per E-Mail Bewerbungen an alle Medienunternehmen verschickt, von denen ich wusste, dass sie Stellen im Ausland besetzten.

»Oh weh, nicht gut.« David setzte sich auf den Besucherstuhl und legte einen mitgebrachten Zettel auf den Schreibtisch. »Wegen deines Meeresbiologen?« Er nippte an seinem Kaffee. »Übrigens ein netter Kerl. Wobei er mir sichtlich übel nimmt, dass ich das Rennen bei dir gemacht habe.«

»Hast du nicht.«

»In seinen Augen schon. Was dir offensichtlich gestern ganz gelegen kam.« Nachdenklich starrte er in die Tasse. »Eigentlich hätte ich es gern aufgeklärt.«

»Du hast es selbst angezettelt. Ich bin unschuldig.« Er sah anders aus als sonst, weicher, mit einem verklärten Gesichtsausdruck. Seufzend pustete ich in den Kaffee und erzeugte kleine Wellen. »Du bist in Susan verliebt.«

»Sie ist eine tolle Frau.«

Nickend pustete ich weiter. »Susan ist perfekt, aber eure räumliche Entfernung von sechstausend Kilometern taugt nicht mal für eine Wochenendbeziehung.«

David winkte resigniert ab. »Ich habe nur ein bisschen geträumt.« Er schob mir den Zettel zu. »Darauf habe ich alle Informationen, Quellen und Zeugen der Bestechung zusammengefasst sowie die Namen der Beteiligten. Das Interview mit Jörg Hansen war aufschlussreich. Offenbar weiß er von nichts. Wenn ich den Zettel kopiert habe, gehe ich zu Nils, um ihn davon zu unterrichten und mit ihm ein Veröffentlichungsdatum festzusetzen.«

Ich warf einen kurzen Blick auf das Papier. »Machst du mir bitte auch eine Kopie?«

»Kein Problem.« David stand auf, legte den Zettel auf das Glas und vervielfältigte ihn zweimal. »An welchem Projekt arbeitest du momentan?« Er legte mir die Kopie auf die Tastatur und lehnte sich an das Regal neben dem Bullauge, das heute kaum Licht durchließ. Im Gegensatz zu dem lauen Abend von gestern, war es empfindlich kalt geworden.

Ich wies auf den Stuhl. »Setz dich, du machst mich nervös, wenn du so rumstehst.« Mit einem Räuspern überspielte ich meine Unruhe. »Ich würde gern etwas mit dir besprechen.«

Überrascht nahm David wieder Platz und streckte die Beine aus. »Jetzt bin ich gespannt.«

Fieberhaft grübelte ich über einen Einstieg nach, nahm einen Stift in die Hand und drehte ihn hin und her. Ein paar Sekunden später legte ich ihn zur Seite und zupfte an einem losen Faden meines Pulloverärmels und ribbelte eine Masche auf.

»Was ist los?« David neigte fragend den Kopf zur Seite. »Wenn du weiter daran herumfummelst, sitzt du gleich nackt da, was mich nicht weiter stört, dich aber vielleicht schon. Hier drin ist es nämlich saukalt.«

Ich stopfte den Faden in den Ärmel und hob den Kopf. »Sind dir Jörg Hansen und seine Tochter sympathisch?«

»Absolut. Ich habe fast ein schlechtes Gewissen, dass ich die Story in die Presse bringe. Gestern war mit Sicherheit mein letzter Besuch in seiner Villa, danach werde ich eine Persona non grata sein.« Er verzog das Gesicht. »Aber so ist das eben, wenn man etwas aufdeckt. Edward Snowden lebt auch im Exil.«

»Wir könnten die Angelegenheit unter den Tisch fallen lassen.«

David schoss nach vorn, als hätte ich ihm ein Brett ins Genick gedonnert. »Was redest du da?«

»Eventuell könnte man es intern klären.«

»Bestechung ist eine Straftat, die wird vor Gericht verhandelt und nicht unter den Teppich gekehrt.« Er hob eine Augenbraue. »Wie stellst du dir das überhaupt vor?«

»Du könntest Jörg Hansen unter vier Augen über den Fall berichten. Er muss das Grundstück zurückgeben und diesen Max entlassen.«

»Und die beiden Betrüger im Rathaus? Wie willst du die zur Rechenschaft ziehen?«

»Hamburgs Bürgermeister war auf der Gartenparty der Hansens. Du kannst davon ausgehen, dass Jörg Hansen Kontakte ins Rathaus hat und dort Konsequenzen gezogen werden.«

Ungläubig schüttelte David den Kopf. »Das hast du dir ja sauber ausgedacht.« Er lehnte sich wieder zurück und verschränkte die Arme. »Vergiss es, da mache ich nicht mit. Die Story geht raus. Zwar in Form einer Verdachtsberichterstattung, aber ganz Hamburg wird wissen, dass es sich dabei um das Hansen-Unternehmen handelt.« Mit zusammengekniffenen Augen musterte er mich. »Was ist los mit dir? Das ist gar nicht deine Art. Man könnte meinen, du wärest ebenfalls in den Fall verstrickt.« Er zuckte mit den Achseln. »Was denkbar unwahrscheinlich ist. Bis vor einer Woche wusstet du nicht mal, wer Jörg Hansen ist.«

»Bis gestern wusste ich auch nicht, dass ich seine Tochter bin.«

Mir fiel kein passender Ausdruck dafür ein, wie David mich anstarrte. Gleichzeitig klappte ihm die Kinnlade auf die Brust, die Augen quollen hervor und die Augenbrauen schossen nach oben. Der Anblick war gewöhnungsbedürftig.

Als er aufsprang, krachte die Stuhllehne an die Wand und hinterließ eine dunkle Delle. »Du bist Jörg Hansens Tochter?«

Schönen Dank auch, jetzt dürfte jeder im Umkreis von zwei Kilometern mein Geheimnis kennen. In meinen Ohren klackte es alarmierend. Entsetzt fuhr ich herum, als das Geräusch von High Heels im Türrahmen stoppte.

»Ja, sicher!« Ich lachte unnatürlich laut. »Jolie ist Jörg Hansens Tochter.«

David lachte noch lauter als ich. »Stimmt! Den Namen hatte ich schon wieder vergessen.«

Mona beäugte uns mit zusammengepressten Lippen. An ihrer rechten Hand, in der sie ein paar Zettel hielt, blinkte ein Ehering mit mehreren Brillanten.

»Wolltest du etwas von mir?« Ich versuchte genauso unschuldig zu gucken wie David und hoffte, dass sie das Hämmern meines Herzens nicht hörte.

»Ich muss mit dir die Aufgaben für diese Woche besprechen.«

David lächelte freundlich. »In einer halben Stunde bin ich weg.«

Einen Moment zögerte Mona. Sie sah aus, als wollte sie widersprechen. Doch sie warf den Kopf in den Nacken, drehte sich wortlos um und stolzierte aus dem Raum.

»Wie konntest du das herausposaunen? Was, wenn sie es gehört hat?« Ich tippte ihm mit dem Finger vor die Brust. »Du schwörst mir auf der Stelle bei deinem Leben, dass du niemandem etwas darüber erzählst.«

»Sorry, ich war echt geschockt.« Fahrig fuhr er sich mit der Hand durchs Haar, ging in schnellen Schritten zur Tür, um sie zu schließen und drehte sich zu mir. »Ich will alles darüber wissen.«

In Kurzversion informierte ich David, ohne Einzelheiten meiner Kindheit preiszugeben, lieferte ihm aber so viele Beweise, dass er mir glauben musste.

»Ist dir klar, was das bedeutet?« David tigerte an den Regalen entlang wie ein Raubtier im Käfig. »Du bist Miterbin eines Millionenvermögens.«

Ich schüttelte den Kopf. »Ganz bestimmt nicht. Ich werde niemandem etwas davon erzählen.«

»Und du bist sicher, dass Jörg Hansen es nicht weiß?«

»Davon gehe ich aus. Dich habe ich nur eingeweiht, weil ich nicht zulassen kann, dass mein Vater und meine Schwester in einen Skandal verwickelt werden.«

»Warum willst du deine Herkunft verschweigen?« David blieb vor mir stehen.

»Niemand würde mir glauben. Die Familie Hansen würde mir Erbschleicherei vorwerfen, Aufmerksamkeitshascherei oder sonst eine psychische Macke, womöglich schalten sie einen Anwalt ein.«

»Du könntest gerichtlich einen Vaterschaftstest erzwingen.«

»Kann ich nicht. Als Kind habe ich lediglich die Möglichkeit, die Abstammung meines rechtlichen Vaters feststellen zu lassen. Und dass Olaf nicht mein Vater ist, bestätigen bereits die unterschiedlichen Blutgruppen. Jörg Hansen ist zwar mein biologischer Erzeuger, gehört aber nicht zu unserer Familie und kann daher nicht zu einem DNA-Test gezwungen werden.«

»Das habe ich nicht gewusst.«

»Ich auch nicht, hab es heute früh gegoogelt.« Der letzte Schluck Kaffee schmeckte bitter und kalt. »Außerdem möchte ich niemanden an die Öffentlichkeit zerren. Es wäre für alle ein Spießrutenlauf. Und du weißt, wer sich als erstes auf den Skandal stürzen würde.«

David schnitt eine vielsagende Grimasse. »Mona würde dich zerpflücken. Deine Karriere könntest du in der Nordsee versenken.« Nachdenklich kratzte er sich im Nacken. »Was erwartest du jetzt von mir? Dass ich die Korruptionssache fallen lasse?« Mit ernster Miene sammelte er die beiden Informationszettel wieder ein. »Im Moment kann ich dir nur versprechen, dass ich eine Nacht darüber schlafe.«

Erleichtert seufzte ich auf. »Danke für dein Entgegenkommen.« David bewilligte mir zwar lediglich einen zeitlichen Aufschub, aber vielleicht fiel mir noch eine geniale Lösung ein. In den Sinn gekommen war mir, meinen Vater mit einem anonymen Hinweis vorzuwarnen, oder aber ihm einfach die Wahrheit zu sagen. Allerdings würde er den Grund meiner Illoyalität gegenüber dem Verlag wissen wollen. Was sollte ich ihm für ein Motiv liefern? Dass mir seine Familie so sympathisch war, dass ich meinen Arbeitgeber hinterging?

Ich steckte in einem echten Dilemma.

David rollte die Zettel zusammen und tippte mir damit auf Schulter. »Ich hab was gut bei dir.«

»Fischbrötchen von Otto und danach ein Eis?«

»Abgelehnt.«

»Kinoabend mit Kinder-Popcorntüte?«

»Ganz kalt.«

»Spaziergang an der Nordsee mit Muschelsuchen?«

»So wird das nichts.«

Ich seufzte. »Okay, für morgen Abend organisiere ich dir ein Essen mit Susan.«

»Das überzeugt mich.«

David gab sich mit Mona die Klinke in die Hand. Ich drehte mich zum PC und beschäftigte mich weiter mit der Recherche über ballaststoffreiches Vollkornbrot vom Discounter, die Nils mir letzte Woche aufs Auge gedrückt hatte.

Mona ging zum Kopierer und klappte den Deckel auf. Sekundenlang hörte ich nichts und dachte schon, sie hätte den Raum verlassen, was unmöglich war, da man auf High Heels nicht lautlos verschwinden konnte.

Mit Kopieren und Einfügen ordnete ich ein weiteres Brot der Liste zu.

Plötzlich ratterte der Kopierer los und Mona ließ kurz darauf einen Zettel auf meine Tastatur trudeln. »Das muss bis Freitag erledigt werden.« Ihre Stimme klang höher als sonst, ihr Atem ging schnell. Bevor ich etwas erwidern konnte, hastete sie aus dem Raum. Überrascht drehte ich mich um. Wollte sie nicht die Aufgaben mit mir besprechen? Ich zuckte mit den Achseln. Wenn sie Stress hatte, umso besser. Auf ihre Anwesenheit legte ich keinen Wert. Ein Überfliegen des Zettels bestätigte mir, dass ich diese Woche wieder mit Praktikantenaufgaben wie Interviewanfragen, Verfassen von Newslettern und der digitalen Archivierung von Redaktionsartikeln beschäftigt sein würde. Seufzend legte ich die Arbeitsanweisung zur Seite und verbrachte den weiteren Vormittag mit Recherchen für die Gesundheitskolumne einer Frauenzeitschrift. Als mein Smartphone gegen Mittag kleingelte, schmerzte mein Nacken und der Magen knurrte. Aber Appetit hatte ich nicht wirklich und wenn ich an den gestrigen Tag dachte, wurde mir speiübel.

Überrascht registrierte ich die Nummer meines Vaters. Sollte ich das Gespräch annehmen? Ich wollte auf gar keinen Fall mit Jayden zusammentreffen und würde mich mit allem, was mir einfiel, aus einer weiteren Begegnung herausreden.

Mit einer Hand meinen Nacken massierend, wischte ich mit dem Daumen der anderen über den Bildschirm.

»Svea, wie schön, dass ich Sie erreiche.« Seine Stimme wärmte mein Herz. »Ich möchte Sie wirklich nicht nerven, aber ich habe ein Angebot für Sie, dass Sie nicht ablehnen können. Daher würde ich Sie gern heute Abend erneut zu uns bitten. Jolie wird auch anwesend sein. Wie ich hörte, haben Sie ein gemeinsames Hobby.«

Ich hielt das Smartphone eine Armlänge weg, damit er nicht mitbekam, dass ich tief Luft holte. Sollte ich mir die Familienidylle wirklich ein weiteres Mal antun? Es zerriss mir das Herz, dass ich nicht dazugehörte. Warum mich absichtlich quälen? »Es tut mir leid, aber …«

»Ich verspreche Ihnen, dass es mein letztes Angebot ist, aber tun Sie mir bitte den Gefallen und hören Sie es sich wenigstens an. Passt es Ihnen gegen achtzehn Uhr?«

Wenn es einen Oscar für Hartnäckigkeit geben würde, mein Vater hätte ihn verdient.

23

Auch wenn das Wetter sich gedreht hatte, fuhr ich mit dem Fahrrad zur Elbchaussee. Ich brauchte die Kälte auf meiner Haut, das Brennen in den Oberschenkeln und das Keuchen meiner Lungen, um den inneren Schmerz nicht spüren zu müssen. Obwohl der Himmel sich grau in den Abend verabschiedete, regnete es nicht, aber der norddeutsche Wind blies durch die Hamburger Straßen und fegte achtlos weggeworfene Taschentücher, Papierfetzen und Zigarettenstummel mit jeder Böe ein Stück weiter. Der Wind drang in den Spalt zwischen Jackenkragen und Hals, schlich über meine nackte Haut und pustete die Kleidung auf.

An der Villa angekommen, ging es mir besser. Ich würde den Besuch auf ein Minimum reduzieren, eine Einladung zum Abendessen ablehnen und meinem Vater unmissverständlich klarmachen, dass kein Angebot mich in Hamburg halten könnte. In knapp zwei Stunden würde ich wieder zu Hause sein, weitere Bewerbungen schreiben und mich anschließend mit Sam unter der Bettdecke verkriechen.

Auf mein Klingeln öffnete die Haushälterin, nahm mir lächelnd die Jacke ab und begleitete mich ins Wohnzimmer, das mich mit einer wohligen Wärme empfing.

Neben einer Stehlampe mit knallrotem Schirm blieb ich schlagartig stehen. Im Hintergrund einer dunklen Wolkenwand sahen mir vom Panoramafenster aus drei Augenpaare entgegen.

Mit allem hatte ich gerechnet, damit nicht.

Vor der Sofaecke knisterte in einem offenen Kamin ein Feuer. Die Wärme erreichte meine kühlen Hände, kroch über meinen Pulli bis zum Gesicht hoch und ich roch den Duft von angekokelten Holzscheiten. Nebenan im Esszimmer deckte jemand den Tisch und wechselte die heruntergebrannten Kerzen vom gestrigen Abend.

Mich hätte nicht überrascht, wenn Jayden anwesend gewesen wäre oder der Personalchef des Unternehmens, um mir den Job schmackhaft zu machen, den mein Vater mir anbieten wollte. Vermutlich hätte ich mich sogar über einen Besuch des Bundespräsidenten weniger gewundert als über den Anblick meiner Mutter. Alle Hoffnungen, Wünsche und Sehnsüchte meiner Kindheit kamen in diesem einen Moment zurück. Was hatte ich nicht alles getan, um ihre Aufmerksamkeit, ihre Liebe zu gewinnen. Je nach Jahreszeit hatte ich ihr Gänseblümchen, Klatschmohnblüten und Kornblumen aufs Kopfkissen gestreut, im Sommer Walderdbeeren gepflückt, stundenlang mit meinen kleinen Fingern das Unkraut zwischen den Terrassenplatten weggezupft, mein Taschengeld für ihre Lieblingsschokolade gespart und mich beim Abendessen unsichtbar gemacht, weil ich wusste, sie hörte lieber die Geschichten des Löwenrudels als meine. Erst durch die Zuwendung von Marius und Inge hatte ich begriffen, dass meine Mutter mich um meiner Selbstwillen hätte lieben müssen.

Verhalten lächelte sie mich an. Mit ernstem Gesichtsausdruck stand mein Vater neben ihr, die Hände hinter dem Rücken verschränkt, elegant gekleidet in einem anthrazitfarbenen Anzug. Auch Jolie hatte sich ein schickes Etuikleid angezogen und strahlte wie eine Geburtstagskerze. Mein Herz raste in der Geschwindigkeit eines Formel-1-Wagens, überschlug sich mehrmals und kam nicht wieder in die Spur.

Zögernd trat meine Mutter auf mich zu. Ich war nicht in der Lage, ihr entgegenzugehen. Sie hatte die grauen Strähnen mit Farbe aufgefrischt, ihr Gesicht war dezent geschminkt und ließ ihre frühere Attraktivität erahnen. Ob mein Vater ihre große Liebe gewesen war, viel intensiver als die mit Olaf? Hätte sie mich dafür nicht umso mehr lieben müssen?

Sie tastete nach meinen Händen, die ebenso kalt waren wie ihre. »Es tut mir leid, dass ich dir nicht die Liebe geben konnte, die du verdient hättest, aber in meinem Herzen warst du genauso mein Kind wie deine Geschwister.«

Meine Augen brannten wie das lodernde Kaminfeuer, meine Stirn dröhnte, mein Mund und meine Wangen schmerzten vor Anspannung.

»Ich werde mir nie verzeihen, was ich dir angetan habe.« Ihre Stimme zitterte, aber von ihren Worten ging eine Ruhe aus, als wäre sie von einer großen Last befreit. »Und ich hoffe, dass ich dadurch ein bisschen wiedergutmachen kann.« Sie ließ eine Hand von mir los und reichte sie an meinen Vater weiter.

In seinen Augen schimmerte es verdächtig. Seine Hände legten sich warm und beschützend um meine, als er sie an seine Brust drückte. »Ich möchte dir das

Angebot machen, dich in unsere Familie aufzunehmen, was schon vor siebenundzwanzig Jahren hätte passieren müssen.«

Aus dem letzten Winkel meines Herzens drängte ein Schluchzen nach draußen.

»Ich bin so traurig darüber, dass ich deine Kindheit verpasst habe, ich nicht die Möglichkeit hatte, auf dich aufzupassen, um in entscheidenden Momenten an deiner Seite zu sein.«

Neben ihm schniefte Jolie.

»Von heute an gehörst du zu uns.« Mein Vater zog mich in die Arme, holte auch meine Schwester auf seine Burg, drehte die Zugbrücke hoch und klappte die Schießscharten auf. »Ihr beide seid für mich das Wichtigste in meinem Leben.«

Mein Schluchzen verschaffte sich Raum, drang bis zum Hals vor und als sprengte es alle Panzer, die ich um mich herum errichtet hatte, brach es wasserflutartig aus mir heraus. Ich klammerte mich an den Kragen seines Sakkos, flutete mit meinen Tränen sein weißes Hemd und weinte als gäbe es kein morgen mehr. Beruhigend strich er mir übers Haar, Jolie murmelte, dass sie sich immer eine Schwester gewünscht habe und überglücklich sei, und ich saugte all ihre Liebe in mich auf, flickte damit das Loch in meinem Herzen, wässerte die Wüste in meiner Seele und pflanzte zarte Setzlinge.

Als wir drei uns voneinander lösten, war meine Mutter verschwunden.

♥

»Wo wohnst du zurzeit?« Mein Vater setzte sich uns gegenüber aufs Sofa. Wir hatten im Esszimmer eine vegetarische Lasagne gegessen mit Salaten aus der Region als Beilage, und ich hatte einen Appetit und Hunger entwickelt wie seit langem nicht. In der Hand ein Schälchen Himbeereis mit Sahne saß ich neben meiner Schwester vor dem Kamin. Mehrmals hatte ich mich in der letzten Stunde unauffällig abwechselnd in den Oberschenkel und den Armen gekniffen, weil ich nicht so recht glauben konnte, dass ich ab jetzt eine Familie hatte, zu der ich gehörte.

»Übergangsweise in einer Wohngemeinschaft«, antwortete ich und ließ das Eis in meinem Mund kreisen. »In zwei Wochen muss ich allerdings etwas Neues gefunden habe.«

»Musst du nicht.« Jolie zeigte mit ihrem Eislöffel auf mich. »Du ziehst in unsere Villa. Im zweiten Geschoss gibt es etliche freie Zimmer mit eigenem Bad.«

»Wir haben Platz für eine ganze Fußballmannschaft.« Paps stand auf und legte ein Stück Holz nach. Funken sprühten gegen das Gitter und das Feuer stürzte sich auf die frische Nahrung. Er richtete sich wieder auf, trat ein Stück zur Seite und legte den Ellbogen auf den Kaminsims. »Ich wäre begeistert, wenn du bei uns einziehen würdest. Mich wundert nur, dass du nicht mit deinem Verlobten zusammenwohnst.«

Das Eis in meinem Mund schmeckte plötzlich kälter, geradezu eisig. David hatte ich völlig vergessen. »Ich muss da wohl ein Missverständnis aufklären.« Stockend erzählte ich von dem Irrtum, der sich in den letzten Tagen hochgeschaukelt hatte. »Du hattest schon recht, dass ich wegen der Liebe nach Hamburg zurückgekommen bin, hast aber versehentlich angenommen, dass es David sei.«

»Na ja, musste ich auch, nachdem du mit ihm auf unserer Gartenparty erschienen bist. Gelegenheiten es aufzuklären, gab es aber genügend«, brummte er. »Unehrlichkeit ist nicht etwas, was ich besonders schätze.«

Ich nickte betroffen.

»Wer ist denn der Glückliche?«, lockerte Jolie die angespannte Atmosphäre auf. »Kennen wir ihn?«

»Dr. Parker«, murmelte ich. »Aber wir haben uns getrennt.«

»Wie schade.« Jolie legte einen Arm um meine Schulter und drückte mich. »Darum war er gestern während unseres Gesprächs nicht bei der Sache. Ständig hat er zu dir rübergeschielt. Ich habe schon an meiner Kommunikationsstärke gezweifelt.« Sie sprang auf, schmiegte sich an Paps und drückte ihm einen Kuss auf die Wange. Eine intime Geste, die ich mich noch nicht traute, die ich erst lernen musste. »Paps«, sie druckste genauso herum wie ich eben und ich ahnte, worauf das hinauslief. »Wo wir gerade über die Liebe und so weiter sprechen, in meinem Leben gibt es auch jemanden.«

Die Augenbrauen meines Vaters schossen nach oben. »Wie? Bisher hast du mir niemanden vorgestellt.«

»Hätte ich aber bald«, fügte sie rasch hinzu. »Er wird dir gefallen.« Sie warf mir einen beschwörenden Blick zu. »Svea hat ihn schon kennengelernt und findet ihn toll.«

In mir krampfte sich alles zusammen. Ich fand

Max alles andere als sympathisch, unabhängig vom Bestechungsfall. Wie würde Jolie die Wahrheit über Max verkraften? Zu gern wüsste ich, aus welchen Gründen er den Betrug begangen hatte. Aus reinem Egoismus? Oder aus Verzweiflung und Angst, nicht vor den Augen seines Chefs und angehenden Schwiegervaters bestehen zu können. Eine Straftat aus Liebe? Das war wenigstens menschlich nachvollziehbar und wäre für Jolie leichter auszuhalten. Führte ich mir allerdings sein Verhalten auf der Gartenparty vor Augen, zweifelte ich an einem edlen Motiv.

»Wird das jetzt zur Gewohnheit, dass ihr hinter meinem Rücken etwas ausheckt, und ich wichtige Dinge erst viel später erfahre?«, brummte mein Vater etwas beleidigt, aber gutmütig.

»So ist das eben, wenn man eine Schwester hat.« Jolie löste sich von ihm und hockte sich neben mich. »Da hat man auch mal Geheimnisse.«

»Auf die Aufregung brauche ich jetzt einen Whiskey, den guten schottischen, mit viel Eis.« Kopfschüttelnd schlenderte Paps zur Hausbar und holte ein Glas aus dem Regal. »Was für ein Tag! Ich bin Vater einer erwachsenen Tochter geworden und ein potenzieller Schwiegersohn steht in den Startlöchern.« Klirrend landeten ein paar Eiswürfel im Glas. »Wer hat dich mir denn ausgespannt?«

»Max Kaufmann, du kennst ihn.«

Verblüfft drehte mein Vater sich um. »Unser Innovationsmanager, der uns das Grundstück beschafft hat?«

»Genau der.« Jolie strahlte wie eine Batterie von Geburtstagskerzen.

Mir kroch eine Gänsehaut den Rücken hinunter

und verstärkte meine Anspannung, als ich daran dachte, dass Max eine fristlose Kündigung erhalten würde, sobald Paps die Wahrheit über seinen Mitarbeiter erfuhr. Ich hoffte nur, dass Jolie vernünftig reagierte und es nicht zu einem Bruch zwischen Vater und Tochter kam. Alles in mir sträubte sich, den Abend in einem Desaster enden zu lassen, aber mit jeder weiteren Minute im Kreis meiner Familie wusste ich, dass ich den beiden heute noch die Wahrheit sagen und sie auf das Kommende vorbereiten musste. Max war nicht der Held, für den Jolie ihn hielt, und das sollte sie nicht aus der Presse erfahren.

»Wie lange seid ihr schon zusammen?« Paps nahm einen Schluck Whiskey und seufzte genüsslich.

»Wir sind quasi verlobt.«

Er verschluckte sich und hielt sich hustend eine Hand vor den Mund. Empört sah er sie an. »Du kannst mir keinen Verlobten vor die Nase setzen, ohne dass ich ihm Fragen über seinen physischen und psychischen Gesundheitszustand, seinen familiären Stammbaum und seine Zeugungskraft für Enkelkinder gestellt habe. Weiß er überhaupt, worauf er sich einlässt? Er wird als Fischfutter in der Nordsee enden, wenn er dich unglücklich macht.«

Jolie kicherte.

Auch wenn es lustig war, mir war nicht nach Kichern zumute. Die Heringe in der Nordsee würden schon in den nächsten Tagen ordentlich Nahrung bekommen.

Mein Vater ließ den Whiskey im Glas kreisen, leise wie Alarmglöckchen klirrten die Eiswürfel aneinander. »Wenn Svea noch bei uns einsteigt, brauche ich mir um die Zukunft unseres Familienunternehmens keine Sorgen machen.« Er nickte Jolie zu. »Lade deinen Max morgen Abend zum Essen ein.«

Ihre Augen strahlten jetzt heller als das Kaminfeuer. Grinsend stupste sie mir den Ellbogen in die Rippen. »Habe ich es dir nicht gesagt? Der Grundstücksdeal war der Zugang zu Paps.« Sie rückte ein bisschen näher. »Ich wünsche mir eine Traumhochzeit in unserem Park mit dir als Trauzeugin.« Ihr Kopf lehnte an meiner Schulter. »Dieser Tag ist so wunderbar. Ich habe eine tolle Schwester bekommen und Paps wird Max lieben, das weiß ich.«

Vor meinen Augen drehte sich alles. Ich brachte die Worte, die ich sagen musste, einfach nicht heraus.

Während Svea emsig auf ihrem Smartphone tippte, um Max die frohe Botschaft zu berichten, trat mein Vater mit dem Glas in der Hand auf mich zu, hockte sich auf die Sofalehne und sah mich liebevoll an. »Ich bin sehr stolz auf dich. Du hast wahnsinnig viel erreicht und das mit denkbar ungünstigen Voraussetzungen. Catalina hat mir einiges berichtet, zwar ungern, aber sie hat mir auch erzählt, dass du erst seit gestern weißt, dass ich dein Vater bin.« Er stellte das Glas auf den Wohnzimmertisch. »Mir ist klar, dass es für dich nicht leicht ist. Wir müssen uns beide erst daran gewöhnen, uns kennenlernen und annähern. Ich verspreche dir, dass ich alles dafür tun werde, dass es dir bei uns gutgeht.« Er strich mir eine Haarsträhne aus dem Gesicht und ließ seine Hand auf meiner Schulter liegen. »Für unsere Firma wäre es eine wertvolle Bereicherung, wenn du bei uns einsteigst.«

»Mich haben die letzten Tage ziemlich gestresst.« Ich räusperte mich, um weiter sprechen zu können. »Heute früh habe ich Bewerbungen verschickt, um

Hamburg so schnell wie möglich verlassen zu können. Niemals hätte ich gedacht, dass mir das Glück doch noch eine Familie beschert, die mich schätzt und liebt. Dafür möchte ich dir danken. Ihr habt mir einen Herzenswunsch erfüllt.« Meine Hand tastete nach seiner. »Ich möchte bei euch bleiben und unser Familienunternehmen im Presse- und Umweltbereich unterstützen.« Trotz des Kaminfeuers fröstelte es mich. »Aber ich muss noch etwas mit euch besprechen.« Endlich war es raus.

Paps drückte meine Hand. »Du machst mir eine besondere Freude. Meine zwei Mädchen an meiner Seite, das ist großartig.«

»Es geht um die Produktionserweiterung des Unternehmens.« Ich würde das Thema global angehen und mich dann zum Kern vortasten.

»An so einem besonderen Abend willst du etwas Geschäftliches mit mir besprechen?« Lachend schüttelte er den Kopf. »Das machen wir auf gar keinen Fall. Heute genießen wir die Familienzusammenführung und unser Privatleben.«

»Aber es ist sehr wichtig.«

Amüsiert verzog er einen Mundwinkel. »Ich sehe schon, du bist aus dem gleichen Holz geschnitzt wie deine Schwester und ich. Immer das Wohl des Unternehmens im Fokus. Du wirst ein Gewinn für uns sein.« Er nahm das Glas vom Tisch und prostete mir zu. »Ich freue mich auf unsere Zusammenarbeit. Komm morgen Vormittag in mein Büro. Ich stelle dich den Mitarbeitern vor und wir besprechen dein Anliegen, das sicherlich bis dahin Zeit hat.«

Kurz dachte ich über sein Angebot nach. David hatte noch nicht mit Nils über den Betrugsfall gesprochen. Der Artikel würde also frühestens übermorgen in der Tagespresse erscheinen. Und sicherlich wäre es klüger, vorab mit Paps unter vier Augen zu sprechen. Er würde wissen, wie man Jolie am schonendsten beibringen könnte, dass Max keine weiße Weste und dem Familienunternehmen einen erheblichen Imageschaden zugefügt hatte.

Erleichtert darüber, dass ich den Abend nicht sprengen musste, entspannte ich mich. Ich war endlich angekommen. Eingehüllt von der Liebe meiner Familie versank ich in den Sofakissen und verlor mich in dem beruhigenden Knistern des Kaminfeuers, dessen Behaglichkeit mich an die Butzenfenster der Reethäuser erinnerte, vor denen ich als Kind sehnsüchtig gehockt hatte. Ich sog alles aus meiner Umgebung in mich auf, füllte mein Herz mit Geborgenheit, Behaglichkeit und Harmonie in der naiven Annahme, mein Leben hätte sich zum Positiven verändert.

24

Regen peitschte gegen das Fenster meines Zimmers und weckte mich, bevor der Wecker klingelte. Durch einen Spalt der lindgrünen Vorhänge lugte mattes Licht. Ich streckte mich wohlig in dem Queensize Bett, formte das Kopfkissen zu einer Kugel und lehnte mich dagegen. Auch wenn die Sonne heute streikte, tat das meiner guten Stimmung keinen Abbruch. Seit gestern trug ich meine eigene Sonne im Herzen und würde sie nie wieder hergeben.

Mir blieb eine halbe Stunde, bevor ich mich mit Paps und Jolie zum Frühstück traf. Meine Schwester hatte mir ein Nachthemd geliehen und im Bad war schon alles vorhanden gewesen, was ich benötigte. Wir hatten die halbe Nacht auf ihrem Bett gesessen, in alten Fotoalben geschmökert und Jolie hatte lustige Geschichten über Paps erzählt.

Das erste Mal seit langem war ich wieder mit einem guten Gefühl aufgewacht. Ich war im Einklang mit mir, der Welt und dem Leben.

Bisher hatte ich nur Lars die Neuigkeiten über WhatsApp geschildert. Er hatte zurückgeschrieben, dass Mama die Familie über meinen Vater informiert habe und Nele vor Neid grün angelaufen sei.

Mit Paps hatte ich ausgemacht, dass ich heute Morgen im Ambauer-Verlag kündigen und anschließend zu ihm ins Büro kommen würde. Für den

Nachmittag war mein Umzug in die Villa geplant. Alles hatte sich perfekt ergeben, nur Jayden fehlte mir. Heftiger als ich zugeben wollte. Was würde er zu all dem sagen? Hatten wir doch noch eine Chance? Jetzt, wo ich endlich wusste, wer ich war, wo ich hingehörte und warum meine Familie mich abgelehnt hatte. Sollte ich ihm über meine Kindheit im Löwenrudel erzählen, ihm meine Liebe gestehen und meine Angst, als Mutter zu versagen? Mein Leben hatte sich innerhalb von vierundzwanzig Stunden in ein Paradies verwandelt, aus dem mich kein Löwe vertreiben konnte. Wie schön wäre es, Jayden mit in meinen kleinen Garten Eden zu nehmen. Alles hatte sich für mich verändert, warum sollte jetzt nicht auch die große Liebe möglich sein?

Hoffungsvoll schlug ich die Bettdecke zurück und sprang aus dem Bett.

♥

Als ich die Treppe hinunterlief und das Wohnzimmer durchquerte, hörte ich aus dem Esszimmer die Haushälterin mit Geschirr und Besteck klappern. Paps sagte etwas zu ihr und sie lachte herzlich. Es war alles so gemütlich und harmonisch, dass ich am liebsten vor mich hin summend über den Teppich gehüpft wäre. Im Türrahmen blieb ich stehen und ließ die Szene auf mich wirken.

Paps saß am Tisch, nippte an einer Kaffeetasse und blätterte in einem Dokument, das auf seinem Teller lag. Alle Lichter waren eingeschaltet, weil draußen der Weltuntergang tobte. Als er mich sah, trat ein weicher Ausdruck auf sein Gesicht. Er stellte die Tasse ab, klappte das Dokument zu und stand auf.

»Hast du gut geschlafen?« Mit ausgebreiteten Armen kam er auf mich zu und nahm mich in den Arm. Er roch nach Sandelholz und herben Rasierwasser. Ein Duft, den ich jetzt schon liebte.

»So tief und fest wie seit langem nicht.«

»Das freut mich. Setz dich mir gegenüber. Dann hast du einen Blick auf den Park.«

Bei dem Anblick der vier Gedecke stutzte ich. »Kommt Besuch zum Frühstück?«

»Mmh, ich habe gestern Dr. Parker eingeladen.« Unglücklich zuckte er mit den Achseln. »Zu dem Zeitpunkt wusste ich noch nicht, dass er der Grund für deine Rückkehr nach Hamburg war.« Mit einer Kopfbewegung wies er in den Garten, in dem der Sturm an den Bäumen zerrte, kleine Äste abriss und über den Rasen fegte. »Bei dem Wetter wird er sich bestimmt verspäten. Möglicherweise begegnest du ihm gar nicht.«

Bevor ich weiter darüber nachdenken konnte, stürmte Jolie ins Zimmer und drückte uns beiden einen Kuss ins Gesicht. »Guten Morgen, ihr Lieben.« Mit Schwung setzte sie sich auf einen Stuhl. »Was für ein herrlicher Tag.«

Paps schüttelte den Kopf und grinste mich an.

Offensichtlich schwebte meine Schwester auf einem rosa Surfbrett über dem Unwetter. Sie schenkte sich Orangensaft ein, häufte diverse Obststückchen auf den Teller und einen Klecks Naturjogurt an den Rand.

»Martha, bringen Sie mir bitte die Zeitung?« Paps mixte sich ein Müsli mit Milch. »Ich hoffe, es stört dich nicht, wenn ich einen Blick in die Tagespresse werfe. Im Büro komme ich nicht zum Lesen und zumindest die Schlagzeilen möchte ich überfliegen.«

»Kein Problem.« Jahrelang hatte mich niemand beim Frühstück beachtet. Beim Essen war ich an eine Ecke des Tisches gedrängt worden, der für sechs Personen ideal und für sieben zu klein gewesen war. Hier mit Paps und Jolie an einem Tisch zu sitzen, ohne meinen Teller auf dem Schoß balancieren zu müssen, war purer Luxus und Genuss für mich. Zudem war die Frühstücksauswahl so vielfältig, dass ich mich kaum entscheiden konnte.

»Wo bleibt sie denn? Martha?« Paps hob seine Kaffeetasse an den Mund.

Ich entschied mich für ein Vollkornbrötchen mit Frischkäse und Gurkenscheiben.

»Was ist denn mit Ihnen passiert?« Paps überraschte Stimme alarmierte mich und auch Jolie richtete sich auf.

Mit geröteten Augen stand Martha in der Tür, die Zeitung in der Hand. Sie faltete sie auf und hielt sie hoch, sodass jeder von uns die Titelstory lesen konnte.

Jolie stieß einen erstickten Schrei aus, mir fiel das Brötchen aus der Hand und Paps setzte seine Tasse so hart auf, dass der Kaffee überschwappte.

Von einer Sekunde zur anderen zitterte mein Körper unkontrolliert und ich las immer wieder die Zeilen, die niemals in der Öffentlichkeit hätten erscheinen dürfen:

Hamburger Pharmaunternehmen in Korruption verwickelt.

Uneheliche Tochter von Jörg H. deckt den Betrug auf.

Stetig und unerbittlich kroch Angst durch meinen Körper, in Arme, Beine, Muskeln und Glieder. Ich klammerte meine Hände seitlich an den Stuhl, um das Zittern erträglicher zu machen und starrte auf Paps. Sein Gesicht wies eine ungesunde Farbe auf und Falten der Besorgnis hatten sich in die Stirn gegraben.

»Das ist nicht wahr!« Jolies Stimme klang höher als sonst. »Das kann nur eine Falschmeldung sein, ein Irrtum.« An ihrer Halsbeuge pulste eine Ader, so heftig, dass ich befürchtete, sie könnte platzen.

Ich wollte antworten, mich verteidigen, sagen, dass nicht ich den Fall recherchiert hatte, sondern David und dass ich ihn gebeten hatte, die Informationen für sich zu behalten. Mein Mund formte Worte, aber meine Stimme brachte keinen Ton hervor.

Paps streckte die Hand nach der Zeitung aus. Als er zu lesen begann, spiegelten sich in seinem Gesicht Gefühle wider, die mir ins Herz schnitten. Mit frostiger Miene reichte er mir die Titelseite. »Ist das alles wahr, was hier steht?«

In Windeseile überflog ich den Artikel. Akribisch war aufgelistet, was David herausgefunden hatte. Angeblich hätte ich mich einem Kollegen gegenüber geoutet und ihm die Informationen zur Veröffentlichung überlassen. Das Kürzel von Mona am Textende stach mir ins Auge wie ein Todesurteil.

»Nicht alles.« Mehr als ein Flüstern brachte ich nicht hervor. »David hat den Fall recherchiert, nicht ich.«

»Aber du wusstest davon?«

Ich nickte nur.

Mein Vater reichte das Blatt an Jolie weiter. »Du kannst deinen Max wieder ausladen. Er ist in die Sache verwickelt.«

Jolie zog erschrocken die Luft ein.

Das erste Mal in meinem Leben wünschte ich mir, wirklich unsichtbar zu sein. Am liebsten wäre ich unter den Tisch gerutscht, so wie ich es früher oft getan hatte, um herauszufinden, ob meine Abwesenheit bemerkt werden würde und ob mich jemand wieder nach oben bat. Geschehen war das nie.

»Das ist alles gelogen!« Jolie packte meinen Arm und schüttelte mich. »Wie kannst du so etwas behaupten? Max ist nie und nimmer ein Betrüger.«

»Er wird Gelegenheit haben, sich zu dem Fall zu äußern«, erklärte mein Vater knapp. Ebenso wie ich, wusste er, dass ein renommierter Verlag niemals einen Betrug veröffentlichen würde, wenn es nicht stichhaltige Beweise gab.

Jolie sah mich feindselig an. Tränen liefen ihr über die Wangen, gruben Spuren in ihr perfektes Make-up. »Du hast uns hintergangen, deine eigene Familie in der Öffentlichkeit bloßgestellt, meine große Liebe in den Schmutz gezogen.«

Ich spürte noch die Abdrücke ihrer Finger auf meinem Arm. Wahrscheinlich würde ich sie mein Leben lang spüren, ähnlich wie einen Phantomschmerz bei abgetrennten Gliedmaßen.

»Verschwinde aus unserem Haus.« Sie zögerte einen Moment, schien nachzudenken und nickte dann. »Du bist gar nicht meine Schwester. Du hast dich in unsere Familie eingeschlichen, um an Informationen zu kommen. Du willst mit der Story Aufmerksamkeit für deine Person, auf unsere Kosten deine Karriere beschleunigen.«

Entsetzen schlich an meiner Wirbelsäule entlang.

In den Augen meines Vaters las ich Bestürzung. Zweifel zogen wie Schatten über sein Gesicht, dunkler als die Wolkenmassen, die die Terrasse in einen Pool verwandelten.

Verzweifelt suchte ich nach beruhigenden Anzeichen, einem tröstlichen Blick, einer versöhnlichen Geste, einer Aufforderung, meine Sicht der Dinge darzulegen. Es gab keine.

»In Anbetracht der Tatsache, dass Svea uns auch hinsichtlich ihres Verlobten belogen hat, ist es für alle Beteiligten das Beste, wenn sie heute nicht bei uns einzieht und wir den Kontakt vorerst abbrechen.« Mein Vater sprach mit gespenstisch ruhiger Stimme. »Sobald ich im Büro bin, werde ich unseren Anwalt einschalten und einen Vaterschaftstest beantragen lassen.«

In mir brach ein Chaos aus. Monas Schlammlawine hatte meine frisch gepflanzten Setzlinge unter sich begraben, ihnen das Licht genommen, den Sauerstoff und das Recht auf Leben. Der Bumerang hatte mich mit der Wucht eines Reisebusses getroffen, mich frontal zu Boden geschleudert. Alles in mir zog sich zusammen, presste die Liebe aus mir heraus, die ich gestern geschenkt bekommen hatte und stürzte mich in einen Abgrund tiefer als der Marianengraben.

»Martha!« Mein Vater faltete die Zeitung zusammen. »Bitte begleiten Sie Frau Petersen nach draussen!«

Ich stieß den Stuhl nach hinten, sprang auf und flüchtete aus dem Esszimmer. An der Garderobe zerrte ich Jacke und Tasche vom Haken, die dort seit gestern Abend hingen. Als ich die Haustür aufriss, prallte ich mit Jayden zusammen. Ich schubste ihn zur Seite und rannte die Treppen hinunter. Gegen den Sturm ankämpfend, hörte ich ihn meinen Namen rufen. Prasselnd trommelte der Regen auf mich ein, durchnässte meine Kleidung, rann mein Gesicht und meine Haare entlang und kroch mir in den Nacken. Durch ein Waldstück lief ich zum Elbstrand, stolperte über einen angeschwemmten Ast, rappelte mich wieder auf, ohne auf meine aufgeschürften Hände zu achten und erst als die Elbe meine Schuhe durchnässte, blieb ich stehen.

Auf dem Wasser brachten Fischer ihre Boote in Sicherheit. Ein paar Meter von mir entfernt ragte ein Steg in den Fluss. Eine Flotte bunter Jollen war an seinen Holzpfählen festgezurrt und stieß schaukelnd mit den Seiten aneinander.

Ich fiel auf Knien in den Sand, schrie die Wellen an, warf mit Steinen nach dem Sturm und weinte mir die Enttäuschung von der Seele. Als nicht mehr als ein Krächzen aus meiner Kehle kam, sank ich erschöpft zur Seite. In meinem Inneren blieb eine nie gekannte Leere zurück, eine gefährliche Gleichgültigkeit. Ich wusste, ich musste mit jemandem reden, sonst würde ich mich kopfüber in die Elbe stürzen. Mit fahrigen Händen kramte ich nach dem Smartphone, suchte nach Lillys Nummer und wählte den Videoanruf. In New York war es drei Uhr morgens, aber Lilly hatte stets ein Telefon in Reichweite, falls Marius oder Inge sie dringend erreichen mussten.

»Svea?« Verstrubbelte blonde Haare und ein müdes Gesicht erschienen auf dem Display, aber ihre Augen waren sofort hellwach, als sie meinen Zustand erfasste. »Was ist mit dir passiert? Bist du überfallen worden?«

Ich sah, dass sie mit dem Handy ins Wohnzimmer eilte. »Jetzt sag endlich was!«

»Du fehlst mir so.«

»Willst du mich auf den Arm nehmen?«, fauchte sie. »Du hast geweint. Ich habe dich seit Jahren nicht weinen sehen. Also, Klartext jetzt! Wo bist du und warum siehst du aus, als hätte dir jemand einen Eimer Wasser über den Kopf geschüttet?«

Ich rappelte mich auf und suchte unter dem Steg vor dem Regen Schutz. Nasser Sand kroch in meine Schuhe, Hosenbeine und Ärmel und rieb meine feuchte Haut auf. Stockend erzählte ich Lilly von den Ereignissen der letzten Tage. Abwechselnd reagierte sie ungläubig und betroffen. Als ich ihr im letzten Satz meinen Aufenthaltsort mitteilte, sah sie mich entschlossen an. »Du hast drei Möglichkeiten: Soll ich nach Hamburg kommen, willst du zu Marius und Inge fahren oder nach Hause fliegen, nach New York?«

»Nach Hause hört sich gut an.«

»Okay, du bleibst jetzt, wo du bist. Ich melde mich in fünf Minuten wieder.«

Über E-Mail schickte sie mir ein digitales Flugticket und eine Nachricht: *Dein Flieger geht in vier Stunden. Ich freue mich wahnsinnig auf dich und hole dich vom Airport ab.*

25

Warmer Sand rieselte durch meine Zehen, als ich die Beine anzog und sie mit den Armen umschlang. Sanft schaukelte ich vor und zurück, den Blick auf das Meer der Shinnecock Bay gerichtet, das in ruhigen Wellen ans Ufer schwappte. Seit drei Wochen wohnte ich in einem der Gästehäuser der Villa. Lilly hatte mich direkt vom John F. Kennedy Airport in die Hamptons gebracht und war ein paar Tage bei mir geblieben, bis ich mich einigermaßen gefangen hatte.

Mein Gesicht war noch feucht vom Bad im Meer. Mit der Zunge leckte ich die Salzkristalle von den Lippen. Ich hatte mir angewöhnt, morgens um neun Uhr im Meer zu schwimmen, mittags am Strand zu joggen und abends eine Runde mit dem Mountainbike zu fahren. Der geregelte Tagesablauf half mir, langsam aber sicher in die Spur zurückzukommen.

Unten am Wasser leuchtete der Sand fast weiß. Seit Tagen kletterten die Temperaturen auf die jährliche Hitze der Sommermonate zu. Noch war der Strand menschenleer, abgesehen von einer Joggerin, die ihrem Labrador einen Ball in die Wellen warf, aber wenn in einer Woche die Sommerferien begannen, würden New Yorker Familien die Region in Besitz nehmen, und ich mich ins Anwesen zurückziehen.

Lilly und Maik waren der einzige Kontakt, den ich zuließ. Mein Smartphone war seit meiner Kündigung per E-Mail und dem anschließenden Boarding nach New York offline. Ich las keine Zeitung, sah kein Fernsehen, vermied Online-Nachrichten, ignorierte meine Emails und versteckte mich vor der Welt. Auch Lilly und Maik verschonten mich mit Informationen und Anfragen aus Hamburg und gaben meinen Zufluchtsort niemandem preis. Sie hatten mir versichert, ich könne so lange bleiben, wie ich wolle. Am Wochenanfang kam für ein paar Stunden eine Haushälterin, putzte die Zimmer und füllte den Kühlschrank auf. Mit ihr hielt ich ab und zu ein Pläuschchen, ebenso wie mit dem Gärtner, der mir das Geheimnis des sattgrünen Rasens verriet. Ansonsten verkroch ich mich in meinem Panzer, vermisste Sam, den ich auf Stellas Bett vergessen hatte und leckte meine Wunden, die mir Monas Zauberstab zugefügt hatte.

Nach stundenlangen Grübeleien im Flugzeug war mir klar geworden, dass nicht David die Informationen an Mona weitergegeben, sondern er schlicht und einfach das Original im Kopierer vergessen und sie es gefunden hatte. Dass sie keinerlei Beweise dafür gehabt hatte, dass ich Jörg Hansens Tochter war, spielte für sie keine Rolle. Die Presse würde sich in erster Linie für den Korruptionsfall interessieren und das Pharmaunternehmen musste sofort reagieren, um möglichen Schaden von dem Unternehmen abzuwenden. In dem Fall war meine Existenz nur zweitrangig, zumal ich untergetaucht war.

Ich streckte meine Beine aus und grub mit den Fersen eine Vertiefung in den Sand. Meine Haut hatte einen leichten Goldton angenommen und mein Körper war durch den täglichen Sport sehniger und muskulöser geworden. Nach außen hin wirkte ich gesünder denn je, aber mein Herz war nach den ablehnenden Äußerungen meines Vaters schockgefrostet. Nur das unentwegte Pochen erinnerte mich daran, dass ich lebte.

Stundenlang hatten Lilly und Maik versucht, mich davon zu überzeugen, dass ich meine Ansprüche gegenüber meinem Vater geltend machen sollte, aber ich hatte abgelehnt. Nächste Woche würde ich bei einem Anwalt eine Verzichtserklärung aufsetzen lassen. Ich wollte ihr Geld nicht.

Allein Jayden fehlte mir. Ich hörte immer wieder seine Stimme, die meinen Namen rief, als ich aus der Villa stürmte. Anstatt ihn zur Seite zu schubsen, hätte ich in seine Arme flüchten sollen, ihm alles beichten, was ich ihm an Lügen aufgetischt hatte, um ihn von mir fernzuhalten. Ich hatte mein kleines Paradies bereits seit Monaten in Händen gehalten, ohne es wahrzunehmen. Aber das Schlimmste war, kein Löwenrudel und keine Hexe hatten mich daraus vertrieben, sondern ich mich selbst.

In den letzten Wochen war mir bewusst geworden, wie sehr ich mich von meiner Vergangenheit hatte leiten lassen, anstatt Jaydens Liebe als Chance zu sehen, mich von den Spinnweben zu befreien, mich dem Leben und der Liebe zu öffnen. Ich hatte nicht begriffen, dass man Liebe nicht versteht, sondern empfindet und hatte dabei übersehen, was möglich gewesen wäre. Nicht nur mir selbst hatte ich misstraut, auch meinen Freunden. Jayden und Lilly besaßen so viel Liebe in sich und für mich, sie hätten mich mit ihrer Zuneigung durch schwere Zeiten getragen, mich unterstützt, mir Mut zugesprochen. Alles wäre gut geworden. Aber nach allem, was ich Jayden zugemutet hatte, gab es für uns keine zweite Chance. In meinen Augen verdiente ich keine.

Diese Gewissheit hatte eine tiefe Traurigkeit in mir ausgelöst, meinen ganzen Körper erfasst und gelähmt und dazu geführt, dass ich am liebsten meinen Kopf für die nächsten tausend Jahre in den Sand gesteckt hätte. Wie sollte ich mit einem Gefühl weiterleben, das mich morgens am Aufstehen und abends am Einschlafen hinderte?

Ich nahm eine Handvoll Sand und ließ ihn über meine Beine rieseln, auf die sich eine Salzkruste gebildet hatte. Eine Muschel in der Größe eines Daumennagels blieb auf dem rechten Knie liegen. Mittlerweile hatte die Sonne an Kraft zugelegt und auch meinen Badeanzug getrocknet. In der Nähe hörte ich Hundegebell, tief und grollend wie von einem Boxer. Was da jedoch am Strand entlanghopste, war eher pummelig und klein. Zielstrebig trotteten vier Pfoten auf mich zu und schmissen sich fiepend auf meine Beine, sodass die Muschel zurück in den Sand rollte.

»Caesar?«

Eine rosige Mopszunge leckte hingebungsvoll die Salzkruste an meinen Händen ab und machte sich anschließend über die Kristalle auf den Schienbeinen her.

Suchend sah ich mich um, überzeugt davon, dass Susans Freundin gleich auftauchte. Aber auch nach ein paar Minuten war niemand zu sehen.

»Bist du weggelaufen?« Ich kraulte Caesars Rücken und er streckte mir den Kopf entgegen, um in den

Genuss weiterer Streicheleinheiten zu gelangen. Erst jetzt entdeckte ich eine Papierrolle am Halsband, die mit einer roten Schleife und einem Herz mit dem Hinweis *Für Svea* befestigt war.

Unter hunderttausend Schriften hätte ich das geschwungene *S* von Jayden erkannt, das sich wie eine Serpentine auf dem Papier schlängelte. Mein Herz setzte kurz aus. Woher wusste er, dass ich in den Hamptons war? Selbst Maik hatte sich zum Stillschweigen verpflichtet, als er sah, in welchem Zustand ich mich befand.

Während der Mops sich von meinen Schienbeinen zu den Füßen vorarbeitete, zog ich mit einem Gefühlschaos aus Ungläubigkeit und Hoffnung das Papier aus der Schleife. Ich rollte es auf und las, was Jayden mir geschrieben hatte:

Du kannst tausend unterschiedliche Wege gehen und jeder bringt dich an einen anderen Ort, aber am Ende wird dein Herz dich immer dahin führen, wo es glücklich ist.

Unter dem Text war ein großes Herz gemalt und genau an dem Punkt, an dem die beiden Bögen sich in der Mitte trafen, stand das Wort *DU*. Von dort aus hatte Jayden ein paar Schuhabdrücke gezeichnet, die links am Herzen entlangliefen, zu einem roten Punkt mit der Bezeichnung *Gartentor*.

Mit einer Sehnsucht in mir, die meinen Puls zum Flattern brachte, sprang ich auf. Caesar rutschte von meinen Beinen in den Sand und bemühte sich erfolglos auf die Pfoten zu kommen. Vorwurfsvoll bellte er mich an. Hastig warf ich mir mein Trägerkleid über und nahm den Mops auf den Arm. So schnell wie möglich wollte ich zu Jayden. Er musste am Gartentor auf mich warten, schon viel zu viel Zeit hatte ich verloren. Barfuß eilte ich den Strand entlang zum Hintereingang des Anwesens. Enttäuscht blieb ich stehen. Das Tor war geschlossen, nirgendwo eine Menschenseele zu sehen. Ich hatte ihn verpasst. Er hatte aufgegeben, nicht mehr daran geglaubt, dass ich käme. Frustriert sackte ich in den Sand. Während Caesar sich aus meinen Armen befreite und die Holztür anbellte, donnerte ich mit den Fäusten dagegen. Neben dem Türspalt schepperte es und mein Blick richtete sich auf eine bunte Dose in Form eines Tortenstückchens. Fahrig wischte ich die sandigen Hände am Kleid ab und öffnete die Dose. Ein zusammengefalteter Zettel lag auf einem Stückchen Kuchen. Ich faltete ihn auseinander.

Ich backe dir täglich einen New York Cheesecake und jedes Kilo, was du dadurch zunimmst, werde ich lieben.

Tränen rannen über meine Wangen, tropften vom Kinn aufs Kleid und hinterließen dort dunkle Flecken. Caesar winselte und schleckte sie mit seiner Zunge noch ein bisschen größer. Nach dem Dammbruch in den Armen meines Vaters musste ich häufiger weinen, als mir lieb war. Ich nahm eine winzige Gabel aus der Dose und probierte den Kuchen. Er schmeckte himmlisch, nicht nur nach Frischkäse und Sahne, sondern auch nach Liebe, Aufmerksamkeit und einer zweiten Chance.

Wieder war ein Herz unter dem Text gemalt und Schritte liefen weiter vom ersten zum zweiten Punkt mit der Aufschrift *Briefkasten*. Ich rappelte mich auf, nahm die Dose in die Hand, öffnete mit Maiks Chipkarte das Tor und hastete über den Rasen zur Villa. Der Mops hopste mit fliegenden Ohren und aus dem Mund hängender Zunge hinter mir her.

Im Haus lieferte die Klimaanlage im Energiesparmodus eine angenehme Kühle, trotzdem schwitzte ich, als ich das Wohnzimmer durchquerte. Mein Körper war von der Sonne aufgeheizt, mein Herz brannte wie ein offenes Feuer.

In der Küche füllte ich eine Schüssel mit Wasser und stellte sie auf den Boden vor Caesar, der japste als wäre er von New York bis Alaska gelaufen und sich gierig auf die Abkühlung stürzte. »Du bleibst hier, bis ich wiederkomme.«

Ich lief in den Flur, schnappte mir den Schlüssel von der Garderobe und öffnete die Haustür. Mit zittrigen Händen holte ich einen Umschlag mit meinem Namen aus dem Briefkasten und riss ihn auf. Ein Foto trudelte vor meine Füße. Bevor ich es aufhob, las ich Jaydens Botschaft:

Ich verspreche dir, meinen Bart nicht bis zum Bauchnabel und meine Haare nicht bis zu den Brustwarzen wachsen zu lassen.

Während ich das Foto aufhob, verzog sich das erste Mal nach drei Wochen mein Mund zu einem Lächeln. Sören und ein junges Mädchen, das ihn von hinten umarmte, winkten mir zu. Mit Filzstift stand unter ihren Gesichtern:

Cooler Typ, dein Jayden. Vermassel es nicht! Ich hab es auch geschafft.

Auch diesmal gingen die Schritte weiter und führten mich zur Garage. Mit einer Hand winkte ich dem Gärtner zu, der den Rasen im Vorgarten mähte, mit der anderen hielt ich meine Schätze fest.

Bevor ich die Auffahrt betrat, sah ich ein mit bunten Luftballons bedrucktes Tütchen am Torgriff hängen. Ich legte alles auf den Steinen ab, schaute in die Tüte und konnte nicht glauben, dass mir zwei dunkle Knopfaugen entgegenblickten.

Es wird zwar ziemlich eng mit Sam im Bett, aber ich werde es trotzdem mit dir und ihm teilen.

Für einen Moment schloss ich die Augen und drückte die Schildkröte an mich. Dann packte ich alle Sachen und bisherigen Briefe in das Tütchen. Die nächsten Schritte auf Jaydens Botschaft führten zu dem Kinderspielplatz zwischen Uferpromenade und Strand.

Vom Meer blies eine seichte Brise über den Platz und eine Schaukel schwang sanft hin und her, ebenso wie der rote Briefumschlag, der an einem Kettenglied hing. Ich setzte mich auf die Schaukel, stieß mich vom Boden ab und meine nackten Füße strichen bei jeder Bewegung über das Dünengras, als ich Jaydens Zettel las.

Ich habe mehrmals mit dem Gedanken gespielt, deinem Verlobten alle Knochen zu brechen, aber bei einem gemeinsamen Bier haben wir festgestellt, dass ich sowieso der coolere Typ mit der charismatischeren Ausstrahlung und dem größeren Sixpack bin. Er hat kapituliert.

Leise lachend fischte ich einen weiteren Brief aus dem Umschlag. Er war von David.

Liebe Svea,
jeden Morgen laufe ich mit zwei Tassen Kaffee auf der Suche nach dir durch den Verlag. Die Fischbrötchen von Otto schmecken ohne dich nur halb so gut und das Zitroneneis zerläuft zu einer traurigen Masse, wenn ich ihm Geschichten von dir erzähle.
Mir tut es unendlich leid, wie die Sache mit deinem Vater gelaufen ist. Ich habe mir für meine Schusseligkeit ungefähr zehntausendmal in den Hintern getreten. Kannst du mir verzeihen? Nils hat übrigens getobt, weil er von dem Artikel erst erfahren hat, als er bereits im Druck war. Er hat bei der Geschäftsleitung eine Abmahnung für Mona durchgesetzt, da sie deine Persönlichkeitsrechte verletzt und mir meine Story geklaut hat. Selbst Kruse konnte dagegen nichts ausrichten. Bevor ich dir mitteile, dass mir die Zeit als dein Kollege und Verlobter viel zu kurz war, muss ich dir sagen, dass ich echt sauer auf dich bin. Du schuldest mir ein Abendessen mit Susan!
Vielleicht gibt es ja demnächst ein Event, mich nach New York einzuladen?!
David

Es tat so gut, wieder lachen zu können. Bevor ich Jaydens Angaben auf dem Zettel folgte und zur Rutsche lief, um sein nächstes Geschenk abzuholen, stieß ich mich mit beiden Füßen kräftig vom Boden ab und schaukelte bis in den Himmel.

Schon als Kind hatte ich mich stundenlang auf Spielplätzen aufgehalten und auf einer Schaukel meine Wünsche und Hoffnungen mit den Füßen in die Wolken gemalt.

Waren das Leben und ich bereit, endlich meine Träume wahr werden zu lassen?

♥

Der nächste Brief war an der Plattform der Rutsche befestigt. Ich setzte mich auf die blaue Plastikfläche und öffnete den Umschlag.

Liebes Schwesterherz,
auch wenn ich im Moment nicht weiß, wo du dich aufhältst, wünsche ich dir von Herzen, dass es dir gutgeht. Ich bin sehr dankbar, dass ich jemanden aus der Familie gefunden habe, der auf meiner Wellenlänge liegt.
Jayden hat mich mit Fragen über unsere Kindheit gelöchert, dass ich mich danach wie ein Sieb gefühlt habe. Ich hoffe, du nimmst mir meine Offenheit nicht übel.
Lass uns bitte in Kontakt bleiben. Hab dich lieb. Lars

Ich drückte den Brief an mein Herz und schaute über die Dünen zum Meer. Seine Farbe kam mir blauer und klarer vor als sonst. Hatte nicht alles seinen Sinn? Meine Rückkehr nach Hamburg hatte mir einen Bruder beschert, eine Antilope, genau wie ich. Mit Worten könnte ich nicht ausdrücken, wie viel mir das bedeutete.

Ich blieb eine Weile sitzen, um das wunderbare Gefühl in mir nachklingen zu lassen. Jayden bescherte mir einen Schatz nach dem anderen und die Eiskristalle meines Herzens knisterten leise, als Luft in sie eindrang. Ich zupfte mein Kleid zurecht und mit einem Lächeln im Gesicht riss ich die Arme nach oben und rutschte die zehn Meter lange Bahn nach unten. Die feuchte Seeluft wehte mir den Geruch von Salz und Algen um die Nase. Ich hätte vor Glück jubeln können, als ich den Spielplatz verließ, um nach Jaydens Wegbeschreibung zum alten Baumhaus zu laufen, von dem niemand wusste, wer es erbaut hatte.

In dem kleinen Wäldchen hinter Maiks Anwesen ragte auf einer Lichtung eine Eiche dreißig Meter in den Himmel. Katie hatte Jayden und mir am Wochenende vor der Hochzeit das Baumhaus gezeigt, das in die untere Astgabelung gebaut und über eine Leiter erreichbar war. Die Kleine hatte auf ein Picknick in dem Häuschen bestanden und wir hatten auf einer Decke Kuchen gegessen, selbstgemachte Zitronenlimonade getrunken und so getan, als wären wir in einem Dschungel umgeben von wilden Tieren. Ich musste lächeln, als ich mich daran erinnerte, mit welchem Tempo Jayden affenartig über die Äste geklettert war und Katie dazu Geräusche gemacht hatte, die selbst Tarzan in die Flucht geschlagen hätten.

An einer Leiterstufe war eine schwarze Umhängetasche befestigt. Ich setzte mich auf eine der Holzstufen und öffnete den Magnetverschluss der Tasche. In einem Extrafach steckte ein Smartphone und daneben lag ein Zettel. Ebenso wie bei den letzten Briefen beschleunigte sich mein Puls beim Anblick von Jaydens Handschrift.

Ich werde Jörg und Jolie eine Chance geben, wenn auch du dazu bereit bist.

In dem Moment klingelte das Handy, unaufdringlich und melodisch, aber so laut, dass ich zusammenzuckte und in der Baumkrone über mir ein paar Vögel das Weite suchten. Ich fischte das Smartphone aus dem Fach, sah aufs Display und erstarrte. Niemals hätte ich damit gerechnet, dass mein Vater mich in einem kleinen Wäldchen der Hamptons aufspüren könnte. Wie hypnotisiert fixierte ich die vier Buchstaben seines Vornamens, so lange bis das Klingeln verstummte.

Ich richtete mich auf und blickte mich suchend um. Irgendwo musste Jayden stecken, woher sonst sollte mein Vater wissen, dass er genau zu diesem Zeitpunkt anrufen musste? Mehrmals drehte ich mich im Kreis, versuchte das Blättergewirr um mich herum zu durchdringen, aber nirgends entdeckte ich einen Zipfel eines Kleidungsstücks oder die verräterischen blonden Haare von Jayden.

Das Smartphone in meiner Hand klingelte erneut. Als könnte es mir die Haut verbrennen, legte ich es hastig auf eine Treppenstufe. Sechsmal zählte ich den Klingelton, bis er abbrach.

In den letzten Wochen hatte ich mich hundertmal gefragt, wie alles verlaufen wäre, wenn ich darauf bestanden hätte, Jörg und Jolie an dem Abend die Wahrheit zu sagen, oder wenn mir am Frühstückstisch nicht die Worte im Hals steckengeblieben wären. Hätten die beiden mich trotzdem verurteilt und weggeschickt? Ich hatte keine Antwort darauf. Zu wenig kannte ich meinen Vater und meine Schwester. Ich wusste nicht, wie sie tickten, was sie dachten und wie sie handelten.

Unter meinen nackten Füßen zerbröselte trokkenes Herbstlaub vom letzten Jahr, als ich auf dem weichen Waldboden hin und her lief.

Würde mein Vater noch mal anrufen? Sollte ich

das Telefonat diesmal annehmen? Ich blieb stehen und starrte auf den Baumstamm der Eiche. Fest verwurzelt in der Erde, strebte er mit seinen Ästen nach oben ins Leben. Er musste tiefe, weitverzweigte Wurzeln gebildet haben, um diesen Stamm wachsen lassen zu können, den kein Mensch allein umfassen konnte.

Meine familiären Wurzeln dagegen reichten nicht mal bis zum Grundwasser. Lars war auf dem Weg dorthin, aber mein Vater und Jolie waren in der oberen Bodenschicht steckengeblieben.

Mit den Händen strich ich an der zerklüfteten Rinde entlang, fuhr mit den Fingern über moosbewachsene Rillen und wusste plötzlich, dass ich nur dann sicheren Halt im Leben finden würde, wenn ich meinen Wurzeln die Chance gab zu wachsen, sich zu verzweigen und Stärke zu entfalten. Kein Sturm würde mich mehr entwurzeln können, wenn ich Menschen an meiner Seite hatte, die mich liebten, unterstützten und mit ihrem Lachen durchs Leben trugen.

Das Smartphone klingelte.

Diesmal zögerte ich nicht, nahm es von der Holzleiter und meldete mich.

»Bin ich froh, deine Stimme zu hören.« Auch wenn mein Vater sechstausend Kilometer entfernt war, seine Aufregung war für mich greifbar. »Ich hatte die Hoffnung schon aufgegeben. Jayden hat mir gesagt, dass ich es zwischen neun und zehn Uhr immer wieder versuchen soll, aber er wusste nicht, ob du mit mir reden willst.« Er schnaufte, als läge ein Baumstamm mit dem Durchmesser der Eiche auf seinem Brustkorb. »Svea, wo bist du? Wir suchen dich seit

Wochen. Niemand konnte uns einen Hinweis geben und ich war überglücklich, als Jayden sich bei mir gemeldet hat.«

»Ich bin in der Nähe von New York und versuche mein Herz mit reißfestem Faden und Doppelnaht zu flicken.«

Stille breitete sich auf der Lichtung aus. Selbst die Vögel schienen den Atem anzuhalten.

»Ach du meine Güte.« Das Schnaufen verstärkte sich. »Wenn ich könnte, würde ich meine Worte zurücknehmen, die ich am Frühstückstisch zu dir gesagt habe. Es tut mir wahnsinnig leid, dass ich dir misstraut habe.«

»Ich hätte euch am Abend vorher die Wahrheit sagen müssen.«

»Das wolltest du, nicht wahr? Aber ich habe dich auf den nächsten Tag vertröstet.«

»Ich hatte keine Ahnung, dass der Zeitungsartikel erscheint. Und eigentlich war ich erleichtert, dass ich uns den Abend nicht verderben musste.«

»Nils und David waren bei mir im Büro und haben klargestellt, dass du von der Veröffentlichung nichts wusstest und sogar versucht hast, sie zu verhindern.«

Mit den Füßen kickte ich ein paar Eicheln über den Boden. »Es tut mir so leid für Jolie. Wie geht es ihr?«

»Na ja, erst war sie todtraurig und enttäuscht. Als wir dann aber herausgefunden haben, dass Max auch Geldmittel für Innovationsprojekte unterschlagen hat, drehte sich ihre Stimmung schlagartig. Im Moment schwebt sie auf einer Welle der Wut über Max und sich selbst.« Er lachte leise. »Zum Glück befindet sie sich gerade auf einer einwöchigen Werbetour durch

Asien. Martha hatte wirklich Angst um unser Porzellan.«

Ich lachte mit. Es tat gut, mit meinem Vater zu reden. Seine Entschuldigung war aufrichtig und er bemühte sich darum, mir das Gefühl zu vermitteln, alles gutmachen zu wollen.

Er räusperte sich. »In zwei Wochen bin ich für ein paar Tage geschäftlich in New York. Könntest du dir vorstellen, dich mit mir zum Abendessen zu verabreden? Vielleicht hast du auch Lust mit mir am Broadway ein Musical zu besuchen?«

»Das würde ich sehr gern.«

Sein erleichterter Seufzer war unüberhörbar. »Was möchtest du machen?«

»Beides.«

♥

Ich steckte das Smartphone zurück in die Tasche und lehnte mich an die Stufen der Leiter. Mit dem Kopf im Nacken schaute ich in die Baumkrone. Sacht schaukelten die Blätter aneinander, rissen hier und da eine Lücke auf und ließen ein paar wärmende Sonnenstrahlen hindurch. In ihrem Licht tanzten Insekten von Ast zu Ast. Wie dicht lagen Verzweiflung und Hoffnung nebeneinander. Heute früh musste ich mich aus dem Bett ins Leben zwingen und jetzt besaß ich so viele kostbare Dinge in meiner kleinen Tüte, dass die Eisschicht um mein Herz mit jedem Gedanken daran ein bisschen mehr schmolz.

Ein Ort blieb noch übrig, bevor die Schritte auf dem Papier von Jayden wieder den Anfang des Herzens erreichten. Ich drehte mich um, kletterte die

Leiter hoch und trat in gebückter Haltung durch die offenstehende Holztür.

Durch zwei Fenster fiel Licht in das Innere des Baumhauses, das nur mit ein paar selbstgezimmerten Kinderbänken und einem passenden Tisch ausgestattet war. Ringsherum waren die Wände mit Fotos gepflastert, die ich nicht nur von meinem Smartphone, sondern auch aus meinem Bewusstsein gelöscht hatte. Ich sank auf eine Bank und starrte auf die Selfies, die mich gemeinsam mit Jayden zeigten. Beim Surfen am Strand, auf Mountainbikes in den Hamptons, in unserem Lieblingsrestaurant in Brooklyn, neben der Bow Bridge im Central Park, auf der Eisfläche am Rockefeller Center. Aus unseren Augen strahlten Glück und Liebe im Doppelpack. Mit dem Handrücken wischte ich mir Tränen aus dem Gesicht, was wenig nützte, ich hätte ein Geschirrhandtuch benötigt. Eine Weile saß ich nur da und holte die Erinnerungen jedes Fotos in mein Herz zurück.

Auf dem rotbemalten Kindertisch lag der letzte Zettel von Jayden mit einer Muschel als Briefbeschwerer. Ich holte tief Luft, zog das Papier hervor und legte es vor mich. Zwei Schritte liefen in die Mitte zum Herzanfang, wo statt dem Wort *DU* jetzt ein *WIR* stand, fünf weitere Schritte verließen in einem Bogen das Herz und verloren sich auf dem Blatt.

Du bist viele unterschiedliche Wege gegangen und jeder hat dich an einen anderen Ort geführt. Du allein entscheidest jetzt, wo dein Herz glücklich ist.

Mit einem Gefühl von Frieden, das ich noch nie in meinem Leben gespürt hatte, löste ich die Fotos von den Wänden, sammelte alle meine kostbaren Dinge ein und speicherte sie als Glücksmomente in meinem Herzen.

♥

Den Weg zurück zum Strand legte ich in dem Bewusstsein zurück, dass mich jeder Schritt zu dem Mann brachte, der für mich der wertvollste Mensch in meinem Leben war. Ich spürte eine Liebe in mir, für die es keine Worte gab.

Schon von weitem sah ich Jayden, wie er mit einer Schulter am Aussichtsturm der Rettungsschwimmer lehnte und die beiden Surfer beobachtete, die sich draußen auf dem Meer ein Wettrennen lieferten. Er trug eine dunkelblaue Bermudahose und ein weißes, kurzärmeliges Hemd, das seine gebräunten Arme zur Geltung brachten. Seine Hände steckten in den Hosentaschen und die blonden Locken drehten sich mal links mal rechts im Wind. Hinter seinem breiten Kreuz hatte ich mich oft zum Spaß versteckt, manchmal seine Haare mit einem Gummiband zusammengebunden, wenn sie ihm bei der Arbeit ins Gesicht fielen. Alles an ihm war mir vertraut.

Als spürte er meine Gegenwart, drehte er sich plötzlich um. Ein Lächeln huschte über sein Gesicht, verschwand aber gleich wieder. Er nahm die Hände aus den Hosentaschen, kam auf mich zu und blieb einen halben Meter vor mir stehen. Seine Augen verloren sich in meinen, blau und sanft. Liebevoll streichelte er mit seinen Blicken mein Gesicht.

Die letzten Eiskristalle in meinem Herzen verdunsteten auf der Stelle. Ich hätte hunderttausend Jahre leben können, niemals hätte ich Jayden vergessen, nicht in Kapstadt oder Buenos Aires, nicht mal auf dem Mars.

»Es ist schön, dich zu sehen, Liebes.« Seine tiefe Stimme rollte heran wie die Brandung des Meeres. Er strich mir eine Haarsträhne hinters Ohr und berührte dabei mit dem Daumen meine Wange. Mein Herz glühte, mein Kopf kapitulierte. Seine Hand blieb in meinem Nacken liegen. »Meine kleine Antilope, die sich gegen ein Löwenrudel behaupten musste.«

»Sören?«

»Und Lars, David, Jörg und deine Mutter. Ich habe in einer Woche mehr über dich erfahren als in dem halben Jahr unserer Beziehung.« Zärtlich strich sein Daumen über meine Halsbeuge. »Kein Wunder, dass du vor unserer Zukunft geflüchtet bist.«

»Meine Lügen tun mir unendlich leid.«

»Ich hätte sie nicht glauben dürfen.« Er lachte leise. »Aber du warst absolut überzeugend.«

»Wer hat dir verraten, dass ich hier bin?«

»Niemand. Ich habe dich gesucht. Überall. Du konntest nur noch in den Hamptons sein.« Seine Hand wanderte zu meiner Wange und zurück in den Nacken, in dem sich alle Härchen gleichzeitig aufstellten. »Drei Tage lang habe ich dich beobachtet, danach kannte ich deinen Tagesablauf.«

»Du bist schon länger hier?«

»Seit einer Woche wohne ich in einem Hotel in Southampton. Ich wollte dir noch ein bisschen Zeit lassen, über alles nachzudenken.«

Ich hob das Tütchen hoch. »Du hast mir viele Geschenke mitgebracht.«

Er nickte. »Von Menschen, denen du wichtig bist und deren Herz du berührt hast.«

»Danke. Es bedeutet mir sehr viel.«

Jayden trat einen Schritt auf mich zu. Sandkörner rieselten auf meine Füße. Eine Locke fiel ihm ins Gesicht, als er seinen Kopf zu mir beugte und meine Stirn berührte. »Willst du dich nur bei mir bedanken, oder hat dein Herz dich zu mir geführt?«

»Mein Herz und meine Liebe zu dir.«

Sein Atem strich zärtlich über mein Gesicht.

»Glaubst du an uns? Vertraust du mir, dass ich dir helfe, mit deiner Vergangenheit klarzukommen?«

Ich nickte. »Mein Leben lang habe ich mich danach gesehnt, einer Familie anzugehören, die mich aufrichtig liebt. Mit dir an meiner Seite habe ich den Mut, meine eigene zu gründen.«

Liebevoll umfasste Jayden meine Hände und drückte sie an die Brust. »Ich verspreche dir, dass es in unserer Familie keine wilden Tiere geben wird.« Seine Lippen berührten meine, sanft wie die Ausläufer der letzten Welle.

Mit einer Windböe, die die Surfer weit zum Horizont trieb, lösten sich die Spinnweben in meinem Inneren, flogen davon wie die Samen einer Pusteblume und Jayden verschloss das Loch in meinem Herzen, indem er mich einfach immer und immer wieder küsste.

Ich war zu Hause.

Endlich.

♥♥

Autorenprofil

Geboren wurde ich in Düsseldorf. Meine Kindheit verbrachte ich zwar in der Nähe der Großstadt, aber zum Glück mit viel Feld und Wald in der Umgebung. Ich konnte mit meinen Geschwistern und Freunden durch den Wald stromern, auf Bäume klettern, Baumhäuser bauen und meine Abenteuerlust so richtig ausleben.

Das Studium der Volkswirtschaftslehre verschlug mich 1981 nach Würzburg, wo ich fünfzehn Jahre lang als Softwareentwicklerin im IT-Bereich tätig war. Ich las schon als Kind alles, was einen Buchdeckel und mindestens zwei Seiten hatte, und das am liebsten auf dem Sofa umgeben von Vollmilchschokolade, Schokoküssen und Schokokeksen. Notfalls auch mit der Taschenlampe unter der Bettdecke, da mein Vater abends vors Haus marschierte und kontrollierte, ob in meinem Zimmer noch Licht brannte.

Als mein Sohn in die Schule kam und begeistert Abenteuerbücher las, beschloss ich, die Geschichten aufzuschreiben, die ich als Kind so gern erlebt hätte. Fünf Bände umfasst die Kinderkrimireihe *Die Karottenbande*, mit der ich bundesweit Lesungen an Grundschulen halte. Mit *Von außen bist du nur Fassade* habe ich einen Jugendkrimi verfasst, bei dem ich zusammen mit den Protagonisten Tränen vergoss, und *Hormonyoga und Pfefferspray* ist ein heiterer Frauenroman, den ich vor mich hin kichernd geschrieben habe, und der in *Cocktail und Wasserpistole* und *Klosterzelle und Taschenlampe* seine Fortsetzung fand. Liebesromane standen auch auf der Wunschliste und die habe ich mir mit *…lieb mich einfach* und *…küss mich einfach* erfüllt.

Wenn ich keine Lesungen an Schulen halte, dann schreibe ich, trinke Kaffee und esse Unmengen von Schokolade :-).
Mit meiner Familie und etlichen Spatzen, Rotkehlchen, Ameisen und Schnecken lebe ich in Kürnach bei Würzburg.

Mehr über mich findest du unter www.rosiwanner.de

veröffentlichungen

Die Karottenbande, Der Dieb im Schrebergarten, BVK 2013
Die Karottenbande, Der geheimnisvolle Geldkoffer, BVK 2013
Die Karottenbande, Das Versteck der Wilderer, BVK 2013
Die Karottenbande, Das Rätsel um die Zirkuskinder, BVK 2013
Die Karottenbande, Der verschwundene Bandenchef, BVK 2013
Von außen bist du nur Fassade, BVK 2015
Hormonyoga und Pfefferspray, Luise 1, kindle edition 2015
Cocktail und Wasserpistole, Luise 2, kindle edition 2018
Klosterzelle und Taschenlampe, Luise 3, kindle edition 2019
…lieb mich einfach, kindle edition 2018
…küss mich einfach, kindle edition 2019

Eine Bitte

Liebe Leserin,

herzlichen Dank, dass du das Buch gekauft und gelesen hast. Hat es dir gefallen? Dann würde ich mich sehr freuen, wenn du dir die Zeit nehmen und eine Rezension auf Amazon verfassen würdest. Das hilft mir als Autorin sehr, weitere Leser zu finden und für meine Geschichten zu begeistern.
Ich danke dir für dein Feedback und deine Unterstützung und wünsche dir alles Liebe.

Herzlichst

Deine Rosi Wanner

Newsletter

Du möchtest mit mir in Kontakt bleiben und vor allen anderen von den Neuerscheinungen erfahren, das erste Kapitel aus aktuellen, noch unveröffentlichten Projekten lesen, dich in einem Trailer vertiefen und dir die Chance auf tolle Gewinne sichern? Dann melde dich doch einfach für meinen Newsletter an. Ich freue mich!

Newsletter-Link: www.rosiwanner.de/Newsletter/

Printed in Poland
by Amazon Fulfillment
Poland Sp. z o.o., Wrocław

81153658R00164